KB275214

쥬디 할머니

쥬디 할머니

쥬디 할머니

소설가가 사랑하는
박완서 단편 베스트 10

박완서 소설

문학동네

쥬디 할머니

쥬디 할머니의 일과는 국판 크기로 확대해서 패널한 쥬디 사진하고 뽀뽀하는 것으로부터 시작됐다. 할머니에게 쥬디가 하나밖에 없는 손자이거나 만손자도 아닌데 할머니는 유난히 쥬디만을 애지중지했다.

해외에 흩어져 살고 있는 할머니의 장성한 오 남매 중 막내만 빼고는 다 결혼해서 아이를 두셋씩 두고 있으니까 쥬디도 그중의 하나일 뿐이었다. 할머니가 혼자 사는 아파트 거실 장식장엔 제각기 단란하게 사는 사 남매의 가족사진과 막내의 독사진 그리고 연전에 돌아가신 영감님의 독사진까지 도합 여섯 개나 되는 번쩍거리는 자개 액자가 진열돼 있어서 사뭇 근검했다. 가까이서 모시고 있건 멀리 떨어져 있건 자식처럼 튼

튼하고도 화려한 울타리는 없다는 생각을 보는 사람마다 저절로 하게 했다.

사진 속의 손자녀의 수는 도합 열 명이었고 쥬디는 그중 맏아들의 막내딸이었다. 열 명의 손자녀 중에서 쥬디가 몇번째인지는 할머니도 자주 헷갈렸다. 할머니에게 그건 별로 중요하지 않았다. 할머니는 일 년에 한 번씩은 자손들을 두루 만나러 해외 나들이를 하는데 그때마다 쥬디가 할머니를 가장 반기고 따르고 입에 혀처럼 시중들고, 헤어질 땐 눈물을 뚝뚝 흘리며 서러워하기 때문에 할머니도 그렇게 쥬디라면 폭 빠져 헤어나질 못했다. 그래서 쥬디 사진만은 딴 사진들처럼 한자리에 울타리가 되어 버티고 있지 않고 하루에도 몇 번씩 옮겨 다녔다. 밤엔 물론 할머니의 침대머리에 놓였고, 낮에는 장식장에 놓였다가 전화대에 놓였다가 탁자에 놓였다가 부엌 식탁 위에 놓였다가 했다. 담배 피우는 사람이 재떨이를 끼고 다니듯 잠시라도 가까이에 있지 않으면 허전해하는 할머니를 보다 못해 몇 장 더 뽑아서 여기저기 조석으로 할머니 발길 닿는 데마다 놓아두라고 일러주는 사람도 있었다. 그러면 할머니는 모르는 소리 좀 작작 하슈. 끼고 다니는 것도 낙이라우, 하는 것이었다. 또 늙은이라고 아이들은 괴는 대로 괴게 마련이라우, 하기도 했다.

할머니는 딴 손자녀의 이름은 제대로 기억을 못하는지 자주 헷갈려서 이랬다저랬다 했다. 알렉산더니 캐서린이니 하는 서양 이름을 발음하기가 서툴러서만은 아닌 것 같았다. 할머니는 쉬운 영어 몇 마디쯤은 여봐란듯이 적소에 써먹을 줄도 알고, 미제 물건 상표도 젊은 사람 못지않게 잘 알아보는 신식 할머니였지만 손자의 서양 이름만은 아니꼬운 생각을 금할 수 없는 상투적인 주체성 같은 걸 가지고 있었다.

그러나 쥬디만은 예외였다. 쥬디는 쥐띠였다. 할머니에게 쥬디는 서양 이름이기 전에 쥐띠라는 가장 동양적인 애칭이었다. 쥬디가 쥐띠라면 올해 열 살이 됐을 텐데 사진 속의 쥬디는 서너 살이나 되었을까. 깜찍하게 예쁜 얼굴에 천사 같은 눈을 가진 계집애였다. 보는 사람마다 그 미모에 감탄했다. 아무리 목석같은 사람도 마음으로부터의 찬탄의 말을 안 하고는 못 배길 만큼 무구함과 아름다움이 뛰어나 사람을 깊이 빨아들였다. 그 사진만 보면 할머니가 쥬디만을 편애하는 게 조금도 유난스럽지 않은 자연스러운 인지상정으로 받아들여졌다.

할머니가 혼자서, 아니 쥬디와 마주앉아서 커피 한 잔과 빵 한 조각으로 느지막한 아침식사를 하는데 초인종이 울렸다.

"누구요?"

"3호예요. 상완이 엄마예요."

할머니는 혼자 살고, 인심 좋고, 또 젊은 엄마들을 앞지르게 유식해서 이사온 지 일 년도 못 됐건만 같은 층에 사는 이웃들이 흉허물 없이 드나들고 따랐다.

"아침이세요, 점심이세요?"

"아침 겸 점심이지 뭐."

"애개개, 아침 겸 점심을 고걸 잡수세요? 그러다 덜컥 앓아 눕기라도 하면 어쩌려고 그러세요. 잘 잡수셔야 돼요. 뭐니 뭐니 해도 식보食補가 제일이래요."

"걱정 마. 내가 앓아누워도 이웃 신세는 안 질 테니까. 설마 하니 에미가 죽게 됐다는데 자식들이 안 와보려구."

"어머머, 뭔 말씀을 그렇게 섭섭하게 하실까. 제가 뭐 할머니 시중들게 될까봐 겁이 나서 이러는 줄 아시나봐. 정말 할머니 건강이 걱정돼서 여쭙는 말씀인데……"

"알아, 알구말구, 내가 이웃 정情 뜨슨 걸 왜 몰라. 그렇건만도 자식 그리운 마음에 덜컥 앓아눕고 싶을 적이 한두 번이 아니라우. 그래야만 울고 짜고 꾸역꾸역들 모여들 테니까."

"할머니도 참, 세계 일주 하시고 오신 지가 몇 달 됐다고 벌써 또 그러세요."

"내가 찾아다니는 것하고 즈희들이 보러 오는 것하고 같은 감. 세상을 못 만나 이 늙은이가 자식을 보러 이역만리를 찾아다니지, 예전 같아봐, 어림이나 있나."

"세상 잘 만나고, 또 자녀분들 잘 두셔서 노인네가 해마다 외국 구경하시는 줄이나 아세요. 즈희들 사이에서 할머니는 복 좋은 할머니로 통해요, 모두들 얼마나 부러워한다구요."

칠층 3호에 사는 상완이 엄마는 이렇게 망령 노인 다루듯이 핀잔을 주고 나서 속으로 흠칫한다. 사진으로만 보아온 늠름하고 성공한 여러 자손들 위세에 질려서인지, 예사롭게 까마득한 노인 대접을 하다가도 문득 그렇게 당황스러워질 때가 있었다. 할머니가 너무 젊어 보이기 때문이었다. 하긴 생전 고생이라는 걸 모르고 살았다니까, 이렇게 자신을 타이르면서도 무럭무럭 질투하는 마음을 어쩌지 못했다.

요샌 너나없이 더디 늙는 시대였다. 그녀의 친정어머니만 해도 딸보다 더 야한 루주를 애용하고, 코르셋으로 엉덩이를 치키고, 심심하면 다이어트 흉내까지 냈다. 그러나 쥬디 할머니의 젊음은 그런 억지하곤 본질적으로 달랐다. 쥬디 할머니는 오히려 엄살처럼 늙은이 행세를 하고 싶어하는 편이었는데도 싸고 싼 향내 풍기듯이 정욕의 그루터기라고나 할지, 여자끼리라고나 할지 하는 색정적인 게 때로는 어렴풋이 때로는 짙게 풍겼다.

지금도 쥬디 할머니는 권태로운 듯 은에 칠보를 입힌 우아한 담배합을 끌어당겨서 담배를 한 개비 꺼내 꼬나무는 포즈가 그렇게 보기 좋을 수가 없었다. 소녀처럼 길고 곧은 머리는 빗어올리기 전이어서 뒤에서 묶은 채인 게 반백이었음에도 불구하고 어색하지 않았고, 벌어진 나이트가운 사이로 은은하게 드러난 앞가슴은 희고 아직도 풍만했고, 포갠 다리에서 엉치까지의 선은 선정적이었다.

저 할망구 마땅한 사람 만나면 연애라도 할 것 같아, 맙소사. 상완이 엄마는 마음이 쓰린 열등감으로 이렇게 생각했다. 그녀는 서른다섯에 벌써 남편에게조차 여자로서의 자신이 없었기 때문이다.

열린 채인 침실 문을 통해 할머니의 화려한 화장대가 바라다보였다. 모양도 어여쁜 갖가지 화장수 병이 티끌 하나 없는 마경魔鏡을 통해 곱절로 늘어나 보였다. 그것들이 모두 이국의 신비한 미약媚藥만 같아서 슬그머니 도심盜心이 동하는 걸 느끼고 그녀는 제풀에 깜짝 놀라면서 고쳐 앉았다.

"무슨 일이유? 이렇게 일찍……"

할머니가 담배 연기를 한 모금 천천히 내뿜고 나서 말했다.

"꼭두새벽은 아니구요? 할머니, 지금 열한시예요."

그녀는 핀잔 먼저 주고 나서 가지고 온 보따리를 끌렀다.

"어젯밤 속초서 시어머님이 올라오셨는데 글쎄 또 이런 걸 잔뜩 가지고 오셨지 뭐예요. 노자나 빼신다구요. 그렇잖으면 누가 당신 노자 안 드릴까봐. 꼭 사서 고생에 궁상이시라니까."

여자가 입을 삐죽거리면서 시어머니 흉을 보기 시작했다.

"아들 며느리한테 신세 안 끼치려고 그러시는 거 아닌가."

할머니는 오징어를 한 축 꺼내서 하나하나 살펴보면서 점잖게 타일렀다.

"신세 지기 싫으시면 안 오시면 될 거 아녜요."

"쯧쯧, 저런 소갈머리 봤나. 손수 안 올라오시면 자식 구경을 어디 가서 해? 치사한 걸 무릅쓰고라도 보고 싶은 게 자식새끼 얼굴인걸, 자네도 더 늙어야 알게 되네."

할머니는 오징어를 큰 걸로 두 축이나 내놓으면서 짐짓 불쾌한 얼굴로 나무라기를 계속했다.

"쥬디 할머니, 오징어를 무척 좋아하시나봐?"

"늙은이 놀리지 마라. 틀니로 오징어 맛 모르는지가 언제라구. 다리만 하나 씹어도 관자놀이부터 욱신대는걸."

"근데 웬걸 두 축이나 팔아주세요?"

"우리 쥬디가 좋아하거든. 크리스마스에 부치려고 한복은 한 벌 해다놓았는데 코 아래 진상이 빠져서 그러잖아도 궁리 중이었는데 마침 잘됐어."

"어머, 미국에 부치시려구요? 그럼 아주 이 창난젓도 같이 부치시죠."

"싫여. 냄새나는 거 포장하기도 귀찮구, 운임도 많이 들구, 좋아할는지도 모르겠구. 인제 자식새끼들 식성을 잊어버린 지도 오래야."

할머니는 오징어값과 함께 갈쭉한 오렌지주스 한 컵과 과자

그릇을 가지고 나왔다. 여자는 할머니네서 오렌지주스를 얻어 마실 때마다 이거야말로 진국이다, 이런 것만 마시니 안 늙지, 하는 생각을 푸념처럼 되풀이했다. 여자는 오징어를 한꺼번에 두 축이나 팔고도 일어서지 않고 머뭇거리는 게 더 볼일이 남아 있는 것 같았다.

"할머니, 막내아드님 아직 좋은 소식 없어요?"

"무슨 좋은 소식?"

"총각 좋은 소식이야 뻔하잖아요?"

"제 맘대로 좋은 소식이 있을 수 있나? 살기들 세상이 좁다고 제멋대로들 여기저기서 흩어져 살지만 아들이고 딸이고 짝은 하나같이 내 손으로 직접 골라서 채워줬으니까. 막내도 미리 그런 각오하고 연애할 엄두도 못 내는 눈치야."

"알고 있어요. 그렇게 엄하게 키우셨으니까 그만큼들 성공을 한 거 아니겠어요? 그래서 말씀드리는 건데요…… 단도직입적으로 말씀드리자면 제가 중매를 서려고요."

"스탠포드에서 박사과정 밟고 있는 우리 막내 중매를?"

할머니의 오만한 태도에 여자는 얼핏 비굴해지려다가 새롭게 가다듬으면서 말했다.

"네, 그 막내아드님 말예요. 규수도 가문으로 보나 학벌로 보나 인물로 보나 어디 내놓아도 꿀릴 데 없으니까 제가 이런 말씀 드리는 거예요. 바로 제 외사촌 동생이거든요. 저희 외삼촌은 국회의원이시구, 기업체도 몇 갖고 계시구, 규수는 명문 대학 영문과 대학원을 내년에 졸업하는 대로 곧 미국 유학을 떠날 채비가 돼 있구요. 보시면 아시겠지만 인물이 또 그렇게 출중할 수가 없다니까요. 제가 할머니 막내아드님 사진만 보고 탐냈듯이 할머니도 규수를 한 번만 보시면 옳다구나 이게 바로 천생연분이구나 하실 거예요."

그녀는 천생의 중매쟁이처럼 그 말에 비상한 보람을 느끼며 열을 올렸다.

"글쎄, 언제 기회 있으면 한번 봅시다그려. 정식으로는 곤란하고…… 신랑도 없이 정식 맞선은 성립되도 않겠지만."

할머니는 짐짓 뜨뜻미지근하게 굴었다. 그러나 그게 바로 아들 가진 쪽의 보편적인 세도라는 것쯤은 각오하고 있었기 때문에 여자는 조금도 풀죽지 않았다.

"그러믄요, 그러믄요. 저희 집에 자주 놀러오니까 보시긴 어렵잖아요. 제가 할머니 댁으로 데리고 와도 되고, 할머니가 저희 집으로 보러 오셔도 되고."

"서두를 거 없어요. 바로 옆집인데 자연스럽게 지나칠 적도 있겠지 뭐. 번거롭게 가고 오고 색시가 눈치채면 피차 어색해지기만 하지."

"그까짓 걸로 어색해지면 현대 여성도 아니게요. 본다고 닳을 것도 아닌데 이왕 보시려면 마음놓고 보셔야지."

"글쎄 서두를 거 없다니까. 얼굴 보는 게 뭐 그리 급하다구. 우선 궁합부터 맞춰봐야지."

할머니는 냉큼 혼자서 안전지대로 피신한 것처럼 느긋하게 말했다. 그러나 여자는 굴하지 않고 당장 전화를 걸어서 규수의 사주를 알아왔다.

"아이고, 내 새끼, 우리 쥬디, 온 녀석 신랑감은 지금 어디서 뭘 하고 있을꼬."

사르르 녹아내릴 듯이 달콤한 눈으로 쥬디 사진을 보면서 이렇게 딴청을 부리는 할머니에게 여자는 규수 사주가 적힌 쪽지를 들이대면서 궁합 잘 보는 점쟁이집 정보까지 제공하는 걸 잊지 않았다.

"할머니, 할머니, 우리 아파트 슈퍼마켓 사층에 박사 점쟁이가 개업한 거 모르시죠? 이 한 쌍 궁합도 보실 겸 구경도 하실 겸 한번 가보세요. 용하다는 평판이 자자해서 새벽에 가서 번호표 받아 와도 점심때 볼까 말까래요. 등잔 밑이 어둡다고 되레 딴 동네 사는 친구한테 소문을 듣고 가보니까 그 모양 아녜요. 용하긴 정말 용하더군요. 7호집 여자하고 같이 갔는데 7호 그 여자 보통 여간내기가 아니거든요. 제 남편이 박사라고 처음부터 박사 점쟁이를 사기꾼 취급하더니 자기 차례가 돼서 식구를 대는데 작년 여름에 수영 갔다가 익사한 장남을 외눈 하나 까딱 안 하고 넣었지 뭐예요. 제 딴엔 점쟁이를 시험하자는 속셈이었겠죠. 그랬더니 당장 불호령이 떨어지는데 대기실에서 기다리던 사람들이 다 혀를 내두르면서 벌벌 떨었다니까요. 덕분에 7호는 복채 만원에 잔뜩 호령만 듣고 쫓겨났지만 점쟁이 용하단 소문은 오죽 잘 퍼졌겠어요. 신문광고에 전면으로 광고한 것보다 더하면 더했을걸요. 제가 그날 전화로 친구들한테 퍼뜨린 소문만 해도 서울 장안을 종횡무진 오백 리도 더 퍼졌을 테니까요. 그뿐인 줄 아세요. 7호 일은 제가 이 두 눈으로 똑똑히 본 거고, 보잖아도 본 듯 바로 지척에서 일어난 기막힌 일이 또 있거든요. 아래층 4호 있잖아요? 그러니까 할머니네 바로 밑에 사는 집 말예요. 그 여편네는 이 아파트가 분양되고 입주 시작할 때부터 살았대니까 오 년이나 한 집에서 살았는데도 이웃에서 세컨드라는 걸 감쪽같이 몰랐지 뭐예요. 근데 그만 우리 층 8호하고 같이 그 집으로 점을 보러 갔다가 당장 탄로가 난 거예요. 주朱박사가―참 그 점쟁이가 주박사예요. 주박사가 대뜸 새끼손가락을 까딱까딱 펴 보이면서 당신 이거지? 그러더래지 뭐예요? 그 일이 있고부터 4호가 8호한테 쩔쩔매는 건 말도 못해요. 제발 그 비밀을 지켜달라고 애걸을 하더래요. 그렇지만 지켜질 비밀이 따로 있지, 어엿한 조강지처하고 세컨드 비밀 지켜줄 얼간이는 또 어디 있대요? 이를테면 우리의 공동의 적인데. 한 입 건너 두 입, 쑤군쑤군, 쏙살쏙살, 지금은 우리 아파트에 그 여자 아는 사람치고 그 일 모르는 사람이 없다구요."

자신이 그 쑤군쑤군에 얼마나 활발하게 참여했다는 걸 증거라도 하듯이 그 여자의 입담은 정력적이었다. 할머니는 곱게 그린 눈썹을 살짝 찌푸리고 그 여자의 수다를 대범하게 들어넘겼다. 일남이녀를 둔 의학박사인 맏아들, 아들만 둘을 둔 공학박사인 둘째아들, 스탠포드에서 물리학을 전공중인 아직 총각인 막내아들, 그리고 외교관인 남편 따라 두 아이와 함께 이태리에 살고 있는 성악을 전공한 큰딸, 화가 남편 따라 파리에 살고 있는 역시 화가인 둘째딸, 이들 쟁쟁한 자식들의 사진이 근검하게 울타리 쳐진 가운데서 할머니는 기품을 잃지 않고 그 혼담에 별로 탐탁지 않은 눈치를 보임으로써 영검한 점쟁이 소문까지 묵살하려 들었다. 그 여자는 더이상 치근거리지 않았다. 혼담에 있어서 몸이 단 쪽이나, 여자 쪽에서 조금은 저자세여야 한다는 걸 알고 있었지만 그게 지나치면 죽도 밥도 안 된다는 것도 알고 있었기 때문에 충분히 운은 떼어놓았겠다 당분간 관망만 하고 있을 각오를 하고 있었다.

쥬디 할머니의 생활은 변함이 없었다. 쥬디를 사랑하고, 필요와 취미 오락을 겸해서 쇼핑을 다니고, 법회나 교회에도 가끔 나가고 영화 구경도 다니고, 집에서 텔레비전을 보거나 멀리 있는 아들딸들한테 애정과 훈계를 겸한 긴긴 편지를 쓰기도 했다.

그러나 보다 많이는 햇볕 따뜻한 베란다나 어린이 놀이터 벤치에서 뜨개질로 소일했다. 긴 대바늘로 빛깔 고운 푹신한 털실을 느릿느릿 그러나 쉬지 않고 뜨고 있는 할머니를 보면 누구나 따뜻한 미소를 지었다. 그리고 물었다.

"아유 예쁘기도 해라. 누구 거예요, 할머니?"

"누군 누구 거야. 우리 쥬디 줄 거지."

그러나 할머니의 생활은 조금씩 속으로 흔들리고 있었다. 할머니는 조금씩 조심스럽게 일정한 생활 밖의 어떤 지점으로 끌려가고 있었다. 할머니는 이상하도록 흥분해서 슈퍼마켓 사층을 갈팡질팡하다가 갑자기 몽유병에 깨어난 것처럼 자신이 왜 거기 있는지 몰라 우두망찰을 할 적이 자주 있었다.

사층엔 건강연구소니, 자연식연구소니, 토룡탕연구소니, 심지어는 인생문제연구소까지 알쏭달쏭한 각종 연구소가 있었고, 결혼상담소, 부녀자조회 또 꽃꽂이강습소 같은 곳도 있었다. 인생문제연구소가 바로 주일심朱一心 박사의 점집이라는 걸 할머니는 마침내 알아냈다.

매표소처럼 생긴 창구에서 번호표를 받고 번호표에 예약된 시간에 맞추어 갔는데도 대기실엔 여자들이 대여섯 명이나 기다리고 있었다. 할머니는 그 여자들이 묻지도 않았는데 변명처럼 더듬더듬 늘어놓았다.

"막내아들 궁합을 보러 왔다고. 벌써 몇 년째 외국 나가 있는 녀석이 어떻게 된 게 제가 데리고 살 색시를 꼭 이 늙은 에미한테 골라 보내라니 외국물 헛먹었지. 에미가 고르려니 선보고 궁합 보는 구닥다리 짓밖에 할 게 있어야지. 연애도 못하는 주제에 박사는 어떻게 하겠다는 겐지.”

“할머니도 박사가 뭬 그리 대단하다고 그러세요. 점쟁이까지 박산데.”

대기중의 여자가 별로 악의 없이 이렇게 말하고 킬킬거렸다. 할머니도 어색한 긴장을 풀고 따라 웃었다. 대기실은 넓고 조용하고 집기들이 모두 무게 있는 고급품이었다. 할머니가 노인답지 않은 예리한 시선으로 이런 것들을 살폈다. 중앙에 놓인 넓은 원탁 한가운데 있는 빙글빙글 돌릴 수 있게 특수하게 설계한 원통형의 잡지꽂이엔 각종 여성지와 패션잡지, 백화점 사보 등이 꽂혀 있었고 여기저기 자유롭게 놓인 소파는 푹신하고 안락했다. 그러나 양쪽 벽면을 가득 채운 유리문 달린 책장 속의 빽빽한 술, 두꺼운 원서와 고서, 역학 서적은 그 화려한 여성지들이 결코 고객에 대한 친절이 아니라 얕잡음이란 느낌이 들게 했다. 볼만한 건 또 있었다. 다른 한쪽 벽은 상담실로 통하는 작은 문을 빼고는 온통 사진으로 뒤덮여 있었다. 맨 가운데 걸린 사진은 그림 이백 호는 됨직한 크기인데 주박사가 박사학위 받을 때의 사진이었다. ‘미국서 철학박사 학위 수여식’이란 제목까지 붙어 있었지만 어느 대학까진 밝히지 않고 있었다. 큰 사람을 둘러싼 작은 사람들도 다 박사학위와 관계있는 사람들이었다. 큰 사진 속엔 주박사 말고도 박사모를 쓰고 학위를 수여하는 코 큰 사람과 그것을 지켜보는 또하나의 코 큰 사람, 도합 세 사람이 실물대로 들어 있었다. 주박사도 훤칠한 미남이었고, 학위를 주는 사람들도 영화배우처럼 멋있는 표정이 풍부한 얼굴을 하고 있었다. 그들 세 사람의 공통된 표정은 행복하고 인자하고 그리고 네 마음 내가 알고, 내 마음 네가 알지, 눈으로 이렇게들 말하고 있는 것 같은 그 무한한 친밀감이었다. 그 친밀감은 화면을 넘쳐 할머니의 까닭 없이 주눅든 마음까지 슬금슬금 넘으며 부드럽게 어루만지는 것 같았다.

상담실 속에서 땡 하고 벨이 울리고 누군가가 할머니 차례예요, 하고 일러줬을 때는 할머니는 완전히 위신을 회복해서 도전적이면서도 친애감 넘치는 태도로 상담실 문을 들어섰다. '철학박사 주일심'이란 자개 명판이 놓인 넓은 테이블 저 너머에 주박사는 사진 속의 얼굴보다 약간 작고 피곤한 얼굴로 앉아 있었다. 박사모 대신 대머리가 가까스로 그의 위엄을 지켜주고 있었다.

할머니는 능숙하게 다리를 포개고 앉아서 핸드백을 뒤졌다.

"선생님 미안합니다. 벌써 노망이 들었는지 제 자식 생년월일을 적어놓은 걸 봐야 알겠다니까요. 자식들이라고 어쩌면

하나같이 어미 곁을 떠나 외국 나가 사니 생일 차려줄 일 없어
진 지가 십 년도 넘으니 그럴 수밖에요.”

맨 밑에 있는 수첩을 꺼내느라 핸드백을 쑤시는 동안 덩달
아서 항공우편 봉투들이 꾸역꾸역 빠져나오고 있었다. 마침내
수첩을 꺼내 펴들고 맏아들 내외로부터 차례차례 신수를 보기
시작했다.

“아드님을 잘 두셨군요. 참 잘 두셨어. 드문 사줍니다. 열
명에 하나 아니 백 명에 하나 있을까 말까 한 사준데요.”

“어디 가서 물어봐도 그러더군요. 실제가 또 그렇구요.”

이렇게 시작해서 어느 틈에 주객이 전도되고 말았다. 젊은
할머니가 치고 물어보는 건 주로 주박사였다. 맏이로부터 막
내까지 오 남매가 어쩌면 하나같이 드물게 좋은 사주를 타고
났고 그 좋은 사주가 보장한 인생을 할머니는 자신이 만든 예
술품을 전시하듯이 자랑스럽게 펼쳐 보였다.

주박사가 퍼뜩 정신이 들면서 자식들이 하나같이 이렇게 훌
륭한 팔자 좋은 노인이 무엇 때문에 점을 치러 왔을까 하는 기
본적인 의문을 품게 되었을 때는 뒤늦게도 할머니가 딴 종이
를 꺼내면서 막내와 색싯감과의 궁합을 보아달랄 때였다. 뒤
늦게였지만 가장 적절한 시기였다. 주박사는 여직껏의 수세에
서 재기해서 느닷없이 기고만장해졌다. 그는 고개를 절레절레
흔들면서 팽하고 콧방귀를 뀌었다.

"왜요, 선생님? 왜 그러슈, 박사님?"

북 치니까 꽹과리 치는 격으로 할머니는 날렵하게 장단을 맞추느라 초조하게 애가 단 시늉을 하면서 다그쳤다.

"연앱니까 중맵니까?"

"중매예요. 우리 애들은 연애라곤 모른답니다."

"다행입니다."

"네?"

"안 해도 뒤탈이 없을 테니까요."

"나쁘군요?"

"하필 사주에 이렇게 백호살이 뚜렷한 규수를 이 잘난 신랑한테 감히 갖다대다니……"

"그렇게 나빠요?"

"못 믿으시겠어요?"

"아아니오, 믿고 못 믿고가 어디 있겠어요. 딴것도 아니고 백호살인데…… 없었던 셈만 치죠 뭐. 우리야 그걸로 끝이지만 색시가 안됐네. 백호살은 일생 달고 다니는 거 아녜요."

"그러믄요. 뭔 안 그럽니까? 아무도 팔자 도망은 못 치죠."

"그렇지만 하필 그 흉한 백호살을…… 쯧쯧 안됐네. 좋은 집안에 나무랄 데 없는 규순데."

"그야 댁에하고 혼삿말을 건넬 만하면 지체가 그만도 못하겠어요? 아드님이 처복이 있어 더 좋은 규수가 곧 나설 테니

이 색시는 잊어버리세요. 행여 미련 두시지 말고……"

"미련이라구요? 제 자식 먼저 귀하지 않은 사람이 어디 있다구요. 아무튼 박사님을 찾아뵙기가 천만다행이에요. 정말 고맙습니다."

"뭘요, 다 댁의 가운이죠."

상담실을 돌아나오는 할머니는 들어갈 때의 도전적인 태도가 말끔히 가시고 오로지 친화감만이 넘치고 있었다. 할머니는 자애롭고 친화감이 철철 넘치는 시선으로 주박사가 박사학위 받는 사진과 대기중인 여자들을 다시 한번 천천히 훑어보고 주박사의 인생문제연구소를 물러났다.

세상만사 모든 것, 처녀의 저주받은 백호살하고까지 능히 화해하고 어루만질 수 있을 것 같은 자신감으로 할머니의 걸음걸이는 십 년은 더 젊게 보였다.

할머니를 태우러 내려온 엘리베이터 속에서 마침 상완이 엄마가 내렸다.

"아이구, 쥬디 할머니 어디 갔다 오세요?"

상완이 엄마는 혼자가 아니었다. 친구를 배웅하기 위해 아래층까지 내려온 모양이었다. 할머니는 무슨 말을 하려다 말고 그 친구의 얼굴을 보자 후딱 엘리베이터로 오르고 말았다. 상완이 엄마가 무슨 말을 할 사이도 없이 엘리베이터는 문이 닫히고 이내 문자반이 켜지기 시작했다.

“너 그 할머니 아니?”

그녀의 친구가 호기심이 번들거리는 얼굴로 물었다.

“옆집 할머니야, 쥬디 할머니라고……”

“쥬디? 그게 개니, 고양이니?”

“얘는……”

“그럼, 새?”

“얘 좀 봐. 너 언제부터 동물 애호 취미가 그렇게 대단했니? 쥬디는 그 할머니 손녀야. 미국에 살고 있는. 얼마나 예쁘다고, 천사 같아.”

“손녀? 그럼 입양을 했나?”

“얘가 아까부터 무슨 얼빠진 소리야, 자식이 다섯에 손자 손녀가 자그마치 열 명이 되는데 무슨 욕심에 입양까지 하니? 응 참, 쥬디라는 이름 때문에 그러는구나. 개가 서양 앤 줄 알고? 아냐, 순종 대한민국 씨야. 근데도 왜 있잖아, 우리나라 사람들 외국물 몇 년 먹으면 이름부터 갈아버리는 거. 그러고도 일제 삼십육 년에 창씨개명이 어쩌구 비분강개할 자격들이 있나 몰라. 명색이 박산지 지식인인지가 그 모양이니.”

“얘, 수다 좀 그만 떨고 내 얘기 좀 들어봐.”

상완 엄마는 자기 수다에 자기가 도취하는 버릇 때문에 그제서야 친구의 수상쩍은 태도를 눈치채고 물었다.

“너 혹시 쥬디 할머니하고 전부터 아는 사이 아니니?”

"아는 사이? 알면 이만저만 아는 사이니? 우리 큰아버지 소실小室이었잖아."

"느이 큰아버지?"

"그래 우리 큰아버지. A상사 창업주에다 장관 경력이 없니, 국회의원 경력이 없니? 화려하게 사신 어른답게 다 들어먹고 돌아가셨지만, 아마 저 할망구가 반은 넘어 빼돌렸을 거야. 여전히 호화판으로 산다는 소문은 듣고 있지만 이 정도의 아파트라면 별로다 얘. 하긴 혼잣몸이니까 삼십 평도 과람하긴 하지."

"그럼 자식들은?"

"자식은 배우지도 못했어. 워낙 자식 바라고 둔 소실도 아니었구. 테크닉이 보통이 아닌가봐. 저 소실 들여앉히고부터는 우리 큰아버지 그 팔난봉이 마음잡으셨으니까. 재산만 너무 많이 빼돌리지 않았으면 지금까지도 큰집하고 의지하고 좋게 좋게 지낼 수도 있었을 텐데……"

"그런 큰집 자식들이 지금 미국 있니?"

"아니, 자식들이라야 단지 남맨데 딸은 시집가서 그런대로 살고 아들은 아버지하고 저 할망구가 껍데기만 남긴 업체를 어떻게 일으켜세워보려고 무진 고생만 하다가 결국은 남의 손에 넘기고 지금은 아들한테 밥이나 얻어먹는 처량한 늙은이 신세란다. 저 할망구를 보니까 내 시앗을 본 것처럼 이가 갈리네. 한바탕 들부시고 가게 너 좀 도와줄래?"

"아서, 불쌍한 할머니야. 돈만 많으면 다가 아닌가봐. 불쌍해."

"나도 한번 그래본 소리야."

할머니도 상완이 엄마 친구가 누군지를 알아보았다. 할머니가 허둥지둥 돌아온 방은 변함이 없었다. 쥬디의 사진은 나갈 때 놓아둔 대로 식탁 위에서 천사의 미소를 띠고 있었고 장식장에 즐비한 가족사진은 변함없이 근검했다.

할머니는 그 한가운데서 그 모든 것을 둘러보았다. 그러나 할머니의 눈은 아무것도 보고 있지 않은 것처럼 공허했다. 할머니는 식탁 의자에 앉으면서 식탁 위로 몸을 던졌다. 식탁이 기우뚱하면서 쥬디 사진이 바닥으로 떨어졌다. 그러나 할머니는 듣지 못했다. 할머니 귀 속에선 여자들의 수많은 입이 쑥덕거리고 깔깔거리는 소리가 한 덩어리의 날카로운 아우성이 되어 점점 기승스러워지고 있을 뿐이었다.

곧 죽을 것 같아, 혼자서. 할머니는 혼자서 죽을 것 같은 공포감이 힘이 되어 겨우 몸을 일으켰다. 할머니 둘레의 모든 것은 그대로 있었지만, 할머니에겐 아무것도 보이지 않았다. 할머니는 그게 조금도 이상하지 않았다. 그것들은 어차피 무無에서 빌려온 것이었으므로 마지막 권리가 무에 있음을 고분고분 받아들여야 할 것 같았다. 그래도 할머니는 거의 촉감만으로 전화기를 찾아 다이얼을 돌릴 수가 있었다.

"이사장이야? 난데 우리 아파트 좀 급히 처분해줘야겠어. 물론 대신 하나 사줘야지. 혼자 살아도 큰 게 낫겠어. 이웃을 봐야 하니까. 상종 안 해도 이웃은 이웃 아냐. 이웃에 정떨어지니까 한시가 급해. 처분될 때까지 농장에 내려가 있을까봐. 밑져도 할 수 없지. 부탁해."

말이란 건 좋은 거였다. 말을 하니까 한결 기운이 났다.

그래, 난 다시 울타리를 칠 수 있을 거야. 새로운 울타리를.

할머니는 서둘러 간단한 여장을 꾸렸다. 짐을 챙기느라 흩어진 잡동사니를 발로 대강 그러모았다. 그중엔 쥬디 사진도 있었다. 할머니는 개의치 않았다. 그건 그냥 잡동사니일 뿐이었다.

나는 다시 울타리를 칠 수 있을 거야. 할머니는 오로지 그 생각만 했다.

(1981)

애 보기가 쉽다고?

지겹던 늦더위 끝에 반갑잖은 가을장마가 지더니 오랜만에 청명한 날씨였다. 아까부터 마당에 내려가서 맨손으로 클럽 휘두르는 폼을 재고 있던 맹범_{孟凡}씨가 주춤주춤 마루로 올라왔다. 잠깐 미니님 눈치를 보다가 이 방 저 방 다니며 상동을 뒤지기 시작했다. 뭘 찾는 데는 워낙 재간이 없는 맹범씨였다. 지금도 자기 힘으로 찾으려는 게 아니라 마나님이 알아서 찾아주든지 귀띔이라도 해주길 바라는 눈치가 역력했다. 그러나 마나님은 못 본 척 텔레비전만 보고 있었다. 저명인사와의 대담 프로였다. 마나님은 그 집 마당의 장미가 참 곱다고 생각했다. 맹범씨네 정원도 예년 같으면 늦장미가 제철 장미보다 더 화사할 땐데 장마 끝이라 퇴락해 보였다. 마나님은 별것도 아닌 것에 묘한 질투가 나서 매스컴 타기 좋아하는 사람은 어딘가 달라도 다르니까, 하고 명사를 깔보았다.

"여보, 내 골프 바지 어디 있소?"

드디어 맹범씨가 계면쩍은 얼굴로 마나님에게 물었다.

"안 돼요. 김박사는 110이었고 당신은 120이라는 거 벌써 잊으셨수?"

110, 120은 최저혈압을 말했다. 고등학교 때부터의 친구라 노년에는 비슷한 고혈압 증세로 여러 가지 생약과 민간요법에 대한 정보를 교환하느라 가족끼리도 친척처럼 친했던 김박사가 골프장에서 뇌일혈로 급사하자 맹범씨는 다시는 골프를 안 치겠다고 맹세했었다. 골프가 지병을 악화시키고 죽음을 재촉했다고 생각해서가 아니라 사람 사는 것의 덧없음과 친구에 대한 감상적인 의리 때문이었을 것 같다. 그러나 반년도 채 안 돼 고혈압엔 맑은 공기, 적당한 운동, 잔근심으로부터의 해방 등이 최상의 치료법이란 말이 친구 생각보다 훨씬 더 솔깃했다.

"오늘 당장 시작하겠다는 게 아니라……"

맹범씨는 친구의 죽음을 목놓아 울며 굳게 맹세한 게 계면쩍어서 이렇게 얼버무렸지만 건성이었다. 마나님 역시 끝끝내 말릴 생각은 아니었다. 등산이나 낚시보다 훨씬 격이 높은 취미라고 생각했고, 일요일 날 온종일 집에서 텔레비전이나 보지 않으면 낮잠으로 소일하는 졸때기들의 마나님인 친구들한테 골프 때문에 일요 과부가 된 자기 신세를 한탄할 때처럼 으

쏙한 우월감을 느낄 적도 없었다. 한번 맛들인 우월감이었다. 언젠가는 다시 그 맛에 연연하게 될지도 몰랐다.

백 평이 넘는 제법 넓은 마당에 은행나무는 아직 청청하고, 자귀나무는 분홍색 깃털을 가진 어여쁜 새들이 무수히 내려앉아 고개만 푸른 잎 사이에 감추고 있는 것처럼 화려하게 하늘대고, 담 모퉁이의 빨랫줄 아래 자생한 맨드라미꽃은 장닭의 벼슬처럼 도도하게 검붉고, 장마통에 여기저기 웃자란 잡초만 제거해준다면 잔디의 푸르름도 반드르르 한결 더 윤기가 흐를 것 같았다. 그럼에도 불구하고 그 모든 것들은 이제 전성기에 있지 않았다. 그런 것들 사이에 소리도 그림자도 없이 고루 스민 가을 기운의 사정없는 잠식은 이미 시작되고 있었다. 마나님은 춥지도 않은데 공연히 어깨를 웅숭그리며 나직하게 한숨을 쉬면서 말했다.

"처서만 지나면 나무뿌리 풀뿌리가 물 빨아올릴 기운이 없어진다더니 정말인가봐요."

"옛말 그른 거 없다지 않소."

"왜 없어요. 그른 거 천지죠. 난 옛날식보담 신식이 더 좋아요."

"임자 좋아하는 걸 누가 말리겠소."

"두 늙은이 살기엔 집이 너무 큰 것 같지 않수?"

"또 아파트 타령을 하고 싶소?"

"겨울에 기름값 생각하면 끔찍해서 그래요."

"아직은 그만한 능력이 있는데 무슨 걱정이요. 할망구가 점점 걱정도 팔자라니까."

"할망구라뇨. 말조심하세요. 접때 종혁이 소풍 갈 때 따라갔더니 다들 막내인 줄 압디다. 남보다 일찍 본 손자도 아닌데 그렇게들 보더라구요."

"눈들이 삐었남."

"왜 약오르슈?"

"약이 올라서가 아니라 측은해서 그래요. 그 소리가 듣기 좋아 두고두고 우려먹는 걸 보면 임자도 별수없는 할망구야."

"당신은 어떻구요. 백화점 아가씨가 아저씨, 아저씨 하면서 잘 받을 것 같다고 권하는 게 온통 새빨간 넥타이더라고 얼마나 여러 번 자랑을 하셨수?"

"그건 사실이라구. 난 아직 어디 가서 할아버지 소린 안 들어봤으니까."

"그런 데만 골라 다니시니까 그렇죠. 시내버스 한번 타보시구랴."

맹범씨는 마나님의 말을 되받지 않았다. 말문이 막혀서가 아니라 오히려 그런 종류의 단조로운 입씨름이란 태엽이 풀릴 때까지 작동하는 기계처럼 입아귀가 아플 때까지 마냥 계속될 것 같은 예감 때문이었다. 경험에서 우러난 예감이 그를 권태롭게 했다. 마침 전화벨이 울렸다. 마루에도 전화기가 있건만 마나님은 안방으로 들어갔다. 그러나 마나님의 목소리는 맹범 씨가 구태여 귀를 곤두세우지 않아도 될 만큼 시끄러웠다.

"여보세요. 응, 혜숙이구나. 앨 봐달라구? 시어머니한테 봐 달래렴. 나 외손자 보는 거 취미 없는 거 알잖냐. 차별하는 게 아니라 외손자가 한결 더 조심스러워 그런다. 새빨간 남의 자 식 아니냐. 그리고 그 시간엔 나도 나갈 일이 있단다. 계동 아 줌마 있잖아, 그 아줌마 딸이 오늘 시집가는데 안 가볼 수 있 냐? 영동 목화예식장에서 한시에 한단다. 어머, 내 정신 좀 봐. 미장원 다녀가려면 지금부터 서둘러도 늦겠네. 그러니까 시어머님한테 좀 봐주십사고 그러렴. 뭐, 시어머님도 한시까 지 목화예식장 가신다고 했다구? 아, 맞다 맞어. 계동 아줌마 하고 느이 시어머님하고 여학교 동창 아니니? 그렇게 됐구나. 오랜만에 사돈 마나님 뵙게 됐네. 그건 그렇구 네가 딱하게 됐 구나. 웬만하면 애를 데리고 가렴. 으응, 그럼 그런 장소에 아 이를 데리고 갈 순 없지. 아버지? 계셔. 애는, 아버지가 애를 어떻게 보시냐? 뭐라구?"

마나님이 별안간 깔깔대기 시작했다. 소녀처럼 거침없고 경 망스러운 웃음소리도 귀에 거슬렸지만 그 울림 속엔 그가 여 직껏 어디에서도 들어보지 못한 신랄한 야유와 버릇없는 능멸 이 들어 있는 것처럼 느꼈다. 왜 느닷없이 그런 느낌이 들었을까? 맹범씨는 그걸 이상해하기 전에 식구들로부터 경멸뿐 아니라 따돌림까지 당했다는 배신감과 고독감에 사로잡혔다. 어떤 결말이 났는지 전화를 끊고 나온 마나님 얼굴엔 아직도 그 기분 나쁜 웃음의 여운이 남아 있었다. 그러나 막연한 느낌을 근거로 마나님에게 뭘 따진다는 건 금물이었다. 어느새 망령이 나셨수, 할 게 뻔했다.

"당신 오늘 애 좀 봐주셔야겠어요. 서너 시간이면 된대요. 애가 워낙 순해서 별로 힘 안 드실 거예요."

"날더러 애를 보라구?"

맹범씨는 사태가 피할 수 없이 됐다는 걸 느끼면서도 말도 안 된다는 듯이 펄쩍 뛰고 보았다.

"그럼 어떡해요. 혜숙인 김서방하고 점심 초대를 받았다는 데 안 갈 수 없대요. 초대받은 것만도 영광스러워해야 할 자리라니 우리가 안 도와주면 누가 도와주겠어요. 다 들으셨죠? 시어머님도 마침 볼일이 생긴 모양이니 친정 좋다는 게 뭐겠수?"

"글쎄, 난 못해요. 어디서 모녀가 생각한다는 게 고작……"

"여보 우리 영감, 이러지 맙시다. 당신 애 보기에 소질 있는 건 세상이 다 아는 사실 아뉴?"

마나님이 이렇게 능청을 떨더니 뭐가 재미있는지 혼자서 깔깔대기 시작했다. 전화에다 대고 웃던 바로 그 웃음소리였다.

그래도 맹범씨는 모녀가 그리도 행복하게 죽이 맞아 그를 조소하는 까닭을 알지 못했다. 교묘하게 양지 쪽만 걸어온 그의 생애는 누구에게나, 특히 가족들에게 떳떳했다. 그러나 아직도 말귀를 못 알아들은 내색을 한다면 마나님의 경멸 속에 충분히 포함된 친밀감마저 잃을까 두려워 그는 어정쩡하게 웃으면서 어정쩡하게 중얼거렸다.

"이거 왜 이래요? 얼렁뚱땅 떠맡길 일이 따로 있지. 애 보기가 무슨 장난인 줄 아남."

마나님은 들은 척도 안 하고 안방에서 외출 준비를 했다. 삼십 분도 안 돼 딸과 사위가 외손주를 데리고 달려들었다. 아홉 달 된 손자 녀석은 그동안 먹여야 할 것만도 한 보따리였다. 우유와 야채죽과 과즙과 과자와 철분과 기침약이 한 보따리, 기저귀와 옷이 한 보따리, 보행기와 장난감이 한 보따리, 도합 세 보따리는 사위가 두 손에 들고 어깨에 메고 딸은 아기를 안고 들어왔다.

"우유 먹을 시간은 열두시예요. 냉장고에 넣어놨다가 정각에 먹이세요. 죽은 두시쯤 멕이시구요. 잘 안 먹으려고 그럴 거예요. 어떻게 된 애가 발육에 비해서 이유가 순조롭질 않아요. 울려가면서 막 퍼넣으세요. 어떡하든지 멕이기만 하면 소화는 잘 시키니까요. 식후에 철분하고 기침약 먹이세요. 과즙하고 과자는 칭얼댈 때 조금씩 주시구요. 참, 곧 낮잠 잘 시간이에요. 푹 자고 나면 보행기 타고 잘 놀 거예요. 선잠 깨면 투정이 굉장하니까 절대로 선잠 안 깨도록 하세요. 땡깡 부릴 때는 먹을 것도 막무가내지만 차만 태워주면 직통으로 뚝 그치는데, 오늘 천기사 안 나왔죠? 아버지 골프 그만두시고 나서 천기사만 수 났네."

이렇게 단숨에 말하고 난 혜숙은 나가는 길에 태워다드리마고 어머니를 재촉했다. 요새 제 차를 장만해서 사위가 직접 모는 딸네는 첫밖이라 차 인심이 좋았다.

"알았다, 알았어. 우리 딸네 자가용을 타아구말구. 미장원 들러 가려구 했더니 그 동네에 가서 할까보다."

화장을 짙게 한 마나님이 입을 함박꽃처럼 벌리고 좋아했다. 크림색 마직 투피스에다 진주 목걸이를 늘인 마나님은 머리 손질 안 해도 귀부인 티가 번지르르 흘렀다.

"아버님, 죄송합니다. 이 좋은 일요일 날 애를 보시게 해서…… 영준이 빠이빠이 아빠 다녀올게. 빠이빠이."

두 여자를 앞세우고 조금 뒤떨어져서 현관을 나서던 사위가 그렇게 장인과 제 아들에게 인사를 차렸다. 구원을 청할 마지막 기회다 싶어 맹범씨는 사위에게 애걸을 한다는 게 헛되이 입술만 실룩거리고 있었다. 사위는 한 눈을 찡긋했다. 장인한테 윙크를 할 정도로 버르장머리 없는 사위는 아니니까 제 아들에게 애정 표시를 그렇게 했으리라. 그러나 맹범씨는 자신이 조롱당한 것처럼 느꼈고 모녀가 주거니 받거니 낄낄대던 웃음과 한통속으로 그 조롱의 의미를 파악하려 들었다. 사위의 뒤통수가 현관문 밖으로 사라지고 애 보기가 그만의 것으로 현실화되자, 그제서야 마치 시험지를 내놓자마자 떠오른 정답처럼 깔깔대던 조소의 의미를 깨달았다. 그 의미는 떠오르면서 날카롭게 그의 자존심을 관통했다. 저, 저런 괘씸한 것들이 있나. 맹범씨는 모녀와 사위가 사라져간 현관을 향해 헛되이 격앙했다. 맹범씨는 유신 정치 때 국회의원을 지낸 적이 있었다. 맹범씨는 그런 경력을 매우 대견스럽게 생각했고 그 후에도 그의 처세에 여러모로 유리하게 써먹을 수 있었으므로, 그런 그의 덕을 가장 많이 본 식구들로부터 비록 악의적은 아닐지라도 경박한 야유의 대상이 됐다는 건 생각할수록 괘씸했다. 식구들의 난데없는 빈정거림이 그의 자랑스러운 경력과 관계있다는 걸 진작만 깨달았어도 가장으로서의 권위로 한바탕 크게 호통을 쳤으련만. 물론 정말 애 보기를 떠맡는 얼간이 짓을 했을 리도 만무였다. 그는 비록 국회의원을 지냈다고는 하지만 공천을 받고 선거를 치르느라 패가망신의 위험성을 각오해야 하는 국회의원이 아니라 위에서 지명해서 되는 국회의원이었다. 이 나라엔 그때부터 그런 국회의원 제도가 생겨났고 그는 주는 떡도 못 받아먹는 바보가 아니었으므로 그 기회를 놓치지 않았을 뿐이었다. 그런 기회가 그에게 돌아가기까지의 경위가 밖으로 정확하게 알려진 바는 없지만 구구한 욕된 소문에 시달리지도 않았다. 운이 좋은 사람, 될 만해서 된 사람, 무난한 사람 정도로 넘어갔다. 그건 그만큼 존재가치가 희박한 국회의원이었단 얘기도 되지만, 그 희박한 존재가치로 하여 그후의 여러 고비의 정변 때도 다치는 일이 없었으니 행운을 타고난 사람임에 틀림이 없었다. 행운이 자기편이란 믿음 때문인지 맹범씨는 자기에게 돌아온 행운을 받아들일 때 과연 받을 만한가 아닌가 망설이거나 개인적인 행운과 그 시대와의 관계에 어렴풋이라도 의문을 품어본 적이 없었다. 마찬가지로 그 시대가 지난 지금도 그 시대에서 자신의 역할에 대해 질문을 던져보는 일이 없었다. 타인이 질문을 던지거나 의혹을 갖는 것도 싫었다. 그의 시각으론 마냥 같은 시대가 계속되는 걸로 보였고 따라서 그 시대를 반성하거나 정리해야 할 까닭은 추호도 없었다. 근데 딴 사람도 아닌, 그의 행운의 덕을 가장 많이 누린 식구들이 행운에서도 가장 꽃다운 데에다 그런 방자한 평가를 내리면서 즐거워하다니 울분이 목줄기를 뿌듯하게 했다. 그는 울분의 경험이 없었기 때문에 견디기가 힘들었다. 그는 기물이라도 부수고 싶은 강렬한 충동으로 반짝이는 크리스털 그릇이 정연하게 앉은 장식장 앞으로 돌진했다. 그러나 땡그렁 소리는 그가 장식장 문을 열기도 전에 났다. 보행기를 타고 이리저리 돌아다니느라 엄마 아빠의 외출에도 별 관심이 없던 아이가 탁자 위의 늘어진 난초 잎을 잡아당긴 모양이다. 화분째 떨어지면서 아이는 흙을 뒤집어쓰고 화분은 마룻바닥에 떨어져 박살이 났다. 큰 소리와 흙벼락에 놀란 아이가 까무러칠 듯이 울기 시작했다. 난초 중에선 줄기가 잘 뻗고 번식력이 강한 흔해빠진 종류였지만 분은 이름 있는 도예가가 구운 운치 있는 것이었다. 생각 같아선 그걸 함부로 깨뜨린 녀석을 아무리 혼내주어도 직성이 안 풀릴 것 같은데 녀석은 뭘 잘했다고 점점 더 큰 소리로 울어댔다. 그제서야 엄마 아빠가 없다는 걸 알았는지 눈물을 철철 흘리며 서럽게 우는 꼴이 좀처럼 그칠 것 같지가 않았다. 그냥 내버려두었다간 무슨 일 날 것 같았다. 보행기에서 들어올리려니 영양 좋은 아홉 달짜리는 갈비뼈가 휘게 무거웠다. 안아주어도 아이는 울음을 그치긴커녕 할아버지 얼굴을 한빈 빤히 바라보고 나서 불에 덴 것처럼 더욱 날카로운 울음소리를 냈다. 오냐, 오냐, 괜찮다. 착하지, 할아버지하고 놀자. 우리 아기 착하지. 고작 이런 말로 얼러봤지만 아기는 그의 가슴을 밀치면서 더욱 힘들게 악을 썼다. 금세 아기 목이 쉬고 얼굴은 눈물과 콧물 범벅이 되었다. 맹범씨는 진땀이 버쩍 났다. 아이가 온몸으로 그의 가슴을 밀칠 때마다 녀석을 힘껏 내동댕이치고도 싶었지만 차마 그럴 수는 없는 일이었다. 그렇잖아도 애 잡을 것 같은 두려움이 그의 가슴을 옥줬다. 시계를 보니 열한시 사십오분이었다. 떠나기 전에 일러준 말이나 밖에서의 용건으로 미루어 딸 내외와 마나님이 돌아올 시간은 일러도 세시는 넘어야 할 것 같았다. 넉넉잡고 네시쯤으로 잡아놓고 기다려야 안달을 덜 할 것 같은데, 지금부터 네 시간이라니, 맹범씨는 하룻밤 새에 머리가 하얗게 센다는 옛날이야기 속에 나오는 짧고도 긴 고난의 시간을 연상하고 치를 떨었다. 어떻게 해서 이 지경이 됐는지 너무 창졸간에 당한 일이라 악몽에 시달리고 있는 게 아닌가 싶기도 했다. 울어서 죽는 법은 없다는 말을 어디서 들은 것도 같았으나 아기는 정말 울어도 너무 울었다. 어느 순간 숨이 꼴깍 넘어가는 게 아닌가 싶게 온몸의 힘을 다해 울고 있었다. 가만히만 있을 수 없어 안고 흔들면서 집안을 몇 바퀴 돌았건만 울음의 기세는 조금도 꺾이지 않았다. 시계를 보니 겨우 오 분이 지나서 열두시 십 분 전이었다. 울 때는 그저 젖으로 틀어막던 예전 육아법과 함께 우유 먹을 시간이 열두시라고 일러주던 딸의 말이 생각났다. 열두시까지는 아직 십 분이 남았지만 십 분 상관으로 큰일이야 나랴 싶었다. 무작정 울어대는 입을 틀어막을 게 생각났다는 것만으로도 살 것 같았다. 잘 시간도 얼마 안 남았다고 했겠다, 그만큼 울었으니 우유를 먹으면서 곯아떨어질 만했다. 맹범씨는 처음으로 한숨 돌리면서 우는 아이의 입에 우유병을 물렸다. 워낙 몹시 울던 끝이라 그런지 아이는 몇 모금 빨다간 울고 빨다간 울곤 했다.

그래도 울음의 기세가 많이 꺾이고 우유도 반병쯤 줄었다. 눈엔 졸음도 어리는 듯했다. 더도 말고 덜도 말고 네시까지만 자거라, 맹범씨는 비로소 애 보기에 자신이 생기는 듯했으므로 회심의 미소를 지으며 이렇게 축수했다. 그때 아이는 울컥 목이 메게 우유를 토해내고 나서 더 다급하게 울기 시작했다. 다시 우유 꼭지를 물리려 해도 막무가내였다. 혹시 급한 병이 난 게 아닌가 싶어 가슴이 덜컥 내려앉았다. 머리를 짚어보니 식은땀이 쪽 흐르는 게 열은 없는 듯했지만 너무 차가운 것도 겁이 났다. 둥개둥개 흔들면서 집안을 뱅글뱅글 돌았다. 흔들 동안만 조금 울음을 그쳤다간 조금만 덜 흔들어도 악을 썼다. 팔이 떨어져나가는 것 같았다. 가슴까지 담이 든 것처럼 결렸다. 겨우 열두시 오분이었다. 먹는 건 막무가내니 흔드는 것 말고는 재간이 없었다. 국회의원한테 애 보기나 하리는 엉터리 같은 발상을 제일 먼저 한 건 만화가일까, 신문기자일까, 흔해빠진 칼럼니스트일까? 아무튼 지옥에나 떨어지라는 악담이 저절로 나왔다. 어깨가 내려앉고 팔이 저려 더이상 아이의 무게를 지탱할 수가 없었다. 아이의 울음이 너누룩한 걸 기화로 그는 아이를 보행기에 앉혔다. 낮잠 잘 때가 가깝다는 말은 믿을 게 못 되는 게 아이의 눈은 초롱초롱하다못해 심상치 않은 적의마저 번득이고 있었다. 아이는 보행기로 한달음으로 장식장 앞으로 가더니 미니 양주병을 꺼내 유리문을 두드리려고 했다. 맹범씨는 비명을 지르며 달려가 양주병을 빼앗았다. 아이는 기다렸다는 듯이 목쉰 소리로 고래고래 악을 썼다. 그는 다시 아기를 안아올려 우유를 마저 먹이려 했지만 아이는 도리질을 하면서 밀쳤고 과자도 과일즙도 막무가내였다. 아까 토한 우유가 맹범씨 트레이닝복에 허옇게 얼룩져 시척지근한 냄새를 풍기고 있었다. 그걸 닦거나 갈아입을 새도 없는 악전고투의 시간이었다. 시계를 보니 겨우 열두시 이십분이었다. 아이들 키가 넘게 큰 괘종시계는 일부러 그러는 것처럼 한껏 굼뜨게 추가 오락가락해서 어째 믿을 만하지가 못했다. 가끔 망령을 부린다고 마나님이 타박하는 소리를 들은 생각이 났다. 그러나 안방의 탁상 전자시계도 경대에 풀어놓은 그의 금딱지 롤렉스도 같은 시간을 가리키고 있었다. 미쳐서 오락가락 서성대는 시간 때문에 환장을 할 것 같았다. 아이보다 더 큰 소리로 울면 아이가 질려서 혹시 울음을 그치지 않을까 하는 생각까지 들었다. 궁하면 통한다고, 이때 비로소 아이가 심통 부리고 울 때 차만 태우면 뚝 그치는 버릇이 있다고 일러주던 딸의 말이 생각났다. 어렵지 않은 일이었다. 천기사는 안 나왔지만 택시나 버스를 태울 수도 있었다. 어어기 가자, 빵빵 타고 어어기 가자. 그렇게만 말해도 아이는 잠깐잠깐씩 울음을 그치고 솔깃해하는 것 같았다. 그는 현관문과 대문 단속을 대강하고 나서 정원으로 내려선다. 빨랫줄과 장독대가 있는 담 모퉁이에 옆집 마당과 통하는 협문이 있었다. 서로 집을 비울 때 이용하기로 하고 낸 문이었다. 마나님은 파출부가 안 오는 날 더러 이용하는 눈치였다. 맹범씨가 이용하긴 처음이었다. 한 시간도 안 되는 사이에 아이의 얼굴은 코와 눈물로 더럽게 얼룩지고 한결 수척해졌을 뿐 아니라 눈치가 빤해서 영락없는 천덕꾸러기였다. 토한 젖의 시척지근한 냄새는 아이한테서는 더 심하게 났고 옷 꼴도 꾀죄죄했다. 협문을 통해 옆집 마당에 들어선 맹범씨는 그런 아이 꼴이 창피해서 집 비우고 잠깐 나갔다 올 테니 잘 부탁한다고 소리치고는 얼른 그 집 대문을 나섰다. 거실 유리문 안에서 맹범씨의 이런 거동을 지켜보던 그 집 새댁은 고개를 갸우뚱하면서 중얼댔다. 저 댁에 무슨 좋지 않은 일이 생겼나? 이웃집 주인 영감임엔 틀림이 없는데 출근할 때 봐오던 그 신수 좋은 멋쟁이 노신사가 아니었기 때문이다. 맹범씨는 손님을 맞을 명절 때 아니면 집에서 평상복 겸 잠옷으로 트레이닝복을 애용했다. 누워서 뒹굴기에도 마당을 서성이다가 생각난 듯이 맨손체조를 하기에도 산책 겸 담배를 사러 동네 나들이를 나가기에도 편하고 무난했기 때문이다. 요새 부쩍 젊어 뵈는 빛깔을 받쳐 입는 영감님을 위해 마나님이 손수 고른 짙은 포도주빛 트레이닝복은 빨래할 때 파출부의 취급 부주의로 표백제가 묻어 여기저기 허옇게 얼룩져 낡고 초라해 보였고, 윗도리엔 아기가 토한 우유가 어른이 게운

밥풀찌끼처럼 엉겨붙어 있었다. 보채는 아이하고 씨름하느라 지퍼가 반 넘어 내려와 가슴을 드러내고 있었고, 엉겁결에 맨발에 슬리퍼를 짝짝이로 신고 있었다. 그 노인에 그 아이였다.

"아이고 맹사장님께선 어쩐 일이십니까?"

골목 어귀 구멍가게 남자가 이런 맹범씨의 몰골이 민망해서 바로 보질 못하고 괜히 손을 부볐다. 맹범씨는 아이가 거리로 나오자 울음을 뚝 그친 것만 고마워 계속 둥개둥개하면서 큰길로 나가다 말고 돌쳐와서 가게 남자에게 말했다.

"잔돈 좀 꿔주겠나?"

"네? 잔돈이라뇨?"

"이 녀석 빵빵을 태워주려고 나왔는데 마침 돈을 안 가지고 나왔네그려."

남자는 꿔주는 게 아니라 꾸는 것처럼 연방 머리를 조아리며 오천원짜리를 내놓았다.

"뭘 오천원씩이나. 천원짜린 없나?"

"넉넉히 가져가시는 게 안 좋겠습니까?"

"아닐세. 택시 타고 동네나 한 바퀴 돌걸 뭘."

맹범씨는 천원짜리를 한 장 꿔가지고 큰길로 나왔다. 빈 택시는 좀처럼 오지 않았고 아이는 둥개둥개 흔들지 않으면 당장 칭얼거렸다. 어떻게 하든지 울리지를 말아야지 한번 울기 시작하면 끝이 없이 울음 끝이 질기다는 데 맹범씨는 거의 공포감을 느끼고 있었다. 저만치 시멘트 교각 위로 풀빛 전동차가 가는 게 보였다. 전철이 이 동네를 지난 지 대여섯 해는 됨직한데 맹범씨는 그걸 한 번도 타본 적이 없었다. 친구들 중에는 그게 승용차보다 빠르고 안전하고 편하더라고 칭송이 대단한 친구도 있었지만 언제고 한번 타봐야지 하는, 격이 다른 교통수단일 뿐이었다. 격이 다르다는 걸 번연히 알면서도 괜히 한번 친한 체해보는 위선적인 서민성이 그에겐 조금도 없었다. 그러나 아이를 울리지 않기 위해서였다. 맹범씨는 죽자꾸나 아이를 둥개둥개 흔들면서 멀지 않은 전철역으로 갔다. 표 파는 데는 사람들이 줄을 서 있었다. 역 안에서 뛰어노는 아이들도 있었다. 아이는 걸음마도 못하는 주제에 아이들을 보자 좋아라 환성을 지르며 내리겠다고 맹범씨 가슴을 밀쳤다. 팔이 떨어질 듯이 아픈 맹범씨는 양회바닥에 잠깐 아이를 내려놓고 줄을 섰다. 표를 사가지고 아이를 안아올리니 엉덩이가 걸레처럼 새까맣다. 그제서야 맹범씨는 아이의 기저귀와 함께 바지가 질펀하게 젖어 있다는 걸 알아차렸다. 여벌로 기저귀를 가지고 나오지 않은 맹범씨는 난감했다. 마침 역 구내에 약국이 있었고 그 안에 일회용 기저귀 봉지가 산적해 있는 게 보였다. 사람이 죽으라는 법은 없거든. 맹범씨는 이렇게 안도하며 약국으로 들어갔다. 청년에게 드링크류를 팔고 있던 아리따운 여약사가 눈살을 살짝 찌푸리고 맹범씨를 일별했다.

"종이 기저귀 하나만 줘요. 애 보기도 경험이 있어야지 아무나 보는 게 아닙디다. 가장 중요한 걸 빠뜨리고 나왔지 뭐유."

맹범씨는 불필요한 변명을 늘어놓으며 선웃음을 쳤다. 약사가 밀가루 자루만한 기저귀를 통째로 꺼내놓으며 쌀쌀하게 말했다.

"이천원 되겠습니다."

"옛? 이천원이요? 그렇게 많이는 필요 없어요. 집에 기저귀가 없나 뭐."

약사는 말없이 봉지를 본디 있던 자리에다 던져놓고 다음 손님을 상대했다. 날이 선 코와 얇은 입술이 인정머리 없어 보였다.

"몇 개만 파시구려. 네, 약사 선생?"

맹범씨는 아니꼬운 걸 꾹 참고 비굴하게 웃으면서 빌붙었다. 오줌을 쌌으니 똥도 쌀지 모르고, 갈아댈 기저귀 없이 차를 탈 엄두가 나지 않았다. 녀석이 아까부터 그렇게 보챈 게 젖은 기저귀 때문인지도 모른다고 생각되자 한시가 급하게 갈아주고 싶기도 했다.

"간이 많이 나쁘신 것 같으네요. 간장약은 이게 제일이에요. 술 좀 덜 드시구요."

중년 남자가 단골인 듯 미주알고주알 세세하게 얘기하는 증세를 다 듣고 난 약사가 상냥하게 웃으면서 은박지에 포장된 약을 내놓았다. 그 쌀쌀한 여자가 딴 사람한테는 그렇게 상냥하게 웃을 수 있다는 것만으로도 맹범씨는 모욕감을 느꼈다. 그러나 그걸 따지고 시비를 걸 계제가 아니었다. 그에겐 마른 기저귀가 절실하게 필요하고 그것 한 봉지를 다 살 돈은 태부족했다.

"약사 선생님, 부탁 좀 합시다. 딴 일도 아니고 어린이를 위하는 일이니 사정 좀 봐주시구려. 낱개로 몇 장만 팔면 안 되겠소?"

못 들은 척 중년 남자와의 수작을 좀더 계속하고 간장약을 팔고 난 약사가 삼한 눈으로 맹범씨와 아이를 째려보더니 기저귀 봉지를 씽 바람이 나게 낚아채다가 진열장에 놓으면서 물었다.

"낱개론 백원씩이에요. 몇 장 필요해요?"

"아이고, 이거 고맙구려. 한두 장? 아니 석 장만 주구려."

"원은 낱개로 안 파는데 할아버지가 하도 불쌍해서 드리는 거예요."

약사는 아기가 기어다니는 그림이 있는 푸른 봉지를 끄르고 기저귀를 석 장 꺼내서 딴 비닐봉지에 넣어주면서 말했다. 삼백원을 낸 맹범씨는 얼른 아이의 기저귀를 갈아주려고 아기를 안고 구석빼기로 돌아앉았다.

"할아버지, 냄새나게 어디서 기저귀를 갈려고 그래요. 데리고 나가세요. 노인네가 염치도 없어."

약사가 맹범씨를 거러지 내쫓듯 했다. 맹범씨는 그새 구박에 익숙해져서 고분고분 약국을 나와 쓰레기통 그늘에서 아이의 바지를 내리고 흠빡 젖은 기저귀를 뺐다. 그사이에도 아이는 쉬지 않고 버둥대 한 손으로 아이의 몸을 지탱하며 다른 한 손으로 새 기저귀를 채우는 일이 야생마한테 재갈을 물리는 일만큼이나 힘에 겨웠다. 그래도 바깥 구경에 팔려 악을 쓰고 울지 않는 것만 고마웠다. 기저귀를 갈았다고 바지까지 부숭부숭해지는 건 아니었다. 걸레가 다 된 바지를 치켜올려주고 나서 다시 안아올렸다. 홈으로 나가 전동차를 기다리는 동안 아기는 처음으로 벙글벙글 웃었다. 맹범씨는 비닐봉지 속에 챙겨넣은 젖은 기저귀를 꺼내 아기의 더러운 얼굴과 새까만 발바닥을 대강 닦아주었다. 학생이 얼른 자리를 내주었으므로 맹범씨는 아기를 창가에 세우고 비스듬히 앉았다. 아기는 정말 차 타기를 좋아했다. 꺅, 꺅 환성까지 지르며 창에 꼭 붙어서 있었다. 옆에 앉은 부인이 아기에게 닿을세라 몸을 자꾸만 오그리고 있었다. 엉덩이 쪽만 걸레 같은 게 아니라 옷 전체가 더럽고 냄새났다. 그는 창구에서 무턱대고 행선지를 댔으므로 차표에 명시된역에 내리고 나서도 멍청히 왜 그 고장 이름을 알고 있었는지를 생각하려고 했다. 역을 빠져나오자마자 고층 아파트 단지였다. 작년엔가 친구가 그리로 이사해서 한 번 와본 적이 있는 단지였다. 전혀 우발적이 아니었다는 게 되레 그를 낭패스럽게 했다. 그는 행여 친구나 친구의 식구를 만날까봐 잔뜩 겁을 먹고 아파트 단지를 벗어났다. 새로운 단지는 단독주택가인지 불도저로 밀어놓은 광활한 택지가 나타났다. 아이가 얼굴을 들입다 부비며 다시 칭얼거리기 시작했다. 부드러운 흙을 보자 맹범씨는 느닷없이 예전에 돌아간 어머니 생각이 났다. 그는 다섯 남매를 낳아 다 길렀고 아이들은 비교적 무병하게 잘 자라주었다. 아이들마다 앓은 병은 홍역과 태열이 고작이었다. 홍역은 그때만 해도 누구나 한 번 치르는 병이었지만 태열은 흔치 않은 피부병인데도 그의 아이들은 하나도 안 빼고 다 앓았다. 그 병은 걸음마할 때까지의 한창 예쁜 아기를 보기 싫게 했을 뿐 아니라 자각증상도 상당히 괴로운 편이어서 아이들이 돌 안에 심하게 보챘다. 병원 약이나 생야도 태열엔 별로 신통한 게 없었고 그때의 속설로는 아이가 흙을 밟게 되면 저절로 낫는 걸로 돼 있었다. 그건 아마 걸어다니게 되면 낫는다는 뜻이련만 그의 어머니는 그동안을 못 참고 어린 손자를 마당으로 데리고 나가 맨발에다 흙을 쓱쓱 묻혀주면서 흙 밟고 태열 뚝 떨어져라, 흙 밟고 태열 뚝 떨어져라, 하고 주문처럼 되뇌곤 했다. 그럴 때 흙은 신비한 생명력의 근원이고 자연의 만병통치약이었다. 흙과는 본능적인 친화감이 있는지 아이들도 그런 흙장난을 좋아했다. 본디 청결을 좋아하는 맹범씨였지만 그의 어머니가 손자의 발에 흙을 묻히는 경건한 의식에는 미소를 금치 못했었다. 어머니에겐 종교에 가까운 의식이 아이에겐 유쾌한 놀이였고 의식과 놀이의 조화가 그렇게 보기 좋을 수가 없었다. 한번 발에 흙을 묻히는 재미를 터득한 아이는 손으로도 흙을 만지고 싶어했고 나중엔 흙에 뒹굴고 싶어했다. 그러고 나서 흙강아지가 된 아이를 씻기면 밭에서 갓 뽑은 무를 씻는 것처럼 살갗이 싱싱하고 건강했었다.

맹범씨는 흙을 보자 그 옛날의 어머니처럼 손자와 함께 흙장난을 하고 싶어졌다. 아이의 손발과 옷은 벌써부터 꾀죄죄했지만 그건 흙이 아니라 도시의 먼지였다. 진짜 흙을 묻혀주고 싶었다. 아이에게 그 즐거움을 느끼게 해주고 싶었다. 그런 뜻밖의 생각을 통해 그는 처음으로 손자에게 할아버지다운 정이 우러나는 걸 느꼈다. 그는 돌이 적은 고운 흙을 골라 아이를 내려놓았다. 예상한 대로 아이의 표정이 싱싱하게 살아나면서 흙과 자유자재로 친해지기 시작했다. 아이는 기운차게 흙 위를 기고 뒹굴고 흙을 파고 주무르고 흩뿌리고 맛보면서 연방 낄낄거렸다. 아이의 꼴이 말이 아니었지만 맹범씨는 개의치 않고 같이 장난을 치면서 히히거렸다. 아이의 손톱 밑이 새까매지고 머리털 속에도 흙이 버적버적했다. 어느 틈에 흙을 주워먹었는지 아이의 입에서 흙물이 흐르면서 욕지기를 했다. 맹범씨가 더러운 손가락을 아이 입에 넣고 휘저었다. 아이의 입속이 온통 깔깔한 흙이었다. 아이는 계속해서 욕지기를 하면서 울기 시작했다. 흙장난이 과했던 것 같아 얼른 안고 달 랬지만 아이의 울음은 심상치가 않았다. 주위를 휘둘러보니 저만치 천막집이 보였다. 포장마차보다 조금 큰 집엔 장독대 도 있고 줄에 빨래도 널려 있었다. 문이라기보다는 구멍으로 들여다본 그 안은 대낮의 밝음에 익은 눈으론 아무것도 분간 못할 만큼 어둑시근했다. 누군가가 그 안에서 꿈적거리고 있 다는 걸 겨우 어림짐작할 수 있을 정도였다.

"실례합시다. 물 한 대야만 얻읍시다."

"뉘시우?"

대답은 천막 뒤 한데서 났다. 호미를 든 노인이 바지춤을 여 미며 어슬렁어슬렁 나타났다. 머리는 하얬으나 체격이 우람하 고 피부가 건강한 옹깃빛이어서 나이를 짐작할 수 없었다.

"주인장이슈? 물 한 대야 얻읍시다."

"물을 한 대야씩이나 뭘 하게? 여긴 물이 귀한데."

"보면 모르슈. 이 아이를 좀 씻기려고 그러니까 편의 좀 봐 주슈."

"먹으려고 구걸해다논 물을 세숫물로 달래? 아니꼽게."

노인은 숫제 반말이었다.

"여긴 평진데 물이 왜 그렇게 귀해요?"

"평지라도 수도꼭지가 없으니 귀할 수밖에."

"아무리 돈이 많이 들어도 수도쯤은 끌고 살아야죠. 기본적인 생활 여건이니까."

"에이 여보슈. 뭐 이런 맹문이가 다 있어. 우린 여기서 살라는 걸 사는 게 아니거든, 끌기는커녕 끊어버렸다우."

그렇게 말하는 노인은 신산스럽기는커녕 매우 자랑스러워 보였다. 맹범씨는 속으로 약간 돈 노인네가 아닌가 싶어 섬뜩했다.

"그럼 실례했수다. 어디 간들 물 한 대야 못 얻겠수?"

그때 천막 안에서 여자 소리가 났다.

"물 한 대야 드려요. 물 적선이 제일이란 소리도 못 들었수?"

"먹을 물이 아니라 씻길 물이래."

"알아요. 그애 꼴 좀 봐요. 불쌍하지도 않아요?"

목소리만 들리던 여자가 안에서 나왔다. 오십 세 전후의 허여멀건한 여자였다. 여자는 선선히 속에서 물을 한 대야 퍼냈다.

"고맙습니다, 아주머니."

맹범씨가 아이를 씻기려 하자 아이는 발버둥을 치면서 또 울기 시작했다. 지겹게도 울기 잘하는 아이였다.

"이리 줘요. 왜 애 씻기는 게 그 모양이에요?"

여자가 화난 듯이 애를 뺏더니 벅벅 씻기기 시작했다. 손가락으로 입안도 마구 후벼냈다. 애는 숨넘어가는 소리를 냈지만 수건질할 땐 그치고 똘방똘방 이 사람 저 사람 눈치를 봤다.

"어메, 씻겨논게 제법 훤한 도련님이네. 낯도 안 가리고. 너 꾹너꾹."

여자가 평상에 퍼더버리고 앉아 넓적한 얼굴을 허물고 아이를 얼렀다. 천막 안에서 예닐곱 살 되어 보이는 계집애가 찐 고구마를 먹으면서 쪼르르 나오더니 아이에게 주려고 했다.

"이 계집앤 애만 보면 사족을 못 쓴다니까. 사내 동생도 하나 못 보는 주제에, 저리 치지 못해, 남의 애 목메."

여자는 계집애가 부득부득 아이 입에 처넣으려는 고구마를 뺏더니 자기 입에 넣고 꼭꼭 씹어 뱉어 아이 입에 조금씩 넣어주었다. 아이는 새처럼 입을 짝짝 벌리고 잘 받아먹었다. 맹범 씨는 그 여자의 다루는 법이 믿음직스럽고 또 잠시나마 아이 안는 일은 면할 수 있어 여간 고맙지 않았지만 천막 속에 사는 정체 모를 여자가 씹어 뱉은 걸 아이에게 먹인다는 걸 애어미가 어디서 보면 기절초풍을 할 것만 같아 조마조마했다.

"얘가 배가 되게 고팠네. 고구마 하나 더 가져온."

계집애가 안으로 들어갔다.

"아녜요, 아주머니. 우유 먹일 시간이 다 됐으니 그만 집에 가봐야죠."

맹범씨가 아이를 받으려 하자 아이는 도리머리를 흔들면서 여자의 가슴에 찰싹 붙었다. 여자는 아이의 뺨에 쭉 입을 맞추고는 기저귀를 만져보더니 아이구 딱해라, 아이구 차거워라,

하면서 기저귀를 뺐다. 아이가 시원한 듯이 흥얼대며 다리를 쭉 뻗었다. 아이고매, 고추도 잘도 생겼네. 조년은 언제나 이런 사내 동생을 보누, 하며 기저귀 채울 생각은 안 하고 고추를 만지기 시작했다. 계집애도 신기한 듯이 생그레 웃으면서 들여다봤다. 맹범씨가 비닐봉지에서 새 기저귀를 꺼내면서 아이를 빼앗으려 하자 아따 고추 닳을까봐 겁나요, 하면서 자기가 갈아주고 나서 바지를 치켜주고 끌끌 혀를 찼다.

"헌옷이 있으면 한 벌 줬으면 좋으련만 워낙 애 길러본 지 오래돼서…… 글쎄 조년이 돌문을 닫고 나왔는지 아수가 없네요."

"아들딸 가리지 말고 하나만 낳아 잘 기르란 소리도 못 들었어? 애 에미 듣는 데선 제발 그 아들 타령 좀 그만혀."

"아드님 내외도 같이 사시나보죠?"

맹범씨가 아까보다 한결 잘 보이는 천막 안을 기웃대며 넌지시 물었다.

"장가 안 든 아들이 둘이나 더 있어요. 손이 귀한 집도 아닌데."

여자는 아직도 아들손주에 대한 미련을 못 버리고 심란한 얼굴을 했다.

"그 여러 식구가 여기서 다 함께 산단 말입니까?"

"임시지, 우리라고 생전 이러고 살라구요. 이렇게 살고 싶대도 살게 내비두지도 않을 거구먼요."

"흥, 저희들이 안 내버려두면 어쩔 거야. 누가 이기나 보라지."

영감이 허공에다 대고 눈을 부라리며 별렀다.

"이 땅에 소송이라도 붙었습니까?"

맹범씨는 아까부터 궁금하던 걸 이렇게 넌지시 물었다.

"아녜요, 이 동네가 다 개발인지 쇠발인지 걸려서 벌써 없어졌는데 우리는 보상금 까탈로……"

"정부하고 합의가 잘 안 돼서."

여자가 말을 끝마치기 전에 노인이 얼른 말꼬리를 낚아챘지만 노인 역시 말끝을 맺진 못하고 별안간 괜히 으스대기만 했다. 정부라는 말에 힘을 주면서 거만을 떠는 게 자신과 정부를 일대일의 대등한 위치로 가정하는 데 쾌감을 느끼는 눈치가 역력했다.

"이제 그 고집 좀 그만 피우시우. 우리보담 더 억울한 왕근네도 진철이네도 결국은 떠났잖아요."

"듣기 싫어. 그 배신자덜 소린 왜 또 혀?"

"암튼 우리가 한 번 돈을 받아먹은 건 사실 아녜요."

"닥치지 못해. 조, 조놈의 여편네 입초시에 될 일도 안 된다니께."

"몰라요. 난 암것도 모른께 낼부터 물도 당신이 길어요."

“아따따, 물긷는 자세 또 부리네.”

“물 한 바가지나 길어보고 하는 소리여요. 아빠뜨 수위가 오죽 지랄을 하는 줄 알아요. 젊은 놈이 늙은일 사람 취급도 안 한다구요.”

“아 즈네들 흥청망청 차 닦는 물 먹는 물로 선심 좀 쓰는 게 그렇게 아깝대. 나쁜 새끼 같으니라구.”

“그 사람 나무랄 것도 읎어요. 차 닦는 물이라고 거저 나오는 게 아니래요. 공동 수도료도 다 같이 문다니 밖의 사람 퍼주면 욕 안 먹겠어요?”

“아따따, 이해심 많아 좋다.”

“빈정거리지 좀 말구 마음이나 고쳐잡수세요.”

“날더러 마음을 고쳐먹으라구? 내가 뭘 잘못했게.”

“고집도 잘못이에요. 남 하는 대로 하고 삽시다.”

“벌써 세번째야. 자리잡고 살 만하면 개발 쇠발 당한 게. 우리가 다 해논 개발을 누가 또 헌다고 지랄이야.”

“이이가 증말, 만길이 어멈 혼이 씌었나?”

여자가 한숨을 푹 쉬었다.

“씌면 좀 어때? 이 동네 사람덜 만길이 어멈 원혼이 안 씐 게 더 이상하지.”

“요새 세상에 원혼이 어딨어요?”

“원혼이 왜 읎어? 사람덜이 쇠붙이처럼 독해져서 씌일 데가 읎다 뿐이지."

"만길이 어멈이 어떤 사람입니까?"

맹범씨가 두 사람의 말다툼 사이에 끼어들었다.

"이 동네 도오쟈로 밀 때 앞장서서 말리다가 도오쟈에 깔려 죽은 여자랍니다."

"네에, 그런 일이 있었군요."

맹범씨가 마음으로부터 비통하게 말했다.

"떨 거 읎어, 영감. 제 집 읎으면 그런 일 당하고 싶어도 못 당할 테니까."

노인이 뽐내면서 맹범씨를 경멸했다. 아이가 또 칭얼대자 이번엔 계집애가 고구마를 씹어서 아이 입에 넣어주기 시작했다. 아이가 하도 허겁을 하며 받아먹으니까 계집애는 입으로 직접 아이 입으로 넣어주며 좋아하고 해해거렸다.

"그만 먹여라, 남의 애 체할라. 할아버지, 애가 배가 많이 고픈가봐요. 집이 어딘지 어여 데려다 젖을 물리도록 하세요. 세상에, 가엾어라. 먹고살려고 저 입 벌리는 것 좀 보게나."

아이는 입을 벌리고 고구마 부스러기가 묻은 계집애의 입술이라도 빨려고 허둥대고 있었다.

"보면 몰라, 에미 있는 애 같지도 않구먼."

노인이 맹범씨와 아이를 가련하다는 듯이 바라보면서 말했다.

"할아버지, 아이를 업혀드리리까. 안는 것보다 훨씬 힘이 들들 테니 업으시우. 우리 애 두르던 띠가 어디 있을 테니 잠깐만 기다려요."

여자가 계집애를 앞세우고 안으로 들어갔다. 노인이 평상에 앉아서 담배를 피워 물면서 맹범씨에게도 권했다.

"안 피워요. 건강 때문에."

"건강 좋아하네. 곧 죽어도 돈 없어서 못 피운다고 안 할 얼굴이군."

맹범씨는 갖은 수모를 다 당하면서도 노인이 밉지 않았다. 마음에 들었다. 여기서 진 신세를 훗날 후하게 갚고 싶었다. 이런 데서 이렇게 사는 사람들의 소원은 뭘까? 고작 안전한 일자리 아니면 쫓겨나지 않아도 되는 집이 아닐까? 맹범씨는 야담에 나오는, 미행을 나가서 만난 착하고 곤궁한 선비의 소원을 들어주는 임금님 생각을 했다. 이 노인에게라면 그런 임금님이 돼줄 수도 있었다. 그는 노인을 위해 수위나 농장 관리인 자리를 생각했고 비어 있는 별장과 비울 수 있는 농막도 생각했다. 무엇보다도 시급한 건 자신의 변신을 노인에게 보여주는 일이었다. 노인은 얼마나 놀라고 황공해할까? 야담의 클라이맥스는 결코 선비의 금시발복에 있지 않고 선비가 임금님이 언젠가 만난 적이 있는 보잘것없는 노인이었다는 걸 알아보고 황공무지해하는 대목에 있다. 맹범씨의 공상도 마찬가지였다. 여자가 띠를 찾아가지고 나왔다. 군데군데 해지고 찌든 무명

띠었다. 업으니까 한결 편했다. 그래도 여자는 타박을 했다.

"왜 애 업은 꼴이 그래요. 아이가 붙질 않고 겉도는 게 가관이네. 진지라도 따뜻하게 얻어잡수려면 애를 잘 봐야 돼요. 노인도 공밥 먹긴 힘든 세상이니까 애 보기 싫은 눈치 하지 말구요. 오죽해야 할아버지한테 애를 맡겼겠어요. 딱해라. 참 점심 요기는 하셨수? 고구마나 두어 개 드리리까? 뭐든지 잡수셔야 허리를 펴고 애도 봅니다요."

"걱정도 팔자야. 동냥자루 도루 달래면 될 걸 웬 걱정이야."

노인이 또 밉상을 떨었다. 그러나 맹범씨는 그동안에 속으로 노인의 일자리뿐 아니라 아들 며느리의 일자리까지 다 마련했으므로 여유 있게 웃으면서 물었다.

"노인장, 그동안 신세 많이 졌수다. 이 은혜를 어찌 갚을지."

"궁상 작작 떨고 어여 가봐요."

"노인장의 소원은 뭐유?"

"내 소원? 왜 들어줄라우?"

노인이 조롱하는 듯 시비하는 듯 물었다.

"어찌 들어줄 수야 있겠소만 늙은이끼리 서로의 소원을 알아두는 것도 재미있을 것 같아서."

"흥, 난 당신 소원 알고 싶지도 않은데. 내 소원은 말야, 저 놈의 아빠뜨나 읊했으면 좋겠어. 우리집이 이래 봬도 정남향판인데 저놈의 아빠뜨 때문에 해가 들어야지. 앞으로 날은 점점 추워질 텐데 햇빛 뺏긴 게 생각할수록 억울하단 말야."

"노인장, 노인장은 디오게네스를 알고 있었구먼."

노인의 뜻밖의 대답에 맹범씨는 한편 놀라고 한편 이렇게 반색을 했다.

"내가 누구네를 안다고?"

맹범씨가 하도 반색을 하는 바람에 노인이 어리둥절해서 물었다.

"디오게네스 말요. 디오게네스."

"누구네라구? 되기네?"

"디오게네스."

"여보 마누라, 되기네가 누구네지?"

노인은 드디어 아내에게까지 구원을 청했다.

"글쎄요. 잘 생각나지 않는데요."

"그럼 노인장은 정말 디오게네스를 모른단 말요?"

"생전 처음 들어보는 이름인걸."

"거참 이상하다."

"뭐가 그렇게 이상해요?"

"디오게네스도 모르구서 어떻게 그런 대답을 할 수가 있단 말요. 그런 명답을 말요?"

"내 원 참, 별꼴 다 보겠네. 되기네를 모르면 그럼 어떤 대답을 해야 한단 말이요."

"그야 우리네 상식으로야 감히 저 아파트 없앨 생각을 어떻게 하겠소. 이 천막집 없애는 게 훨씬 쉽지, 그게 순리구."

"아니, 이 영감이 듣자듣자 하니 누굴 약을 올리러 왔나, 염탐을 하러 왔나. 말도 못해, 말도. 그러니까 수원이지. 이 늙은 거렁뱅이아 썩 꺼져라. 퉤퉤, 오늘 재수 더럽다, 더러워."

독이 머리끝까지 오른 노인이 아까 아이를 씻긴 대야의 구정물을 냅다 맹범씨한테 끼얹었다. 엉겁결에 도망을 치면서 맹범씨는 물벼락을 맞아 싸다고 생각했다. 디오게네스라니, 자신의 유치한 망발이 생각할수록 닭살이 돋을 것처럼 혐오스러웠다.

"할아버지, 할아버지, 집이 어딘지 아기를 우유라도 한 병 멕여야겠습디다. 시상에 배가 얼매나 고픈지 먹는 거라면 환장을 해쌓는."

그동인에 정이 들었는지 여자가 도망치는 맹범씨한테 이렇게 악을 썼다. 그러고 보니 열두시에 우유 반병 먹은 건 다 넘기고 그후 변변히 먹은 게 없었다. 고구마 얻어먹던 데를 떠나니까 아이는 등에서 몸을 비틀면서 기색을 하는 소리를 냈다. 우유를 사 먹이라는 귀뜸이 고마워서 맹범씨는 돌아보면서 손을 흔들었다. 그러나 맹범씨는 친구네를 의식하고 가까운 아파트 단지는 피해 아직 택지가 조성 안 된 '재개발 지역'이란 큰 글씨를 아치형으로 써붙인 이웃 동네 쪽으로 갔다. 곧 갈아

옆을 동네라 집 같지도 않은 집들이 다닥다닥 붙어 있고 좁은 골목도 꼬불탕꼬불탕했다. 그러나 구멍가게는 자주 눈에 띄었다. 이왕이면 깨끗한 구멍가게를 고른다는 게 모주꾼같이 생긴 남자들이 몇 명 막걸리를 마시고 있는 제법 큰 가게를 기웃거리게 됐다. 냉장고도 갖추어져 있었고 팩에 든 생우유가 이백원이라고 했다. 꽤 큰 팩이어서 맹범씨가 먼저 목을 축이고 나서 컵을 하나 빌렸다. 워낙 배가 고팠던지라 아이는 젖꼭지 없이도 잘 마셨다. 가끔 사레가 들려 킥킥대다가도 울지도 않고 다시 허겁지겁 컵에 달려들곤 했다. 그럭저럭 한 컵의 우유를 다 마신 아이는 좌판을 짚고 서서 이것저것 장난을 하려고 했다. 주인 남자는 연탄난로에서 부글부글 끓는 냄비를 열고 젓갈로 그 안의 제육 덩어리를 찔러보다 말고, 원 녀석 잘생겼다 하며 씽긋 웃는 게 마음 좋아 보였다. 맹범씨는 주인의 인심에 힘입어 거기서 잠깐 쉬기로 했다.

"영감님, 막걸리 한잔하십시다."

우락부락한 젊은이가 플라스틱 컵에 부연 막걸리를 가득 부어서 맹범씨한테 불쑥 내밀었다.

"아니, 아닙니다요."

맹범씨는 막걸리가 얼마나 비위생적이라는 데 겁을 먹는다는 게 그만 젊은이에게 너무 공손하게 쩔쩔매는 결과가 되고 말았다. 그러나 일단 자초한 터무니없는 저자세는 쉬 번복할 수 있을 것 같지 않았다.

"괜찮아, 괜찮아. 사양 말고 쭉 마셔요."

딴 모주꾼들도 합세를 한다. 여기서 비위생이라는 핑계로 사양한다면 아마 디오게네스보다 더 큰 망발이 되리라.

"아닙니다요. 술을 한 방울도 못합니다요."

맹범씨는 이렇게 뒤늦게 마땅하고 무난한 변명을 생각해냈다.

"술은 한 방울도 못한대."

"술도 못하는데도 늙게 저렇게 되는 수가 있나."

"딴짓을 했겠지, 뭐. 노름이나 계집질이나."

저희끼리 이렇게 수군거렸다. 주인이 제육을 꺼내 도마도 없이 비닐을 간 좌판에 놓고 쑹덩쑹덩 썰기 시작했다.

"어째 비계가 좀 적은 것 같다."

"글쎄 비계가 두툼해야 우리같이 먼지 마시는 놈들 목구멍이 미끄덩 씻겨내려가는데."

다 썰기도 전에 소금을 꾹꾹 찍어 먹으면서들 하는 소리였다. 맹범씨는 자기도 모르게 침을 꼴깍 삼켰다. 생전 처음 느껴보는 강한 식욕으로 눈앞이 다 어질어질했다. 주인 남자가 제육을 따로 몇 점 담아서 맹범씨 앞으로 넌지시 밀어놓았다. 맹범씨는 체면 불고하고 잘 무른 제육을 아귀아귀 먹었다. 제육이 그렇게 맛있는 줄을 여직껏 모르고 살아왔다니. 열이 먹다 아홉이 죽어도 모르게 맛있다는 말이 결코 과장이 아니었다. 맹범씨가 제육을 하도 맛있게 먹자 먼저 막걸리를 권한 젊은이의 얼굴에 문득 연민이 스치더니 제육을 몇 점 더 보태주었다. 그제서야 맹범씨는 됐습니다요, 잘 먹었습니다요, 하고 인사를 차릴 만큼 제정신이 돌아와 있었다.

"아이고 이 녀석 봤나, 일을 저질렀네그려."

주인 남자가 난처한 얼굴로 아이를 안아올렸다. 그동안 소리가 없길래 잊고 있던 아이가 좌판에 있는 카스테라 팥빵 따위를 몇 개 홈빡 짓이기며 놀고 있었다.

"아이고, 이를 어쩌나. 이 녀석이 기어코 큰일을 저질렀네. 염려 마십시오, 주인어른 도합 얼맙니까? 제가 물어드리죠."

주인이 비닐봉지를 헤어보더니 꼭 삼백원어칩니다, 고 했다. 그때 맹범씨 주머니엔 딱 삼백원이 남아 있었다. 십원만 모자랐어도 망신당할 뻔했다 싶은 마음에 맹범씨는 오랜만에 떳떳한 얼굴로 그걸 털어놓고 아이를 업었다. 주인 남자가 아이가 못 팔게 망쳐놓은 빵과 카스테라를 기저귀 봉지에 꾹 찔러주면서 큰 적선이라도 베푸는 얼굴을 했다. 맹범씨는 거기 있는 모주꾼들한테 연방 허리를 굽신거리며 그 가게를 떠났다. 돼지고기 때문인지 허리에 한결 힘이 생겼다. 그제서야 등에서 아이가 새근새근 잠이 들었다. 고난과 수모를 같이한 외손자의 체온과 숨결이 맹범씨의 가슴을 편하게 했다.

지하철역 창구엔 여전히 사람들이 줄 서 있었다. 그 끄트머리에 줄을 서려다 말고 맹범씨는 무일푼이라는 걸 깨달았다. 전철로 이백원 거리가 몇 리쯤 되는지 어림짐작도 가지 않았다. 사람들마다 그를 흘끔흘끔 쳐다보고 지나갔다. 어떤 사람의 표정엔 불쾌감이, 어떤 사람의 표정엔 무관심이 어리는 걸 맹범씨는 색깔을 구별하듯이 명료하게 알아보았다. 자는 아이는 깨어 있는 아이보다 훨씬 더 무겁고 자꾸만 옆으로 뭉그러져내렸다. 그는 아이를 힘겹게 추스르며 역내를 마냥 헛되이 서성댔다. 문득 그의 모습이 역내의 대형 거울에 비쳤다. 저 늙은이가 누굴까. 저 늙고 초라하고 더럽고 비굴한 늙은이는 누구란 말인가. 그 늙은이가 그가 매일 아침 거울에서 봐온 품위 있고 건강하고 자신 있게 늙어가는 자신이란 말인가. 구내의 전자시계는 세시 사십오분을 가리키고 있었다. 맹범씨는 네 시간 전의 자신과 지금의 자신의 모습이 얼토당토않다는 게 조금도 이상하지 않았다. 방금 경험한 네 시간은 그가 여직껏 살아온 고르고 유연하게 흐르던 시간과는 전혀 단위가 다른 시간이었으므로. 그건 돈의 단위에서도 마찬가지였다.

그가 지금 필요한 이백원의 가치를 그가 여직껏 쓰거나 모아온 재산과 같은 단위로 헤아리는 건 불가능했다. 그는 거울 속의 자신을 오랫동안 직시하고 나서 창구 앞에 줄 선 사람들한테로 갔다. 그리고 떨리는 두 손을 모아 구슬픈 소리로 구걸을 하기 시작했다. 이 늙은이를 불쌍히 여기시어 차비를 좀 보태주십시오. 집은 먼데 차비가 떨어졌습니다. 이 늙은이와 등에 업힌 이 어린것을 불쌍히 여기시어 한푼만 보태주십시오.

　맹범씨는 버스나 전철을 타본 일이 거의 없었으므로 정말로 돈이 없거나, 노망기로 정거장에서 구걸하는 노인을 구경한 적이 없었다. 그럼에도 불구하고 그의 구걸은 그에게 썩 잘 어울렸다.

(1985)

공항에서 만난 사람

어깨에 멘 여행백은 자그마한 것이었지만 돌하르방이 몇 개 들어 있어서 몸이 비뚤어질 만큼 무거웠다. 게다가 한 관들이 제주 밀감 상자를 양손에 하나씩 들고 있었다.

제주도 갔다 오는 티가 더덕더덕 나는 내 꼴이 민망해 혼자서 열쩍게 웃으며 택시들이 늘어서 있는 곳을 향해 뒤뚱걸음을 하다 말고, 나는 문득 국제선 대합실에 가서 커피나 한잔 마시면서 쉬었다 가고 싶은 생각이 났다.

쉬기만 할 양이면 국내선 대합실 쪽이 한결 조용했고, 커피 맛이 국제선 쪽보다 못할 리도 없건만 나는 굳이 그러고 싶었다. 실상 나는 커피맛도 잘 모르거니와 별안간 커피 생각이 간절했던 것도 아니다.

하루하루의 답답증을 주체 못해 한번 한껏 멀리 벗어나보자고 벼르고 별러서 다녀오는 이 나라 끝간 데가 실은 엎어지면 코 닿는 데였다. 새로운 답답증만 얻어가지고 돌아오는 셈이었다. 이런 답답한 마음은 밖으로 열린 이 나라 유일의 창구멍이라도 기웃거리며, 정말 먼 곳의 콧김이라도 쐬고 싶게 했다.

나는 나에게 주렁주렁 매달린 짐의 무게 때문에 아직도 몸의 균형을 잡지 못하고 있었으므로 불안해서 에스컬레이터도 못 타고 낑낑거리며 계단을 걸어올랐다. 커피숍을 찾을 것도 없이 우선 공항 대합실 빈 의자에 짐부터 내려놓고 나도 앉았다.

내가 앉은 곳에선 출국하는 사람들이 배웅 나온 사람들과 마지막 인사를 나누고 나서 공항 직원한테 여권을 보이고 나가는 출구가 곧바로 바라보였다.

이름 있는 건설회사 마크가 붙은 청색 작업복을 입은 기능공들과 그들의 가족들로 출구 근처는 장바닥처럼 무질서하게 붐비고 있었다. 그런 북새통에도 남을 밀치고 저희들끼리만 단합해서 기념 촬영을 하는 극성스러운 가족도 있었다. 주름이 깊게 파인 늙은 어머니가 일 분 만에 나온 신기한 가족사진을 떠나는 아들에게 한 장 주고 자기도 한 장 간직하면서 손수건으로 눈두덩을 눌렀다.

아들이 그의 어린 자식의 빰을 비비며 아내와 얘기하고 있는 사이에 뒷전에서 아들의 손가방에 도시락을 쑤셔넣고는 지퍼가 안 닫혀 쩔쩔매는 또다른 어머니의 모습도 보였다.

"홍콩에선 두 시간밖에 시간이 없어요. 단 두 시간, 그러니까……"

저만치선 또 딴 건설회사의 인솔자인 듯싶은 건장한 남지기 그가 인솔해야 할 기술자들을 한자리에 둥그렇게 모아놓고 주의 사항을 들려주고 있었다. 단 두 시간을 강조하기 위해 높이 펴든 두 개의 손가락이 V자로 보였고, 남자는 그런 일에 이골이 나 보였다. 그러나 듣는 쪽은 출국을 앞둔 금쪽같은 시간에 그따위 설교를 듣고 있어야 하는 게 몹시 못마땅한 듯 산만하고 떫은 표정들을 하고 있었다. 도리어 한쪽에 몰려 서 있는 가족들이 더 열심히 듣고 있었다. 가족들은 하나같이 시골 학교 입학식 날의 학부형들처럼 좋은 옷을 입고 있었고, 한마디도 안 놓칠 듯 긴장하고 있었고, 무작정 자랑스러워하고 있었고, 한없는 희망에 부풀어 있었다.

설교가 끝나자마자 한 사람 앞에 열 명도 넘는 환송객이 엉겨붙으면서 출구 쪽으로 몰렸다. 이때 엉겨붙지 않으면, 설사 아내나 어머니라도 가족 자격이 없어지기라도 하는 듯이 너도나도 도깨비바늘처럼 필사적으로 엉겨붙었다.

내가 앉아 있는 의자에 젊은 여자와 남자가 와 앉았다. 정확하게 말하면 여자가 남자를 억지로 끌고 왔다.

여자는 남자를 잠시 독차지해야 할 중대한 사정이라도 있었나보다. 마스카라로 쇠꼬챙이처럼 빳빳하게 세운 속눈썹 속의 옴팍한 눈이 납치범처럼 살벌하게 반짝였다.

"글쎄, 왜 이래?"

남자는 한창 붐비고 있는 출구 쪽으로 고개를 길게 뺀 채 건성으로 말했다. 별안간 엉겨붙을 대상을 잃은 그의 남은 가족들이 엉뚱한 사람한테 엉겨붙지나 않을까 하고 근심하고 있는 것 같다. 나도 괜히 그런 걱정이 됐다.

남자는 표준형의 체격이었고 건축회사 마크가 든 작업복을 입고 있었고, 착실하고 건강해 보였다.

"일 년만 고생하고 나면 한 달 휴가 맡아서 집에 올 수 있다고 했죠?"

"글쎄 그렇다니까."

남자는 아직도 건성이었다. 비행기 뜰 시간이 가까운가보다. 그의 동료들이 차례차례 출구를 통과하고 있었다.

"오지 마세요."

여자가 눈을 딱 감으며 모질게 말했다.

"뭐라고?"

남자가 비로소 한눈팔지 않고 여자를 똑바로 보며 말했다. 그러나 여자의 말을 이해한 것 같진 않았다.

"여기서 들으니까 휴가를 안 맡을 수도 있다면서요?"

"글쎄, 왜 주는 휴가를 안 맡느냐 말야?"

"휴가를 안 맡고 현장에서 견디면 거진 백만원은 더 송금할 수 있다면서요? 백만원이 어디예요."

"난 또 뭐라고. 그까짓 백만원 땜에 남 다 맡는 휴가를 맡질 말란 말야?"

사람 좋아 뵈는 남자는 화를 내는 대신 어처구니없어했다.

"어머머, 미처 돈도 벌기 전에 통만 커져가지고 그까짓 백만원이라는 것 좀 봐. 그러면 못써요. 나는 열심히 모을 테니까 당신은 열심히 벌어야 해요. 이게 어떻게 잡은 기횐가 생각해봐요."

"알았어, 알았지만 휴가는 맡을 거야."

남자가 너그럽게 말했다.

"당신 정말 이렇게 말귀 못 알아듣기예요? 그래만 봐요. 휴가 맡아 와도 난 당신 안 볼 테니까, 내 몸의 털끝 하나도 못 건드리게 할 테니까. 방문턱도 못 넘게 대문 밖에서 내쫓아버릴 테니까."

여자가 입술을 물면서 숫제 협박조로 나왔다.

"아이고 아이고, 여기 신사임당 또하나 났네."

남자가 농으로 받았다. 사임당의 일화 중의 그와 비슷한 애기가 있는 것도 같았으나 여자의 악바리 같은 얼굴과 짙은 화장과 포도송이처럼 짧고 고슬고슬한 머리 때문에 그 비유는 썩 엉뚱하게 들렸다. 나는 폭소가 터질 것 같아 어금니를 물었다.

"낸들 오죽해서 이러겠어. 이게 어떻게 잡은 기회야. 고생하는 김에 좀더 해가지고 우리도 남과 같이 살아봐얄 게 아냐."

여자의 목소리가 떨렸다. 그러더니 급히 손수건을 꺼내 검고 진한 눈물을 닦아냈다.

남자가 말없이 여자를 포옹하고 싶은 몸짓을 했다. 그러나 평균치의 한국 남자답게 그것은 몸짓으로 끝났다. 마치 키스 신이 커트당한 텔레비전의 외화 프로를 볼 때처럼 나는 그게 애석했다.

"야들이 여기서 뭐 하고 있어?"

어머니인 듯싶은 노파가 그들 앞에 나타났다.

"먼길 떠나는 사람 뭘 좀 입매를 해서 보낼 생각은 안 하고 그저 울고 짜긴, 쯧쯧."

노파가 못마땅한 듯 며느리한테 눈을 흘겼다. 그리고 팔뚝만큼이나 탐스럽게 만 시커먼 김밥을 아들의 입에 쑤셔넣었다. 남자는 그걸 한 입만 베물고 노파한테 도로 주었다.

출구 쪽에서 뭘 우물대고 있느냐고 고함치는 소리가 났다. 남자가 서둘러 출구 쪽으로 달려갔다. 까만 수첩을 꺼내 보이고 나서 아내와 어머니가 있는 곳을 향해 손을 흔들더니 나가버렸다.

기술자들이 떠나고 배웅 나온 그들의 가족들도 하나둘 사라지고 나자 공항 대합실의 분위기도 바뀌었다.

피부색이 우리와 다른 사람들과, 색깔과 이목구비는 멀쩡한 우리나라 사람인데도, 우리말로 말을 시키면 알아들을 것 같지 않게 생긴 사람들이 판을 치기 시작했다. 나는 점잖은 댁 칵테일파티에 모인 사람들을 창밖에서 구경하는 아이처럼 적당한 거리감과 적당한 호기심을 가지고 이 국제적으로 고상해 뵈는 사람들을 구경했다.

"이 쌍놈의 새끼들아."

어디선지 갑자기 여자의 우렁차고 씩씩한 욕설이 들렸다. 그것은 시중에 흔한 욕이었지만, 하도 세련이 넘치는 고장에서 들어서 그런지 진저리가 쳐질 만큼 생경한 것이었다.

"이 쌍놈의 새끼들아."

사람들의 시선을 모은 채 여자는 태평스럽게 욕하면서 손짓하고 있었다. 여자의 둘레로 고만고만한 세 소년이 모여들었다. 여자는 누구를 욕하거나 나무라고 있는 것이 아니라 뿔뿔이 흩어진 아이들을 불러모으고 있었던 것이다.

소년들은 머리가 노랗고 앳된 얼굴에 비해 키는 여자보다 큰 서양 아이들이었다. 여자는 주책스럽다 싶을 만큼 울긋불긋한 옷을 입고 있었으나 늙은 여자였다. 아무리 짙은 화장으로도 감출 수 없는 주름이 난도질해놓은 것처럼 처참한, 거칠게 늙은 여자였다. 그리고 그 여자는 우리나라 사람이었다.

지금은 거의 우리 주위에서 씨가 말라가는, 곧 죽어도 머리칼 노란 사람보고는 양놈, 일본 사람보고는 왜놈, 중국 사람보고는 되놈이라고 얕잡아야 직성이 풀리는 터무니없이 오만한, 어쩔 수 없는 우리나라 사람이었다.

그 여자의 어쩔 수 없는 우리나라 사람다움 때문에 입은 옷도, 거느리고 있는 아이들도 다 그 여자와는 얼토당토않아 보였다.

그 여자는 만날 때마다 그렇게 얼토당토않은 모습을 하고 있었다. 그 여자는 그런 얼토당토않음 때문에 늘 둘레의 사람들의 웃음거리가 됐지만 나는 그 여자가 그 얼토당토않은 것에 얼마나 맹목적인 정열을 바치면서 살아왔나를 알고 있었다.

나는 그 여자에게 아는 척하기 위해 나의 짐을 놓아둔 채 그 여자가 있는 곳으로 다가갔다.

"무대소 아줌마 아니세요?"

"아아니, 이게 누구야? 미시 박 아냐."

우린 서로를 그렇게 부름으로써 서로 소식 모르고 지내던 오랜 세월을 쉽사리 단축시킬 수가 있었다.

6·25 사변중의 한때를 나는 미8군 PX에서 점원 노릇을 한 적이 있다. 무대소 아줌마는 그때 그곳의 청소부였다.

지금 같으면 백화점 점원과 청소부와의 관계는 그저 얼굴이나 알고 지내는 관계겠지만 그때는 서로 없어서는 안 될 긴한

동업자끼리였다.

PX 물건이란 시중으로 갖고 나가기만 하면 곱절도 세 곱절도 넘는 장사가 되게 되어 있었지만, 문제는 어떻게 갖고 나가느냐였다.

훔친 물건이 아니라 엄연히 달러 들여놓고 그만큼의 물건을 손에 넣는 거였지만 그걸 지니고 있을 수도, 갖고 다닐 수도 없었다. 양키들은 우리를 도둑놈 지키듯 했고, 그네들 상품을 지니고 있다가 들키면 현행범으로 취급돼 물건 빼앗기고 패스포트 빼앗기고 블랙리스트에 올라 딴 미군 기관에 취직도 못하게 전도를 막았다.

손님이 드나드는 문에는 MP가 지키고 있어 유엔군 외에는 통과를 안 시켰고 종업원만 출입하는 조그만 후문에는 감시원이 지키고 있어 종업원의 소지품이나 주머니 속은 물론, 옷 위로 온몸을 안마하듯 주물러보고 나서야 내보냈고, 이런 감시원을 또 감시하고 있는 MP가 교대로 버티고 서 있었다. 여종업원의 몸수색을 위해선 여순경이 배치돼 있었다. 여순경은 자주 갈렸지만 곧 우리에게 포섭됐다.

양키들이 도둑 잡으라고 갖다놓은 순경이 도둑 편이 된 걸 알면 기가 찰 노릇이지만, 우리 편에서 볼 땐 그 어려운 시기를 굶어죽지 않고 살아남기 위해 우리가 동족끼리 한패가 된다는 건 지극히 자연스러운 일이었고 또 마땅히 그래야 할 일이었다.

암시장에서 달러를 바꾸어 수지맞을 만한 상품을 사놓는 일은 우리 점원들 일이었고, 그걸 외부로 운반해서 시장에 넘기는 건 청소부의 일이었고, 청소부를 무사히 외부로 통과시키는 일은 여순경의 일이었다.

이득의 분배에 참여하기 위해선 각자의 맡은 일만 충실히 하면 됐다. 가장 엄수해야 할 일은 사고가 나면 그 책임은 각자가 질 뿐, 절대로 연루자를 만들지 않는 일이었다.

제일 위험한 일을 하는 청소부 아줌마들은 그 일을 위해 독특한 복장을 하고 있었다. 주름이 많이 잡히고 풀이 잘 서는 무명 통치마에 품이 넓은 저고리를 입고 머리엔 수건을 쓰고 어기적어기적 일부러 느리게 걸어다녔다. 양키 앞에서 귀가 어두운 흉내를 내거나, 눈이 어둡거나 머리가 모자라는 티를 내서 양키한테 미리 치지도외당하는 수법을 쓰는 청소부도 있었다.

매장마다 아침 진열이 끝나면, 빈 상자가 산더미처럼 쌓인다. 그중 하나둘은 빈 상자가 아니었고 청소부가 빈 상자를 치우는 척하면서 그중 한두 상자를 여종업원 전용 화장실까지 갖고 가는 데는 거의 난관이 없었다.

양키들은 PX에서 일하는 한국 사람은 일단 도둑놈으로 보는 고약한 심보를 가지고 있었지만 여자 화장실까지 넘볼 수 없다는 어수룩한 신사도 또한 가지고 있었다.

빼돌린 PX 물건을 몸에 차는 일은 주로 화장실에서 이루어졌다. 청소부들은 오뉴월 복중에도 긴 메리야스 내복을 입고 있다가 그걸 발목까지 내리고 발목서부터 담배나 치약, 초콜릿 따위를 한 줄 삥 둘러쌓고 그만큼만 내복을 올리고 고무줄로 동여 고정시키고는 같은 방법으로 그다음 줄을 쌓는 일을 되풀이해 발목에서 종아리로, 종아리에서 넓적다리로, 넓적다리에서 엉덩이로, 엉덩이에서 허리까지 물건을 한 켜 입히면 어마어마한 부피의 물건도 감쪽같았다. 껌이나 면도날같이 얇은 물건은 같은 방법으로 상체에 입혔다.

이렇게 온몸에 미제 물건을 갑옷처럼 입고 나서 허름하고 넉넉한 치마저고리를 입고 빗자루를 들고 서성대다가 점심시간만 됐다 하면 밖으로 나갈 수가 있었다.

출입문엔 MP가 지키고 있었지만 MP 하나 허수아비 만드는 건 문제도 아니었다. 여순경은 혹시 나중에 돌아올 분배에 속을까봐 몸안에 물건의 부피를 정확하게 파악하려고 MP가 보기에도 너무한다 싶게 몸을 샅샅이 주물러보았고, 그럴 때마다 청소부는 까르륵까르륵 간지럼까지 탔다. 간지럼은 순전히 청소부의 쇼였다. 만약 이런 쇼에 능하지 못하고 어색하게 굴면 단박 MP가 의심하게 되고, MP가 의심하는 눈치만 보이면 여순경은 잽싸게 MP 편에 붙어야 하는 게 출입문의 비정한 생리였다. 모든 것은 그날의 운수소관이었다.

PX에 취직했다 하면 아무리 막일꾼이라도 곧 일확천금할 것처럼 외부에선 알았지만 그런 달콤한 기대보다는 하루살이 신세를 각오하고 들어오는 게 편했다. 매일같이 무슨 트집이든지 잡혀 사람이 쫓겨나고 또 새로운 사람이 들어왔다.

껌 한 통 갖고 나오다 걸려도, 시계를 한 죽 차고 나오다 걸려도 걸렸다 하면 모가지 달아나긴 마찬가지니 이왕이면 크게 먹다가 걸리든지 한밑천 잡든지 해보자는 배짱은 너도나도 있었지만, 그게 그렇게 뜻대로 되는 게 아니었다. 배짱이 좋아 하루살이 신세가 됐는지 하루살이 신세기 때문에 그런 배짱이 생겼는지 아무튼 그 시절의 우리의 삶을 지배하고 있던 의식은 PX라는 특수한 고장 아니더라도 하루살이스러운 것이었다.

무대소 아줌마는 남들의 이런 하루살이스러운 처세에 아랑곳없이 가장 오래 붙어 있으면서 가장 일 잘하는 청소부였다. 그렇다고 그녀가 남 다 하는 그 아슬아슬하고도 꿀맛 같은 돈벌이를 외면하고 온종일 쓰레질이나 하다 한 달 되면 월급 타는 것으로 만족하는 모범 청소부였던 것은 아니다.

그녀야말로 한몸에 가장 많은 물건을 감쪽같이 숨길 수 있는 초능력자였다. 남보다 곱절이 넘는 물건을 차고도 좀더 차지 못해 걸근거렸다. 한없는 신축성을 가진 고무주머니처럼 그녀의 몸엔 물건이 한없이 들어갔고 욕심 또한 한이 없었다.

도대체 물건을 얼마나 앵기면 두 손 들까 알 수 없을 정도로 신비한 그녀의 몸의 수용 능력 때문에 무대소란 별명까지 붙었다.

나이는 몇 살인지 짐작도 할 수 없었다. 얼굴에 주름은 없었으나 머리를 구식으로 틀어올리고 뺏뻣하게 선 검정 포플린 치마를 입고 사타구니에 밤송이라도 낀 것처럼 어기적어기적 안짱다리 걸음을 느리게 걷는 걸 보면 영락없이 몸이 굼뜬 중늙은이였다.

홑몸으로 일할 때도 꼭 이렇게 물건을 몸 하나 가득찼을 때의 걸음걸이와 몸짓을 함으로써 그녀를 아는 매장의 양키나 MP들까지 그녀가 본디 그렇게 생겨먹은 줄 알도록 했다.

그러나 그녀가 여직껏 그렇게 운수가 좋았던 것은 그런 계획적인 의뭉스럼 때문만도 아닌 것 같았다. 그녀에겐 아무도 흉내낼 수 없는 그녀만의 독특한 위엄 같은 게 있었다. 그녀의 처지로는 얼토당토않은 거였지만 묵살할 수도 없는 거였다.

아무리 경험 많고 뱃심 좋은 청소부라도 몸에 겹겹이 물건을 두르고 나가다가 매장 책임자인 싸진과 뜻하지 않은 곳에서 맞닥뜨리기라도 하면 안색 먼저 흔들리는 법이다. 그래서 '도둑이 제 발이 저린다'는 도둑 잡기의 초보적인 상식이요 만고의 진리건만 무대소는 언제 어디서나 한결같이 오만하고 당당했다. 양키가 의심할 허점을 보이지 않았다.

그러나 제가 무슨 뼛속까지 귀족이라고 우리한테까지 오만하게 구는 데는 질색이었다. 누구한테나 해라요, 누구한테나 함부로 욕이었다.

아무리 청소부라도 PX 물을 한두 달만 먹으면 굿모닝이니, 헬로니, 하아이니 하면서 윙크를 던지는 방법쯤은 쉽게 터득해 안면이 있는 양키한테 친한 척 써먹건만 그녀는 영어라면 욕 하나밖에 몰랐다.

그것도 웬만한 양키는 입에 담기 싫어하는 '선 오브 비치'라는 지독한 욕을 '쌍노메 베치'라고 고쳐서 써먹었다. 아마 우리의 욕인 '상놈의 새끼'하고 적당히 얼버무려서 그렇게 된 모양이다.

무대소는 말끝마다 아무한테나 이 '쌍노메 베치'를 함부로 써먹었다. 매장에서 점원과 청소부의 관계는 서로 이용하고 이용당하는 대등한 관계지만 그래도 칼자루를 쥐고 있는 쪽은 점원이었으므로 이윤의 분배의 몫은 점원 쪽이 많았고 청소부는 늘 우리 주위에서 맴돌면서 시중도 들어주고 눈치나 보고 가끔 옷이나 화장에 대해 칭찬도 해주고 점심시간에 졸졸 쫓아나와 점심값을 내주기도 했다.

그러나 무대소는 남 다 하는 이런 아부를 할 척도 안 했을 뿐 아니라 도리어 우리를 깔보고 핀잔주고 했다.

특히 양키하고 살림 차린 점원한테는 맞대놓고 말끝마다

‘쌍노메 베치’ 아니면 ‘양갈보’였다. 그렇다고 그녀가 비교적 순진하고 나이 어린 우리들한테는 곰살궂게 굴었냐 하면 그렇지도 않았다. 양갈보만 빼고 ‘쌍노메 베치’였다.

“야들아, 느들이야말로 진짜 쌍노메 베치다. 아무리 난리통이지반 하필 피약솔 다닐 게 뭐야. 훗날 생각을 해야지. 점잖은 집에서 누가 피약소 다니던 계집앨 데려가냐. 느들 존 데 시집가긴 아저녁에 틀렸어야. 젠장 세상도 쌍노메 베치.”

간혹 기분이 좋을 때는 이런 소리도 했다.

“느들 말이야, 이 담에 평화된 년에 꼭 이런 일 한번 생기고 말 게다. 신랑 자린 맘에 들어 꼭 그리로 시집가곤 싶은데 신랑 자리 집에선 느들 피약소 다닌 것 갖고 트집잡는 일 말이다. 그럴 땐 우물쩡대지 말고 즉시즉시 날 불러라. 그럼 내가 느들은 양놈 한번 거들떠도 안 보고 곱게곱게 피약소 다닌 걸 보증 서줄 테니깐, 알았쟈? 젠장 무슨 놈의 세상이 이렇게 가도가도 쌍노메 베친지.”

무대소가 그런 걱정 할 만도 했다. 우리가 당시의 궁핍했던 서울 바닥에선 너무 야하게 하고 다니기도 했고, 그중에는 정말 양키와 살림 차리고 사는 여자도 적지 아니 있어서 시중에서 PX 다니는 여자들에 대한 인식은 아주 나빴다.

여북해야 우리가 저녁에 한꺼번에 퇴근할 때면 주변의 쌔고 쌘 거지, 구두닦이 소년들이 벌떼처럼 달려들며 “양갈보, 똥갈보, 어디를 가느냐, 엉덩짝을 흔들며 어디를 가느냐, 깜깜한 뒷골목 나 혼자 걸어서 하우마치, 완 타임 × 팔러 간단다” 이렇게 합창을 하며 따라왔고 질 나쁜 거지는 앙꽹이를 그린 얼굴을 험하게 찡그리고 오물이 든 깡통을 들이대며 “이 똥갈보야 돈 내놔, 안 내놓으면 옷에 똥 묻혀줄 테다” 하고 협박을 해도 당할 수밖에 없었다.

그러나 속사정을 아는 무대소가 우리들을 통틀어 깔보고, 때로는 불쌍해하고, 심지어는 양키들 앞에서까지 거침없이 당당하게 구는 까닭은 일종의 우월감 때문이었는데, 알고 보면 그 우월감 역시 터무니없는 것에서부터 비롯되고 있었다.

무대소의 남편이 국군이라는 것이었다. 그녀는 그 소리를 매우 엄숙하고 품위 있게 했다. 그러나 계급이 뭔지 지금 어디서 싸우고 있는지에 대해선 말하지 못했다. 1·4 후퇴 당시 사십 세 미만의 장정은 일제히 소집됐고, 그때 나가서 아직 소식 없는 남편이 군인이 되어 최전방에서 싸우고 있겠거니 믿고 있을 뿐이었다.

그래서 그녀는 후방에서 군복에 줄 내고, 군화에 광내고 다니는 국군도 경멸했다. “쌍노메 베치, 지금이 어느 때라고 군인 나갔으면 전쟁터로 돌 것이지 서울 바닥에 무슨 볼일이 있담. 쌍노메 베치.”

이렇게 입이 걸고 안하무인인 무대소와 우리가 오래도록 거

래를 계속했던 것은 물론 그녀의 무대소스러운 유능함 때문도 있었지만, 그 터무니없는 당당함에 압도당한 때문도 있었다. 그 무렵엔 참으로 당당한 사람이 귀했다. 그녀가 거침없이 잘난 척하는 게 밉살스럽다가도 문득 부럽고 보배로워지는 걸 어쩔 수 없었다.

그러나 무대소 아줌마도 쫓겨나는 날이 왔다. 딴 청소부들처럼 물건 차고 나가다 들켜서 한 번만 봐달라고 울고불고 빌붙다가 쫓겨난 게 아니라 가장 무대소답게 당당하게 쫓겨났다.

그때 서울의 전기 사정은 말이 아니었다. PX는 특선이었지만 정전이 잦았다. 지하에 스낵바가 새로 생기고 나서 얼마 안 되어서의 일이다.

무더운 여름날이었는데 온종일 전기가 나갔다.

다음날 이상한 소문이 꼬리에 꼬리를 물고 퍼졌다. 스낵바에 있는 대형 냉장고 속에 저장한 고기와 계란을 한강에다 갖다버린다는 거였다. 고기와 계란은 한 트럭도 넘는 부피라고 했다.

그들에겐 정해진 시간 이상 냉장고에 정전이 됐을 때, 그 속의 음식을 절대로 먹을 수 없다는 법이 정해져 있는데, 어제 정전은 바로 그 정해진 시간 이상 계속됐다는 거였다.

그러나 거기서 일하는 한국인 종업원의 말에 의하면 워낙 딱딱하게 얼은 고깃덩어리라, 언 것이 먹기 좋을 만큼 녹았을 정도지 상하려면 아직아직 멀었다는 거였다.

전기냉장고라는 게 어떻게 생겼는지 구경도 못 해본 때였다. 푸줏간에서도, 가운데 톱밥이나 처넣고 이중으로 만든 나무통에 얼음 몇 장 넣고 고기 넣고 팔면 위생적인 걸로 알아줄 때였다. 그리고 미군 부대에서 흘러나온 음식 찌꺼기를 모아서 한데 넣고 끓인 꿀꿀이죽이 서울 사람의 최고의 영양식이던 때였다.

저희가 못 먹을 거면 우리한테 선심이나 쓰면 어때서 그걸 실어다가 한강물에 던질 게 뭐냐 말이다. 아무리 배부른 족속이기로서니 하늘 무서운 줄을 알아야지. 세상에 벼락을 맞을 짓을 해도 분수가 있지.

우리 한국 사람들은 여기저기서 수군대며 칼끼리 칼을 갈듯이 양키들에 대한 우리의 적의를 서로 확인하고 맞비비고 날을 세웠다. 그러나 그날은 아무도 그들 앞에 세우진 못했다. 그들의 확고한 원리 원칙에다 대면 우리의 날이란 게 얼마나 얼토당토않다는 걸 알고 있었기 때문이다.

스낵바에서 일하면서 양키 책임자한테 신임도 얻고 친하게도 지내는 한국 종업원 하나가 한강에 버릴 고기 중에서 집에서 기르는 개에게 주게 한 덩이만 달라고 해본 것이 고작이었다. 개의 생명도 사람의 생명과 마찬가지로 존중되어야 하거늘 어찌 사람이 못 먹도록 상한 걸 개에게 줄 수 있다고 생각하느냐고 면박만 당한 건 물론이다. 고기를 집에 있는 개 주고 싶단 말도 거짓말이었지만.

그때 우리는 양키들이란 우리가 상상도 못하게 위생적이라는 것, 위생적이라는 것은 가장 사람을 위하는 일 같지만 실은 가장 비인간적인 것하고 통하는 것이라는 것 때문에 충격받고 혼란을 겪고 했지만 감히 그걸 내색하진 못하고 들입다 욕만 했다.

만일 그들이 우리에게 고기와 계란을 베풀었어도 우린 그들을 욕했을 것이다.

즈네들 못 먹을 걸 우리 먹으라고? 먹고 죽나, 배탈 나나 실험해보려고? 그렇지만 죽지도 배탈도 안 날걸. 우리 뱃속은 적어도 고춧가루로 길들여진 뱃속이란 말이다. 이러면서 그 고기와 계란을 아귀아귀 포식하고 싶어서 너두나도 환장을 할 것 같았다.

그날 점심시간이었다. 밖에 나가려고 출입문에서 몸수색을 기다리고 서 있는 줄엔 무대소 아줌마도 끼어 있었다. 그녀는 언제나와 같이 몸집은 대부등만했고 거동은 거침없이 당당했다. 그녀가 지금 홑몸인지 아닌지는 만져본 여순경이나 알 일이지 아무도 짐작할 수 없었다.

그녀가 무사히 몸수색을 당하고 출입문 밖으로 벗어났을 때였다. 문밖은 뒷골목이었고, 지하실 스낵바로 식료품을 나를 때만 쓰는 작은 철문이 나 있었다. 마침 그 문은 열려 있었고, 스낵바의 책임자 싸진이 진두지휘하는 중에, 잡역부들이 상자에 든 것들을 날라다가 대기하고 있는 트럭에 얹고 있었다.

싸진뿐 아니라 MP들까지도 철문과 트럭 사이에 도열하여 물 샐 틈도 없는 삼엄한 경비를 하고 있었다.

우리는 누구나 한강에 갖다 버릴 고기와 계란을 실어내는 중이라고 짐작했다. 폭탄이라도 실어나르는 것처럼 삼엄한 경계를 하고 있는 꼴이라니, 가관 중에도 가관이었다. 우리는 모두 발길을 멈추고 냉소로 얼굴을 일그러뜨리고 그 구경을 했다. 그러나 그들이 조금이라도 허술한 틈을 보인다면 결코 그게 온전히 한강물의 고기밥이 될 수 없다는 걸 우리는 알고 있었다.

이때였다.

"쌍노메 베치!"

간담이 서늘하도록 노여웁고 우렁찬 외침과 함께 무대소 아줌마가 표범처럼 날렵하게 싸진한테로 돌진했다. 성성이처럼 털이 무성한 팔에 매달리면서 "윽" 하더니 그녀의 이빨이 싸진의 팔뚝에 깊이 파고들었다. 싸진이 발을 구르며 비명을 질렀다. MP들이 달려들어 그녀를 억지로 떼어낼 때까지 그녀는 조용히 확고부동하게 팔뚝을 물고 있었고, 눈을 말똥말똥 뜨고 있었다. 그녀의 눈은 멸종돼가는 맹수의 눈처럼 완벽하게 고독해 보였다. 그리고 그때의 '쌍노메 베치'야말로 그녀의 수 없는 '쌍노메 베치' 중에서도 압권이었다.

그녀가 그때 홀로 맹수였다면 우린 얼마든지 간에 붙었다 콩팥에 붙었다 할 수 있는 토끼나 다람쥐 나부랭이였다.

무대소는 곧 MP한테 끌려가고 싸진은 피 흘리는 팔뚝에 응급치료를 하고 중상이라도 입은 것처럼 병원으로 실려갔다. 다행히 무대소가 해고당하는 것으로 그 일은 끝났다.

그녀는 해고당하고 나서도 조금도 기죽지 않고 큰소리 뼁뼁 쳤다.

"야들아, 글쎄 하필 그때 내가 홀몸이 아니었잖니? 그런 꼴로 헌병대에 끌려갔으니 어떡허니, 느들도 아다시피 내가 한 번 찼다 하면 얼마나 미련하게 많이 차니, 그까짓 거 이판사판이다, 들통나기 전에 내 맘으로 쏟아놓자 싶어 치마를 훌러덩 걷고 허리에 찬 것부터 하나하나 꺼내놓기 시작했지. 느들도 알다시피 그렇게 찬 것이야 어디 한꺼번에 우르르 쏟아놓을 수나 있던. 하나하나 꺼내려니까 더 많은 것 같더라. 아랫도리에서 꺼낸 것만도 산더미만한데, 다시 윗도리엣것을 꺼내려고 하니까 MP가 별안간 숨넘어가는 소리로 스톱 스톱 하더니만 눈깔을 허옇게 뒤집고 기절을 하더라니까. 양키들이란 그저 허우대만 컸지, 간뎅이는 형편없이 작은 것들이라니까."

그녀는 마지막으로 이런 얼토당토않은 거짓말로 우리를 웃기고는 쫓겨났다. 그후에 그녀가 여직껏 열 식구 가까운 시집

식구를 혼자서 벌어먹여왔다는 소문을 듣고 그런 처지에 어째서 그런 얼토당토않은 반항을 할 수 있었을까 이상하게 생각하다가 곧 그녀에 대해 잊어버렸다.

곧 휴전이 되고 정부가 환도하자 나는 PX를 그만두고 결혼했다. 아마 첫애를 낳고 나서였을 것이다. 길에서 우연히 무대소 아줌마를 만났다. 그녀 쪽에서 먼저 "미시 박, 미시 박" 하면서 반가워하지 않았으면 못 알아볼 만큼 그녀는 날씬해져 있었고, 옷도 몸에 맞는 정상적인 것을 입고 있었다. 걸음걸이도 젊은 여자다웠다.

우리는 케이크집에 마주앉았다. 나는 거기서 처음으로 그녀가 나보다 세 살밖에 더 먹지 않은 여자라는 것과 젊으나젊은 나이에 과부가 됐다는 걸 알았다.

"저런, 전사를 하셨군요?"

나는 그녀가 군인 나간 남편을 얼마나 자랑스러워했던가를 생각해내며 이렇게 물었다.

"전사면 좋게, 객사라니까. 굶어죽지 않았으면 얼어죽기밖에 더 했겠어."

그녀보다 열 살이나 위인 그녀의 남편은 몸과 마음이 남달리 허약한 편이었는데 당시 제2국민병으로 소집돼 후퇴해서 군인으로 뽑히지 못하고 해산당한 사람이면 누구나 겪어야 했던 고초를 이기지 못하고 집에 돌아오기도 전에 객지에서 그렇게 되고 말았다는 것이다. 무대소 아줌마는 남편 얘기를 하면서 계속해서 눈물을 흘렸다.

"사람이 아무때 죽어도 한 번은 죽는 거, 나 그 사람이 전사만 했어도 이러지 않는다구. 지지리도 못난 사람, 그래도 전쟁 덕에 사람 노릇 좀 해보는구나 싶어 나 그 사람 군인 나갈 때 좋아서 엉덩춤을 춘 사람이라구. 그런데 그렇게 명목 없이 죽어버리다니……"

나는 처음에 무대소 아줌마를 잘못 알아본 게 그녀가 날씬해졌기 때문이 아니라 풀이 죽어 있기 때문이라고 알아차렸다. 무대소가 풀이 없다는 건 고추가 맵지 않은 것과 같았다.

나는 터무니없이 오만하던 때의 그녀가 좋았으므로 세상도 좋아졌겠다, 이제부터 재미난 세월 살아도 늦지 않으니 어서 기운을 내서 재혼할 생각이나 하라고 부추겼다.

"기운을 냈으니까 내가 지금 이만이나 하지. 그 사람 죽은 거 알고 나서 처음엔 나도 꼭 따라 죽을려고 했다니까. 내가 이래 봬도 한다면 꼭 하고 마는 성민 거 알지? 곡기라곤 미음 한 숟갈 안 마시고 빼빼로 일주일을 누워 있으려니까 아닌 게 아니라 정신이 들락날락 저승과 이승을 오락가락하는데, 이승보다는 저승에 가 있는 시간이 점점 더 많아지는 게 죽을 날이 가깝더구만. 하나도 무섭지도 않고 어디 아프지도 않고 마음이 그렇게 편할 수가 없는 기라. 그때 그냥 놔두면 곱게 눈감는 건데, 친정어머니가 어디서 소식을 듣고 오셔갖고 울고불고 애걸을 하시더군. 어쩌면 어머니가 그러시는데도 살고 싶은 마음이 요만큼도 안 우러나는지 사람이 죽기 전에 먼저 목석이 되더군. 그런데 어머니가 무슨 생각을 하셨는지 부엌으로 나가셔서 밥을 지으시잖아. 이윽고 문구멍으로 뜸들이는 냄새가 솔솔솔 들어오는데, 세상에 이런 일도 있어? 정신은 여전히 가물가물 손끝 하나 까딱할 수 없는데 별안간 뱃속에서 뭔가가 불끈 들고 일어나는 거야. 그래가지고 꼭 성난 짐승같이 요동을 치는데 당최 걷잡을 수가 있어야지. 나중 생각하니 그놈의 짐승이 아마 목숨이었나봐. 나는 그때까지도 사람 마음하고 사람 목숨하곤 같은 건 줄 알았는데 그게 아니더라니까. 마음 따로, 목숨 따로야. 그래서 어머니가 해들여온 밥을 미친년처럼 퍼먹었는데 세상에, 세상에 안 먹고 죽기는커녕 열이 먹다 아홉이 죽어도 모르게 맛있더라니까. 정작 죽을 뻔한 건 그때 너무 먹어 관격을 해서였으니……”

그녀는 오랜만에 이렇게 나를 웃겼다.

그후 다시 십여 년이 흘렀다.

우리집에 놀러와서 같이 점심을 먹고 난 친구가 음식 칭찬을 안 해주고 우리집 그릇들이 보잘것없다고 흉을 봤다. 그러고 나서 미제 물건 장수가 이태원에 사는데 그 집에 가면 탐나는 외제 그릇이 쌔고 쌨으니 한번 구경 가보지 않겠느냐고 했다.

그때는 나도 단산도 하고 살림 형편도 좀 넉넉해졌을 때라 그런 말에 쉽게 솔깃했다. 나뿐 아니라, 우리 둘레의 사람들이 거의 다 먹기 걱정을 일단 놓고 먹는 그릇 걱정을 해야 할 만큼 살림들이 자리를 잡혀갈 무렵이었다.

친구하고 같이 찾아간 그 외제 장수는 이태원에 있는 아담한 이층집에 살면서 방마다 화장실과 부엌이 딸리게 꾸며서 미군하고 살림하는 양부인한테 빌려주어 월세 받고 또 거기서 흘러나오는 외제 물건을 사서 장사도 하면서 이중으로 짭짤한 재미를 보는 멋쟁이 과부였다.

그 집엔 참 예쁜 외제 그릇이 많기도 했다. 이것저것 다 사고 싶은 것들뿐이었다. 뚝배기보다는 장맛을 믿어온 내 살림 솜씨가 미련하고 부끄럽게 생각됐다. 그러나 부르는 값은 엄청났다.

"값을 국산하고 비교하면 생전 이런 거 못 사십니다. 질을 비교해야죠. 질을 비교할 줄 알게 되면 이게 아무리 비싸도 비싼 게 아니라는 걸 알게 되죠."

외제 장수는 얕잡는 것처럼 나에게 말했다.

이때 이층에서 많은 유리그릇이 한꺼번에 깨지는 소리가 났다. 이어서 장작 패는 소리가 났다. 아이들이 악머구리 끓듯 우는 소리가 났다. 그리고 여자의 "쌍노메 베치, 쌍노메 베치……” 하는 소리가 났다.

나는 숨을 죽였다. 아이들 우는 소리가 더 높아지고 남자의 알아들을 수 없는 낮은 소리가 계속되는 가운데 “쌍노메 베치” 소리가 지겹도록 가속되고 고조됐다.

“또 지랄났군. 사흘이 멀다고 저 지랄이니, 창피해서…… 미안합니다, 손님.”

외제 장수가 상냥하게 사과를 했다.

우당탕 소리가 나면서 늙고 보잘것없는 양키가 계단을 굴러 떨어지더니 가까스로 일어나 씩 웃고는 밖으로 나가버렸다. “쌍노메 베치, 쌍노메 베치” 하면서 계단을 반쯤 쫓아 내려오던 여자가 지친 듯이 뒷짐을 지고 서더니 한숨을 쉬었다.

나는 쌍노메 베치 소리를 처음 들을 때부터 무대소 아줌마 생각이 나긴 했지만 정작 거기 그렇게 뒷짐지고 서 있는 여자가 무대소 아줌마인 데는 놀라지 않을 수가 없었다. 그동안 고생이 심했던 모양으로 짙은 화장이 민망하도록 폭삭 늙어 있었지만 싸움에 이겨서 그런지 예전처럼 거침없이 당당해 보였다. 우리가 안에서 엿보고 있는 걸 알 리 없는 무대소는 이층으로 올라가버렸다. 뒷짐진 손에 방망이를 들고 있었다.

집안이 다시 조용해졌다. 외제 장수는 자기집에서 일어난 일에 지나치게 신경을 쓰며 묻지도 않은 말을 늘어놓았다.

“모르는 사람들은 양놈하고 살면 호강하는 줄 알아도 그렇지도 않아요. 양놈 중에도 별의별 악질이 있답니다. 사흘들이로 계집 패는 놈이 없나, 주사 부리는 놈이 없나, 노름꾼이 없나, 난봉꾼이 없나. 우리 이층 여편네는 그래도 제가 때리긴 해도 매는 안 맞아요. 그러니 또 오죽합니까. 아무리 양놈 서방이기로서니 서방한테 매 드는 년은 오죽해야 들겠어요. 서방이 순 거지 건달이에요. 손끝 하나 까딱 안 하고 계집 등골을 빼서 편안히 먹고 노름하고 계집질까지 하는……"

"남자가 군인 아닙니까?"

"동거하긴 군인 때부터였대요. 여자도 처음부터 양색시질했던 건 아니고, 양색시들 집에서 식모처럼 일하다가 지금 저 녀석하고 눈이 맞았는지 겁탈을 당했는지 글쎄 트기를 하나 낳았대지 뭐예요. 그래놓고 본국으로 돌아가게 되니까, 그 작자 새끼가 신통했든지, 계집이 쓸 만했든지 글쎄 제대하면 꼭 돌아와서 결혼하겠다고 벼르더래요. 그렇지만 그걸 누가 믿었겠어요. 이 바닥에서 양놈의 그런 헛소리 믿을 사람 아무도 없습니다. 그랬는데 정말 돌아와서 저렇게 같이 살고 정식 결혼 신고도 했답니다. 어수룩한 한국 여자 등을 빼 일생 놀고먹기로 아주 작정을 하고 온 거죠. 그것도 모르고 여자가 워낙 무식해놔서 양놈하고 사는 걸 무슨 벼슬이라도 하는 줄 아는지 어찌나 거만하게 구는지 말도 못해요. 하긴 양놈하고 산다는 것만 가지고도 밥 벌어먹기는 문제없으니 그것도 벼슬이라면 벼슬이지만……"

"양놈하고 사는 것만 가지고도 벌어먹긴 문제없다뇨?"

"카미서리니 피엑스니 맘대로 드나들며 달라로 물건을 살 수 있으니까요. 그래도 여자가 그 짓을 워낙 너무 해먹으니까 걸려들기도 여러 번 걸려들었나봅디다. 걸렸다가 나와서도 창피한 줄도 모르고 으스대는 꼴은 또 말도 못해요."

"으스대다뇨? 어떻게요?"

"내가 나 먹자고 이 짓 하는 줄 아느냐. 미국놈 먹여 살리려고 이 짓 한다. 네놈들은 우리 삼천만이 다 네놈들 덕 본 걸로 알지만 한국 사람 덕으로 굶어죽지 않고 사는 미국놈도 있단 말이야. 내가 바로 미국놈 먹여 살리는 한국인이고 내 남편은 그 미국놈이다. 이렇게 호령을 하면서 뻐긴다는 거예요. 그렇지만 그걸 누가 믿어요."

"왜 못 믿으세요?"

나는 따지듯이 물었다.

"그 무식한 여자가 그렇게 길고 어려운 영어를 어떻게 했겠어요. 애를 셋씩이나 낳고 십 년이나 넘어 사는 제 남편하고도 한다는 소리가 싸울 때는 쌍노메 베치, 한창 좋을 때라야 아이 러뷰가 고작인걸요. 여북해야 아이들도 생긴 것만 트기지, 제대로 영어 한마디 못한다니까요."

이치로 따지면 옳은 소리였다. 나는 그 말을 무대소 아줌마가 했을 것을 믿었다. 못 알아들으면 대순가. 우리말로라도 그 말을 했을 것이다. 삼천만이 양키 덕을 입는 입장이거늘 그녀 혼자 그것을 거슬러 홀로 양키에게 덕을 베풀려 들다니, 그것은 얼마나 고독하고 얼토당토않은 짓인가. 그렇지만 그녀라면 할 수 있었을 것이다.

나는 오래전 그녀가 얼토당토않게도 굶주린 동포의 설움을 분풀이해야 할 책임을 홀로 걸머지기라도 한 것처럼 스낵바 싸진의 팔을 물어뜯었을 때의 그 완벽하게 고독했던 얼굴을 떠올리며 그렇게 믿었다.

그러나 거기 대해 외제 장수한테 설명하진 않았다.

그날, 나는 외제 그릇을 비싸다는 핑계가 아니라 가지고 가기가 겁난다는 핑계로 안 샀기 때문에, 그후로는 외제 장수가 우리집을 드나들게 됐다. 외제 그릇은 살 듯 살 듯 하기만 하고 안 사고 기껏 후춧가루나 핸드로션 따위나 하나씩 샀기 때문에 외제 장수의 발걸음은 차츰 뜸해졌다. 그러나 그녀를 통해 무대소 아줌마의 소식은 가끔 들을 수 있었다. 너무 싸움이 잦아 내쫓았다고 했고, 그 근처로 이사해서 그럭저럭 산다고 했고 워낙 술이 과하던 늙은 양키가 어느 날 갑자기 죽어서 무대소 아줌마가 다시 과부가 됐다는 소식을 마지막으로 외제 장수는 발길을 끊었다.

그리고 이렇게 만난 것이다.

"어디 가세요?"

나는 시장 가다 만난 이웃집 아줌마한테 말하듯이 가볍게 물었다.

"미국, 이 상놈의 새끼들을 어떡허든 사람 만들어야겠기에."

"아줌마, 쌍노메 베치는 어떡허구 자꾸 상놈의 새끼래."

나는 그 마당에 엉뚱하게도 그녀의 말을 고쳐주려고 했다.

"아냐, 내가 미국만 가봐. 그까짓 혀 꼬부라진 미국 욕 안 한다구. 내 나라 말로 실컷 내 나라 욕하면서 살지."

그녀는 미국 가는 목적이 실컷 욕이나 하는 데 있는 것처럼 희망찬 소리로 말했다. 나는 잠자코 고개만 끄덕였다.

발등을 밟히고도 오히려 "엑스 큐스 미" 한다는 간사한 문명인들 사이에서의 홀로의 무서움증을 욕이라도 하지 않고는 어찌 감당할까.

아무도 알아듣지 못하는, 아무에게도 전수되지 않을 고독한 욕을 유일한 밑천 삼아 타국에서 고달프게 부대낄 아줌마를 위해서 나는 우리의 욕이 풍부하고 다양하다는 걸 축복스럽게 생각했다.

드디어 그녀도 세 아이를 데리고 출구를 나갔다. 그녀가 보이지 않게 되고 나서도 나는 멍하니 서 있었다.

생각해보니 그동안 참 많은 친척과 친구를 그 출구를 통해

내보냈다. 공부를 하러, 학위를 따러, 달러를 벌러, 구경을 하러, 자유의 여신상에 연정을 호소하러 많은 사람들이 떠났고 나는 배웅했다.

그러나 아무리 친한 친구나 동기를 떠나보내고도 이렇게 쓸쓸했던 적은 없었던 것처럼 느꼈다.

(1978)

그 살벌했던 날의 할미꽃

1

달래마을 사람들이야말로 양민이었다.

중농 정도의 자작농들이라 하늘의 뜻에 순응해서 육신 아끼지 않고 땀흘려 땅 파면 배곯는 일 없었고, 사람이 인두겁을 썼다면 꼭 지켜야 할 몇 가지 법도만은 누구나, 누가 보건 말건 잘 지켰기 때문에 서로 화목했다.

삼태기에 안기듯이 순한 산에 안긴 이 오붓하고 점잖은 마을에도 어느 날 동란의 포성이 들려왔다.

그러나 훗날 그 일대가 격전지로 기록된 깐으론 직접적인 피해를 이 마을은 거의 안 입었다.

마을 사람들은 한 번도 실전을 겪지 못했으며 폭격 한 번 안 당했다. 눈 깜박할 새에 집이 잿더미로 화하고, 금세 뛰놀던 자식의 몸뚱이가 주워모을 수도 없이 산산이 해체되는 얘기를 소문으로만 들었을 뿐이었다.

그게 다 해마다 시월 초하룻날 마을 사람들이 정성을 다해 고사를 지내는 달래봉 산제당에 모신 산신령이 영검한 때문이라고 마을 사람들은 믿고 있었다.

그러나 그 밖의 인명의 피해는 전쟁을 겪고 폭격을 당한 인근 마을에 못지않았다. 몇 달을 두고 전선이 일진일퇴를 거듭하는 대로 세상도 손바닥 뒤집듯이 바뀌었으니 그때마다 부역했다 고발하고 반동했다 고발해서 생사람 목숨을 빼앗는 일을 마을 사람들은 미친듯이 되풀이했기 때문이다.

그에 앞서 청년들은 국군으로 지원하기도 했고, 인민군으로 끌려가기도 했고, 또 남쪽으로 피난 간 사람, 북쪽으로 끌려간 사람도 생겨서 마을 사람들은 줄 대로 줄었다. 어떻게 줄었거나 집집마다 준 식구는 남자 식구들이어서 마을엔 여자들만 남았다. 과부도 있고 생과부도 있고 처녀도 있고 노파도 있었다. 남자라곤 젖먹이 빼곤 아녀석조차 없었다. 걸을 수만 있는 아녀석이면 피난 가는 아버지나 삼촌, 하다못해 구촌 십촌뻘 되는 친척 편에라도 딸려보냈기 때문이다.

남자는 대를 이어야 하는 고로 여자보다 귀한 몸이고, 귀한 몸을 보다 안전하게 하는 게 여자들의 도리였다.

세상이 손바닥 뒤집듯이 바뀌는 통에 사람이 지킬 도리 같은 건 뒤죽박죽이 되기도 하고 거꾸로 서기도 하고 짓밟히기도 했지만, 여자 남자 사이에 지킬 도리만은 오히려 더 분명하고 당당해져 있었던 것이다.

마을에 여자들만 남게 되자 서로 모함해서 생사람 잡는 일이 다시는 일어나지 않았다. 서로 모함하고 싶고 죽이고 싶은 충동은 마을 어귀에 있는 분교 건물서부터 왔는데, 그곳에 국군이 머무르느냐 인민군이 머무르느냐에 따라서 미운 사람 빨갱이로 고발하고 싶기도 했다가 반동으로 쳐죽이고 싶기도 했다가 했던 것이다.

그러나 여자들은 거기 누가 머물든 관심이 없었다. 누가 머물든 이제 폐촌廢村처럼 퇴락하고 인기척이 숨을 죽인 마을을 해코지하지도 않았지만, 이롭게 해줄 리도 없었기 때문이다.

여자들의 문제는 오로지 어떡하면 세상이 안정되고 남자들이 돌아올 때까지 연명할 수 있느냐였다.

봄은 먼데 집집마다 식량은 바닥이 나고 있었고 하소할 데라곤 없었다. 분교가 비지 않고 주인이 바뀌는 것과는 상관없이 마을의 행정은 오랫동안 공백 상태를 계속했다.

그러던 어느 날 이번에 바뀐 분교의 주인은 국군도 인민군도 아닌 양코배기란 소문이 돌았다.

곧 양코배기들이 껌을 쩌덕쩌덕 씹으며 삼삼오오 떼를 지어 마을의 집집을 기웃대며 다니기 시작했다.

"색시 해브 예스? 색시 해브 예스?"

여자들만 눈에 띄면 이상한 몸짓을 해 보이며 이런 소리를 했다. 여자들은 질겁을 해서 집안 깊숙이 도망쳤다. 그리고 몸을 떨었다. 양코배기들의 피부에 개기름이 되어 흐르던 노골적인 육감이 여자들을 깊이 떨게 했다.

양코배기들은 아마 직업적인 양색시를 찾는 눈치였지만, 이 마을에 직업적인 양색시가 있을 리 없었다.

마을은 삽시간에 공포의 도가니로 변했다. 날이 어두워지자 여자들은 도저히 혼자서는 견딜 수 없어 한 사람 두 사람 마을에서 제일 큰 집으로 모여들었다.

그 집은 마을에서 제일 클 뿐 아니라 제일 웃어른뻘 되는 노파가 살고 있는 집이기도 했다. 비록 세상을 잘못 만나 서로 모함하고 죽이고 했지만 이 마을은 보통 시골 마을이 다 그렇듯이 씨족 마을이었던 것이다.

밤이 되자 양코배기들의 색시 해브 예스? 색시 해브 예스? 는 발정한 맹수의 울부짖음처럼 절박하고 위협적인 게 되었다.

노파를 둘러싼 새댁과 처녀들은 오들오들 떨면서 뜬눈으로 밤을 새웠다. 다음날도 분교의 양코배기들은 딴 곳으로 옮겨 갈 눈치가 보이지 않았다.

다시 밤이 되었다. 색시 해브 예스? 색시 해브 예스? 양코배기들이 절박하게 외치며 집집의 문을 두드렸다.

"암만해도 오늘밤엔 뭔 일 당할까보다."

노파가 메마른 소리로 말했다.

"뭔 일을 당하느니 차라리 혀를 깨물고 죽고 말겠어요."

건넛마을에서 시집온 지 며칠 안 돼 난리를 당하고, 난리 난 지 며칠 안 돼 남편을 의용군이란 이름으로 빼앗긴 새댁이 앙상한 어깨를 추스르며 단호하게 말했다.

"나도 죽겠어요. 대들보에 목이라도 매서……"

"나도 우물에 빠져서라도……"

너도나도 죽겠다고 나섰다. 죽겠다고 나설 기회를 놓치면 행여 양코배기에게 마음이 있는 화냥년이라도 될까봐 기를 쓰고 죽기를 자청했다.

노파가 희미하게 웃었다.

"죽긴 앞길이 구만리 같은 젊은것들이……"

할로 색시 해브 예스? 색시 해브 예스? 하는 소리는 점점 더 가까워왔다.

"암만해도 내가 코배기들의 색시 노릇을 해야 할까보다."

노파가 메마른 소리로 느릿느릿 말했다.

"할머니가요?"

목숨을 걸고 정절을 지킬 것을 다짐하느라 석상처럼 엄숙해져 있던 새댁과 처녀들이 일시에 허리를 비틀면서 깔깔댔다.

"옥희야, 네 화장품통 좀 가져온."

노파는 따라 웃지 않고 엄격한 소리로 말했다. 옥희는 노파의 손녀로 혼인날을 받아놓고 난리를 당해 약혼자는 지금 군대에 가 있었다.

"할머니도 참 망령이셔."

옥희가 민망한지 할머니의 허리를 꾹 찌르며 눈을 흘겼다.

"나 어느새 망령나지 않았다. 어서 화장품통 가져오라니까."

노파의 말에 딴사람 같은 위엄이 담겼다.

마을이 평화로울 때 마을의 제일 큰 축제 날은 산신제 지내는 날이었다.

남자들은 돼지를 잡고 여자들은 시루떡을 쪘다. 여자들의 일의 총지휘는 늘 이 제일 나이 많은 노파가 맡았더랬었다.

노파는 다달이 있는 부정중이거나, 간밤에 서방을 가까이한 젊은 계집들을 족집게처럼 집어내어 멀리 물리치고 그 일을 했었다.

그때 노파는 앞으로 일 년간의 마을의 길흉화복이 오직 자기 한몸에 달렸다는 듯이 몸 전체로 거역할 수 없는 위엄을 풍겼더랬었다.

지금 노파를 둘러싼 아낙네들은 그때와 똑같은 위엄으로 당돌하게 빛나는 노파를 똑똑히 본다. 그리고 숙연해진다.

그래도 그중 나이 지긋한 부인이 한마디한다.

"아주머님, 아주머님이 젊은것들 몸 더럽히지 않게 하려고 그러시는 건 알겠는데요. 아주머님도 생각해보세요. 연세가 있잖아요, 연세. 아 양코배기들은 뭐 눈이 멀었나요. 화장품으로 눈가림도 어느 정도죠……"

말끝을 못 맺고 킥 웃으니까 좌중의 여기저기서 숨죽인 웃음소리가 들렸다.

"잔소리 말고 화장품통 가져오라니까, 어서!"

노파는 메마른 소리로 차분하게 말했다. 좌중을 압도하는 위엄을 갖추고.

옥희가 마침내 화장품통을 가져왔고 노파를 둘러싼 여자들의 얼굴이 차츰 호기심으로 빛났다.

혼수로 장만해놓은 화장품은 비싼 것은 아니었지만 구색이 고루 갖추어져 있었다.

"내 얼굴에 화장을 시켜다오."

얼굴도 반반하고 사는 형편도 괜찮아서 난리 전엔 이 마을에서 제일 멋을 부릴 줄 알았던 새댁한테 노파가 화장품통을 맡겼다.

"할머님도 참 망령이셔……"

새댁이 좌중의 눈치를 보며 일단 사양을 했다.

"그럼 네가 당하고 싶은 게로구나."

노파의 표정이 별안간 악랄해졌다.

"할머님도 정말 망령이셔."

새댁이 질겁을 하며 그러나 정확한 손놀림으로 노파의 얼굴에 화장을 하기 시작했다.

색시 해브 예스? 소리는 점점 기승스러워지고 등잔불도 기름이 다한 것처럼 침침해졌다. 노파는 새댁의 능숙한 손놀림에 얼굴을 내맡긴 채 혼잣말처럼 중얼댔다.

"느희도 양코배기들 얼굴만 봐가지곤 나이 분간 못하지? 양코배기들도 우리 나이 분간 못하긴 마찬가질 거다. 핏줄이 다른 사람끼린 나이 먹는 푼수도 제가끔 다르니까. 그리고 그 짓이야 동서고금을 막론하고 껌껌한 데서 하게 돼 있으니까. 암, 껌껌한 데서 하구말구⋯⋯"

이 소리는 아마 누구 들으라고 하는 소리가 아니라 스스로의 불안을 달래기 위한 소리였으리라.

드디어 화장은 완성됐다. 거울을 본 노파가 만족한 듯 웃었다. 그저 웃음이 아니라 마지막으로 쥐어짠 것처럼 처참한 교태가 섞인 웃음이어서 보고 있던 여자들은 다 같이 섬뜩했다.

색시 해브 예스? 소리가 마침내 여자들이 모여 있는 큰 집 대문에 와서 멎었다. 양코배기들도 안에서 나는 인기척을 감지했는지 미친듯이 대문을 흔들어댔다.

“옥희야, 네 옷도 좀 빌려주렴.”

노파는 옥희의 다홍치마와 노랑 저고리로 갈아입었다. 머리엔 알록달록 줄무늬가 있는 보자기를 썼다.

색시 해브 예스? 소리는 극도로 격렬해지고 거친 발길질에 대문은 곧 떨어져나갈 것 같았다.

“이제 다 됐으니 문 열어주고 색시 있다고 해라.”

노파가 바싹 마른 참나무 가지를 꺾는 것처럼 메마르고 확실한 소리를 질렀다.

누군가가 빗장을 땄다. 대문이 활딱 열렸다. 여자들은 잔뜩 참았던 오줌을 싸버릴 수밖에 없었던 순간처럼 쾌감과 수치감으로 진저리를 치며 어두운 곳으로 몸들을 피했다.

등잔불이 비추는 곳엔 색시 한 사람만이 남았다. 앞장선 거구의 양코배기가 색시를 번쩍 안았다. 그러나 어두운 구석마다 잠복해 있는 인기척을 감지했음인지 그 자리에서 일을 저지르지는 않고 색시를 안은 채 성큼성큼 대문을 나섰다.

“캄온.”

뒤따르던 양코배기들도 대문을 나섰다. 저만치 지프차가 보였다. 지프차 속에서도 색시는 아기처럼 가볍고 아기처럼 순하게 양코배기의 무릎 위에 있었다.

분교까지는 눈 깜박할 새였다. 밖에서 본 분교는 깜깜했다. 그러나 유리문을 열고 삐걱하는 널쪽문을 열자 믿을 수 없을 만큼 강한 불빛이 노파에게로 쏟아졌다. 동시에 와아 하는 함성이 들렸다. 노파는 양코배기의 품에서 새우처럼 몸을 오그리고 두 손으로 얼굴을 가렸다.

곧 침대로 노파는 내팽개쳐졌다. 그 지경을 당하면서도 노파는 얼굴을 가린 손가락 사이로 방안을 살폈다. 앞으로 당해야 할 양코배기의 수효를 알아보려고 함이었다. 다행히 대여섯 명을 넘지 않아 보였다.

노파를 안아온 거구의 양코배기가 노파의 옷을 벗겼다. 세상에, 망측해라. 아무리 공자 맹자의 도리를 모르는 양놈이기로서니 대낮보다 밝은 곳에서 그 짓을 하려 들다니. 노파는 죽은 영감과는 환갑까지 해로했고, 금슬도 좋은 편이었고, 자식을 칠 남매나 두었건만 한 번도 등잔불이나마 켜놓고 그 짓을 해본 적은 없었던 것이다. 영창으로 비치는 달빛이 고작이었다.

노파는 죽을 기를 쓰고 옷고름과 치마끈을 움켜잡았다. 이제 얼굴이 문제가 아니었다.

그러나 그까짓 노파의 힘쯤은 거구의 양코배기에 당해서는 갓난아기의 앙탈만도 못했다.

양코배기는 옥수수 껍질을 벗기듯 한 겹 두 겹 힘 안 들이고 노파의 옷을 벗겨냈다. 그래도 설마 속옷을 벗길 때는 불을 끄겠거니 했더니 웬걸, 노파의 나신은 백주보다도 밝은 불빛 아래 그 흉한 모습을 드러냈다.

칠 남매에게 진액을 다 빨리고 이제 늑골과 상접할 만큼 말라붙은 지 오랜 젖가슴과, 겹겹의 주름 사이사이에 칠 남매를 길러내느라 늘어나다못해 터졌던 자국이 물 마른 운하처럼 남아 있는 끔찍한 뱃가죽이 드러났다. 정오의 햇빛보다 더 밝은 불빛 아래.

노파는 이제 반항하기를 그치고 두 손으로 얼굴을 가리고 모기 소리 같은 소리로 울기 시작했다.

노파가 반항하기를 포기했음에도 불구하고 노파의 마지막 속옷인 잿빛 융바지는 어쩐 일인지 황무荒蕪의 언덕처럼 앙상하게 솟은 치골 위에 걸려서 더이상 내려가지 않았다.

노파는 앵앵 가늘게 울며 생각했다. 그것마저 벗겨내 이 환한 불빛 아래 그 아래것이 드러나면 혀를 물고 죽을 수밖에 없겠는데 스스로 목숨을 끊기란 얼마나 어렵고도 어려운 일인가 히고.

마저 벗길 것도 없이 양코배기들은 이미 속았다는 것을 알았을 테니 차라리 쏴 죽여주었으면 좋으련만 하는 생각도 들었다.

별안간 유쾌한 웃음소리가 들렸다. 혀를 물고 죽고 싶게 비참한 상태에서 들었기 때문일까, 노파는 그렇게 티 없이 맑고 즐거운 웃음소리는 생전 처음 듣는 것처럼 느꼈다.

난리가 나기 전에 마을엔 궂은일도 많았지만 즐거운 일도 많았고, 젊은이들은 화도 잘 냈지만, 웃기도 잘했었다. 그러나 아무리 즐거울 때도 그 웃음엔 텁텁한 찌꺼기 같은 게 가라앉아 있었고, 여운은 한숨의 여운을 닮아 있었다. 갓 웃음을 배운 아기가 아닌 다음에야 그렇게 티 없이 투명하게 깔깔댈 수는 없는 일이었다.

그 경황중에도 호기심이 동한 노파는 얼굴을 가린 손가락 사이로 양코배기들의 동정을 훔쳐보기 시작했다. 양코배기들은 하나같이 의자에서 굴러떨어져 마룻바닥에서 허리를 비틀고 배를 움켜쥐고 그렇게 웃고 있었다.

방 속엔 침대에 던져진 노파 외엔 구경거리라곤 아무것도 없이 살벌하기만 했다. 하도 즐겁게 웃는 바람에 노파는 자기도 따라 웃을 것 같아 더욱 앙앙대는 울음소리를 높였다.

이윽고 웃음이 그치더니 누군가가 노파를 일으키고 옷을 주섬주섬 주워다주었다.

노파가 옷을 다 주워 입자 깜깜한 밖으로 끌어냈다. 노파는 아마 밖에서 쏴 죽이려나보다고 간이 콩알만해졌다.

그러나 양코배기들은 노파를 지프차에 태웠다. 그리고 뭔가 상자에 담은 걸 가득가득 실었다.

처음에 노파를 데려갔던 큰 집 앞에다 노파를 내려놓더니 싣고 온 상자들도 모조리 내려놓았다.

양코배기들은 어리둥절한 채 서 있는 노파에게 쩝쩝 입맛을 다셔 뭘 먹는 시늉을 하며 상자에 든 것들을 가리켰다.

"마마상 짭짭. 마마상 짭짭. 오케이?"

양코배기들은 다시 지프차를 타고 분교 쪽으로 떠났다.

차 소리를 듣고 집 속에 모여 있던 여자들이 일제히 뛰어나왔나.

노파는 빠르게 위엄을 회복하고 우선 양코배기들이 부려놓은 짐 먼저 끌어들이라고 이른다.

상자마다 먹을 것들이었다. 깡통에 든 무과수, 고기, 잼, 과일, 우유, 새콤하고도 달콤한 향기로운 가루, 반짝이는 은종이에 싼 초콜릿 사탕 젤리, 혼란한 그림이 있는 갑 속에 들은 파삭파삭한 과자, 쫄깃쫄깃한 과자……

노파와 여자들은 다만 황홀해서 숨도 크게 못 쉬었다.

그래도 나잇값을 하느라고 노파가 제일 먼저 평정을 회복했다. 그리고 방금 겪은 모험에 대해 비교적 담담하게 이야기하고 나서 이렇게 결론을 맺었다.

"내가 이렇게 살아 돌아오고 또 먹을 것까지 잔뜩 얻어온 건 그놈들이 양놈이었기 망정이다. 아, 왜놈만 같아봐라, 나한테 속은 걸 안 즉시로 쫘 죽였을걸. 암, 그 독종들이야 쫘 죽이고말고. 왜놈이 아니고 소련놈만 같아봐라, 아마 늙고 젊고 안 가리고 들이덤벼 욕을 봤을걸. 쫘 죽일 거 없이 제놈들한테 깔려죽을 때까지 욕을 봤을 게다."

듣고 있던 마을 여자들도 노파의 의견에 전적으로 동의하고 제각기 부르르 몸서리를 쳤다.

노파도 마을 여자들도 한 번도 이 나라 밖에 나가본 적이 없고, 마을에 살면서도 양놈이니 왜놈이니 소련놈이니를 직접 사귀거나 대해본 적이 없었다. 이번 사건이 처음이었다.

그런데도 노파는 그 정도의 세계관(?)을 자신만만하게 피력했고, 듣는 사람들 역시 추호의 이의도 없었다. 옳고 그르고는 차치하고라도 아마 그 정도의 세계관은 이 땅에 태어난 사람의 기본적인 상식에 속했기 때문일 게다.

2

전선戰線은 조용했다. 그러나 금명간 일대 접전이 예상되고 있었다. 처음 전방으로 투입돼 실전 경험이 한 번도 없는 병사들에겐 이 폭풍전야의 정적이 정말 견딜 수 없었다.

그런데다 묘한 풍문이 돌고 있었다. 적의 총알은 숫총각을 좋아한다는 거였다. 그만큼 숫총각이 전사하는 율이 많다는 소리도 됐다.

칼끝같이 아슬아슬한 정적을 견디다못해 누가 꾸며낸 것이 분명한 이런 풍문은 단박 숫총각이 누구누구란 것을 가려낼 수도 있을 만큼 숫총각들을 불안 일색으로 물들였다.

자기 중대 내의 이런 술렁임을 안 중대장은 원하는 자에게 인근 마을로 한 시간 정도의 외출을 허락했다.

인근 마을의 주민들이 완전히 철수 상태라는 것을 중대장이라고 모를 리는 없었다. 그래도 사람의 일엔 항상 예외라는 게 있고, 또 요행이라는 게 있으니까, 약은 놈은 절에 가서도 새우젓을 얻어먹는다지 않나, 일단 기회라도 줘보는 수밖에, 라고 중대장은 생각했던 것이다. 그러나 중대장 역시 큰 기대를 갖고 있진 않았다.

숫총각 김일병이 같은 숫총각 패거리로부터 떨어져 홀로 접어든 마을엔 어둠이 깔리기 시작하고 있었다. 그러나 굴뚝에서 연기가 올라오는 집은 한 집도 없었다. 물론 호롱불이 켜지는 집도 없었다. 보나마나 빈 마을이었다. 그래서 다들 딴 마을을 찾아갔건만 김일병은 그 마을에 이끌리고 있었다.

그 마을은 어딘지 혜숙이의 고향 마을을 닮아 있었다.

김일병은 혜숙이와 작별하러 혜숙이의 고향 마을을 찾아갔을 때의 일을 생각하고 있었다.

동란 전 김일병과 혜숙이는 대학 동급생이었고, 서로 사랑하는 사이였다. 졸업하면 곧 맺어질 것으로 누구나 알고 있었다.

졸업반으로 올라오자마자 동란이 났고 혜숙이는 고향으로 피난 갔고 김일병은 서울에 남아 있었으나 요행 무사했다. 그러나 수복하자마자 김일병은 곧 입대하지 않으면 안 되었고 입대하기 전에 아직도 시골에 머물고 있는 혜숙이를 찾아갔었다.

집집마다 굴뚝에서 연기가 오르는 저녁 무렵이었다. 바람이 없어서인지 굴뚝이 낮아서인지 보랏빛 연기는 자욱하게 땅을 기었다. 그 속에 선線이 무던한 초가지붕들이 다도해의 섬처럼 오순도순 떠 있었다.

보랏빛 연기는 차츰 남보라로, 다시 암회색으로 변하는가 했더니 곧 어둠이 왔다.

오라, 시골의 황혼은 굴뚝으로부터 오는구나 하고 김일병은 그때 생각했었다. 오랜 이별을 앞두고 그럴 수밖에 없었지만 그날 혜숙이는 애처롭도록 우울했다.

두 사람은 이제 완전히 어둠에 잠긴 마을을 벗어나 뒷동산에 올랐다. 뒷동산엔 무덤이 많았다. 나란히 있는 무덤도 있고 혼자 있는 무덤도 있고 옹기종기 모여 있는 무덤도 있었다.

두 사람은 무덤 앞에 있는 상석에 기대앉았다.

"이게 다 누구 무덤이니?"

"우리 조상 무덤."

"느네 조상은 참 많이도 죽었다."

김일병은 자기가 한 말의 바보스러움에 혼자서 픽 웃었다.

"죽지 마, 죽으면 싫어."

혜숙이가 별안간 김일병의 가슴으로 무너져내리면서 절박

하게 말했다.

"죽긴, 바보같이. 안 죽을게. 사랑해, 사랑해."

김일병은 혜숙이를 안고 쓰러지면서 말했었다. 그때 그 동산의 마른풀은 참으로 푹신했었다.

두 사람은 전교생이 다 알아주는 커플이었지만 그렇게 깊은 뽀뽀를 해보긴 그때가 처음이었다.

실은 그때 숫총각을 면할 수도 있었다. 혜숙이 쪽에서 그걸 간절히 바라고 있기도 했다. 그러나 김일병은 그러지 않았다. 불같이 달아오른 혜숙이를 일으켜 옷에 붙은 마른풀을 말끔히 떨어서 들여보냈다.

죽지 않겠다고 장담했지만 만약에 자기가 죽게 될 경우 혜숙이를 조금이라도 덜 불행하게 하려니 그럴 수밖에 없었다.

그때 내가 한 일은 잘한 일일까 잘못한 일일까. 적의 총알은 숫총각을 좋아한다는 건 정말일까. 그런 생각을 쓸쓸하게 하며 김일병은 마을을 한 바퀴 돌았다.

굴뚝에서 연기가 올라오지 않아도 마을은 빠른 속도로 어두워지고 있었다. 텅 빈 마을을 돌아나오며 김일병은 혜숙이와 헤어지던 시골길이 생각나 돌아보고 또 돌아본다. 문득 그는 한줄기 연기를 본 것처럼 느낀다. 그것은 미미했지만 확실히 어둠의 빛깔하곤 달랐다.

그는 묘한 착각에 빠져 가슴을 두근댔다. 그 마을은 혜숙이의 고향 마을이고 혜숙이 혼자 남아 자기를 기다리고 있을 것 같았다. 그는 그의 시선이 포착한 미미한 연기가 오르는 방향으로 곧장 이끌렸다.

마을에서 제일 작고 초라한 집이었다. 문도 사립문이어서 그대로 밀고 들어섰다.

"안에 누구 계십니까?"

그는 마른침을 삼키고 떨리는 소리로 물었다.

"뉘시우?"

방문을 열고 마루로 나온 건 노파였다. 비교적 정정한 노파의 목소리는 떨고 있었다.

"군인입니다, 국군입니다."

김일병은 우선 부드러운 소리로 노파를 안심시켰다.

그동안 몹시 사람에 주렸던 듯 노파는 반색을 하며 김일병을 안방으로 이끌었다.

구들목은 따뜻하고 노파는 혼자서 저녁상을 받고 있었다.

"어떻게 이렇게 혼자 남으셨습니까?"

"영감이 중풍 들어서 데리고 갈 수도 없고 두고 갈 수도 없고 해서……"

"자손은요?"

"외아들이 국군 나갔다우."

"네, 그러세요. 그럼 영감님은요?"

김일병은 새삼스럽게 방안을 휘둘러본다. 중풍 든 노인이 어디 있나 해서였다.

"세상 떴다우."

"언제요?"

"며칠 안 돼. 원 지지리도 복도 없는 늙은이지. 진작 죽든지 좀더 살아 좋은 세상 보고 죽든지 했으면 오죽이나 좋아."

"그럼 장사도 혼자 치르셨겠네요."

"장사랄 건 뭐 있수. 그냥 갖다 묻은걸."

"혼자서요?"

"그럼 누가 있어야지."

"참 장하십니다."

"장하긴, 사람이 악에 받치면 뭘 못하는 줄 알우."

"그래두요."

"난 이래 봬도 아직 정정하다우. 영감 몸이 그런데다가 어떡허든 자식 하나 있는 건 공부시켜보려고 많지 않은 농사지만 혼자 지은걸."

"네, 그러셨어요."

김일병은 자꾸자꾸 감동을 한다. 그러면서 노파가 좋아져서 이런 얘기 저런 얘기를 한다. 두고 온 혜숙이 이야기부터 외출 나온 경위까지 설명하느라 숫총각은 총알을 제일 먼저 맞는다는 부대 내의 미신까지 이야기했다.

"저런, 내 아들도 숫총각일 텐데. 아무렴 숫총각이고말고."

노파의 얼굴에 짙은 근심이 어린다.

"할머니, 너무 걱정 마세요. 필시 숫총각 놀려먹으려고 누가 퍼뜨린 소문일 거예요. 뜬소문이 아니면 미신일 테고요. 이 문명 세상에 누가 미신을 믿습니까."

이윽고 김일병이 일어서려는데 노파가 김일병의 바짓가랑이를 잡는다.

"총각, 총각을 면하고 가고 싶잖우?"

"네?"

"미신이건 뜬소문이건 좋다는 거야 왜 못하우. 목숨은 중한 거라우. 더군다나 기다리는 아가씨까지 있다며."

"그야 할 수만 있다면야 왜 못하겠어요. 없으니까 못하죠."

"할 수 있어. 내가 면하게 해주지."

"네?"

김일병은 질겁을 한다.

"왜 그렇게 놀라우. 놀랄 거 없어요. 자아, 불을 끕시다. 난 아직 정정하다우."

노파는 불 먼저 끄고 김일병을 아랫목에 깔린 포대기 밑으로 이끌었다. 노파는 뜻밖에도 풍요한 가슴과 부드러운 살결을 갖고 있었고, 손길은 섬세하다못해 기교적이기까지 했다. 어둠 속에서 노파는 여자가 되어 있었다. 김일병은 도깨비한테 홀린 것처럼 얼떨결에 그러나 무리하지 않고 자연스럽게 숫총각을 면했다.

다시 호롱불이 켜지자 노파는 역시 노파였다. 김일병은 노파를 외면하고 도망치듯 집을 나서려는데 노파가 말했다.

"또 와요."

또 오라니, 그럼 저 육체에도 욕망이 이글대고 있었고 저 나이에도 그 행위에 대한 기쁨이 있었단 말인가.

자비를 받은 것 같은 고마움이 뭔가 당한 것 같은 억울함으로 변한다. 이런 느낌으로 돌아다본 노파의 얼굴에서 김일병은 희열과 만족감을 똑똑히 본다.

그는 불의에 뒤집어쓴 구정물을 떨구듯 진저리까지 쳐가며 그것을 떨군다. 그러나 그후 오래도록 김일병은 그것을 떨구지 못했고, 마침내 여자라는 것에 대한 불결감 혐오감으로 이어졌다.

숫총각을 면했음인지 김일병은 그후에 겪은 수없는 전투에서 무사했고, 휴전이 되고도 일 년 후에 제대했다.

찾아간 혜숙이의 고향집에 혜숙이는 없었다. 혜숙이는 멀리 멀리 시집간 뒤였다.

"드러운 년."

김일병은 그 한마디로 혜숙이에 대한 감정을 처리했다.

환갑이 지난 노파의 욕망도 영감을 묻은 지 며칠 만에 아들 같은 총각을 유혹할 만큼 강했거늘 혜숙이같이 젊은 나이에 어찌 기다리고만 있을 수 있겠는가. 무덤 앞 마른풀 위에서 불같이 달던 그 음탕한 몸뚱이가……

김일병의 여자에 대한 시선은 이렇게 고정돼 있었다. 물론 그가 혜숙이에게 보낸 수많은 편지가 어른들에 의해 중간에서 어떻게 소멸됐나를 알 리도 없었다.

그후 수많은 날이 지나갔다. 김일병은 돈도 좀 벌고, 방탕한 생활에 빠졌다. 이제 노파가 "또 와요" 하며 짓던 희열과 만족의 표정을 생각하며 진저리치던 때는 지났다. 그만해도 순진할 때였다. 이제 그는 능글능글해져 있었다. 그는 노파를 회상할 때마다 그의 남성에 대해 더욱 자신만만해져서 방탕을 계속하고 닥치는 대로 여자를 희롱했다.

나의 남성은 적어도 환갑이 넘은 불 꺼진 육체에 새로운 불을 켤 만큼 특이하고 매력적인 남성이다, 하는 엉뚱한 자부심이 그의 방탕 행위를 더욱 부채질했고 아닌 게 아니라 그를 남성적으로 돋보이게도 했다.

그후 다시 수많은 날이 흘렀다. 방탕에 곯은 몸이 그래도 참한 아내를 맞아 아들 딸 낳고 그럭저럭 살림 재미도 알게 됐다. 이제야 그 사람 철들었다고들 했다.

늦게 철들고 나서도 그는 가끔 노파 생각을 했다. 그때 노파가 자기로 하여 육체적인 희열을 맛보았으리란 생각을 그는 조금씩 수정해가고 있었다.

그때 그를 받아들인 노파의 깊은 곳은 마치 그가 어릴 적 손을 밀어넣은 엄마의 스웨터 주머니 속처럼 무심히 열려 있었고 헐렁했고 부숭부숭했었다. 그 속은 시종 헐렁했고, 부숭부숭하기만 했다. 결코 감각이 살아 있는 고장답지 않았었다.

그럼 "또 와요"는 뭐고, 희열과 만족의 표정은 뭐였을까. 아마 숫총각을 면하고 싶은 사람이 또 있으면 얼마든지 또 와도 좋다는 소리요, 만족과 희열은 자기의 성性이 아직도 남성의 기쁨이 될 수도 있다는 데서 오는 순전히 정신적인 것이었으리라고 그는 그의 노파에 대한 회상을 이렇게 수정해가고 있었다.

그후 또 수많은 날이 갔다. 그는 오십을 바라보는 김사장이 되었다. 지금도 그는 가끔 노파 생각을 한다. 그때의 노파의 행위야말로 무의식적인 휴머니즘이 아니던가 하고 생각할 만큼 그는 나이를 먹었다. 젊은 날의 그를 그토록 징그럽게 하던 노파의 환희와 만족의 표정조차 평생 잊지 못할 휴머니스트의 미소로서 회상할 수 있을 만큼 그는 나일 먹었다. 나일 먹는다는 건 남이 생각하는 것처럼 그렇게 서글프기만 한 건 아니라고 그는 생각하고 있다.

지금까지 한두 사람의 노파 이야기는 어느 친구한테 들은 실제로 있었던 노파들 이야기다.

그리고 이 두 사람의 노파들은 서로 아무런 상관도 없다. 거의 비슷한 시기에 이 땅에 태어났다는 것 말고는.

그런데도 굳이 이 두 노파를 한자리에 모시고 싶었음은 내가 발견한 노파들의 어떤 공통점 때문이다.

그들은 하나같이 욕되도록 오래 살았음에도 불구하고 끝내 노파라든가 할머니라든가 하는 중성적인 호칭이 안 어울리는 강렬한 여자다움을 못 버렸었다. 여자라는 것에서 헤어나질 못했다. 나는 차마 그들을 노파라고는, 할머니라고는 못하겠다. 여자라고밖에는.

지금도 시골에 가면 차들은 뻔질나게 다니는데 포장은 안 된 황톳길이 있다. 그런 길가에서 허구한 날 먼지를 뒤집어써서 마치 도시의 삼류 왜식집 베란다에 장식한 퇴색한 비닐 모조품 꼴이 돼버린 풀섶에서 문득 찢어지게 선명한 빛깔로 갓 피어난 들꽃을 본 사람이 있는가. 있다면 알 것이다. 기가 차고 민망한 대로 차마 그게 꽃이 아니라곤 못할 난감하고도 지겨운 심정을. 그런 심정이 되어 그들 노파를 여자라고 부를 수밖에 없다.

성적인 의미의 여자라도 좋고, 나의 할머니가 툭하면 몸서리를 치면서 전생으로부터 특별히 많은 죄를 짊어지고 태어났다고 믿는 족속으로서의 여자라도 좋고, 심심한 남자들이 각별히 심심한 시간에 그 족속들에게도 영혼이라는 게 있나 없나를 무성의하게 회의하는 대상으로서의 여자라도 좋고, 아기들이 이 세상에 태어나서 제일 먼저 얼굴과 호칭을 익히는 엄마로서의 여자라도 좋다. 아무튼 그 노파들은 여자였다고, 죽는 날까지 여자임을 못 면했었다고 말해주고 싶다.

(1977)

재이산 再離散

“이상해요. 암만해도 이상해요.”

아내가 다림질을 하면서 말했다. 단칸방이 다리미의 열기로 끓어오르고, 아내의 목덜미에서도 그의 등허리에서도 끈끈한 땀이 끓어오르고, 아내의 목소리도 지글지글 끓어오르고 있었다. 그의 단칸방을 덮은 슬레이트 지붕 위에선 팔월의 햇볕이 비정한 단근질을 하고 있었다. 관상대에선 삼십몇 년 만의 더위라고 말했지만 육십 노인도 팔십 노인도 내 생전에 처음 겪는 더위라고 장담하는 불볕더위가 보름을 넘어 계속되고 있었다.

아내의 정성스러운 다림질에도 불구하고 백 퍼센트 폴리에스테르인 그의 남방셔츠는 후줄근한 꼴을 별로 면한 것 같지 않았다. 원래는 빨랫줄에서 뚝 떼다 걸치던 거였다. 값싸고 질 길뿐더러 다림질할 필요가 없어 좋다는 것쯤은 화학섬유에 대한 상식이련만 아내는 오늘따라 다리고 또 다리고 매만졌다. 해질랑은 멀었지만 찌들 대로 찌든 셔츠는 막무가내 다리미발이 서지 않았다.

"안 이상해요? 당신은 그럼……"

안 이상해서 대답이 없는 게 아니라는 걸 알면서도 아내는 이렇게 짜증을 부리면서 셔츠를 옷걸이에 걸었다. 그는 못 들은 척 옷걸이에서 셔츠를 신경질적으로 떼어내면서 시계를 보았다.

"안 늦었어요. 좀 식혀서 입어도 돼요."

아닌 게 아니라 셔츠엔 다리미의 열기가 그냥 남아 있었다. 그러나 엉뚱스럽게도 더워 못 견디겠는 건 등허리가 아니라 발바닥이었다. 별안간 펄쩍펄쩍 뛰고 싶게 발바닥에 열불이 나서 그는 방을 뛰쳐나왔다.

안집 마루엔 그 집에 세 든 네 가구의 식구들은 물론 이웃집 여편네들까지 모여 앉아 쑥덕대다가 일제히 입을 다물고 그를 지켜보았다. 그는 평소 농지거리도 곧잘 하면서 흉허물 없이 지내던 이웃들의 시선이 기대와 호기심으로 빛나는 게 낯설고 싫어서 구두 뒤꿈치를 찌그러뜨려 신은 채 허둥지둥 대문간을 벗어났다.

"강씨댁도 참, 테레비에 나갈 사람을 옷이라도 한 벌 새로 사 입혀 내보낼 일이지…… 오늘은 어째 신수까지 전만 못하고 꺼칠하대여?"

"간밤에 웬 잠인들 제대로 잤갔소? 상관없어요. 이산가족은 배우덜하고 달라서 몰골이 초라할수록 기분이 나게 돼 있으니까."

"어여 테레비나 켭시다. 강씨가 그래도 우리 동네선 처음 테레비에 나가는데 우리덜이 못 보고 놓치면 도리가 아니니께."

"케이비에스에서 만나는 게 아니라니까요. 호텔에서 만나잔대요."

"왜 이왕이면 방송국에서 만나잖구?"

"아직 확실한 게 아니니까 미리 만나서 확인을 하려는가봐요. 그쪽에선 조금도 급하게 굴질 않더래요."

여편네들이 찧고 까부는 소리에 아내가 조심스럽게 끼어들었다.

"그래도 거 뭣이냐, 호테루에서 만나자는 걸 보면 돈푼깨나 있는 사람임에 틀림이 없어요. 누가 알아요? 쥐구멍에도 볕들 날 있다고 강씨네도 부자 친척 만나서 팔자가 활짝 필라는지. 무슨 호테루라고 하던가요?"

드디어 주인 남자까지 여편네들 수다판에 끼어들어 아는 척을 하는 게 들렸다. 그러나 아내의 대답은 들리지 않았다. 아내는 대답을 안 하는 게 아니라 못하고 있을 터였다. 아내가 혓바닥이 뜻대로 구르지 않아 헛되이 입술만 쫑긋대고 있을 생각을 하니 또다시 발바닥에서 열불이 났다. 그도 마찬가지였다. 그도 지금 가고 있는 호텔 이름을 욀 수가 없었다. 그는 바지 뒷주머니에서 패스포트를 꺼내 주민등록증 뒤에 소중하게 감춰둔 종이쪽지를 꺼냈다.

"리버사이드호텔, 리버사이드호텔, 리버사이드호텔……"

그는 구구단을 욀 때보다 더 힘겹게 슬쩍슬쩍 컨닝까지 해가며 그 이름을 되풀이했다. 전화 목소리를 몇 번이나 되물어서 받아쓴 거였지만 새삼 다시 긴가민가했다. 그가 이번 만남에 주눅이 든 것도 실은 '리버사이드호텔'이란 전화 목소리를 도저히 흉내낼 수 없을 때부터였다.

만남이 이렇게 빨리 쉽게 이루어진 것부터가 꿈에도 생각 못한 일이었다. 텔레비전은 연일 오늘도 일곱 가족이 만났다거니 열다섯 가족이 만났다거니 했지만 실은 못 만나는 가족이 그 열 곱은 된다는 걸 그는 알고 있었다. 어려서부터 쭉 그늘과 불운 속에서만 살아온 그는 확률 십분의 일의 제비뽑기에 당첨될 자신이 없었다. 아마 행운의 확률이 십분의 구라고 하더라도 그는 십분의 일의 불운 쪽으로 자신을 처리하는 걸 되레 자연스러워했을 것이다. 더구나 그는 아직 텔레비전에

출연하기도 전이었다. 그의 접수번호는 40000번이 넘었고 텔레비전에선 아직 10000번대를 방영하고 있는 중이었다. 지금 같은 추세로 나가다가는 올가을이나 겨울에도 그의 차례는 돌아올까 말까였다. 그렇다고 해서 그가 초조해하고 있는 건 아니었다. 그는 그에게 만날 가족이 없다는 게 판가름나기 전의 시기─나에게도 가족이 있을지도 모른다는 황홀한 희망의 시기를 그 나름으로 즐기고 있었다. 육친의 포옹, 체온, 손길, 눈물, 목메인 소리, 그런 것들을 그는 자주 떠올렸고, 그와는 생전 무관한 걸로 알았던 그런 것들과 이제는 어느 만큼 친근해져서 어쩌면 망각한 자신의 기억 속에서 떠오른 게 아닌가 하는 생각이 들 지경이었다.

전화의 목소리는 그가 이렇게 친근하게 간직하고 있는 육친의 목소리하곤 얼토당토않은 거였다. 참고 참았던 정과 한이 한꺼번에 분출하는 것처럼 원색적인 목소리 대신 냉정하고 지적인 목소리는 그를 주눅부터 들게 했다.

"실례지만 댁이 몽동필이요?"

"모, 몽동필이요? 아, 그 사람, 아니 그 이름 안 쓰는지가 벌써 언제라구요? 그런데 댁은 뉘신데 그 옛날 이름으로 저를 찾으신대요?"

그는 놓은 지 얼마 되지도 않는 주인집 전화로 그에게 처음 걸려온 게 웬 뚱딴지같은 전화인지 옆에 바싹 붙어앉은 주인 영감 눈치부터 보여서 이렇게 더듬거렸다. 그보다 오히려 먼저 눈치를 챈 안집 영감이 답답한 김에 자기 가슴을 쾅쾅 치면서 이산가족, 이산가족……이라고 애타게 힌트를 주었다. 강렬한 호기심으로 주인 영감의 얼굴이 딴사람처럼 생기 있어졌다. 영감의 그런 생기는 자기집에 오래전부터 세 든 강씨가 실은 몽동필이란 본명을 따로 가진 전쟁고아여서 이산가족을 찾기에 참여할 자격이 있다는 것과, 이산가족을 찾습니다를 신고할 때 새로 놓은 영감의 전화번호를 연락처로 삼았다는 걸 듣고부터 이미 비롯된 건지도 몰랐다. 이산가족들의 만남은 영감의 메마른 눈에서도 펑펑 눈물을 솟게 할 만큼 감동스러운 비극이었다. 그것을 구경하는 것만으로도 벌써 예전에 돌처럼 굳어버린 줄 알았던 심성이 세차게 흔들렸거늘 하물며 참여까지 하게 됐으니 살맛이 날 수밖에 없었다.

실직하고 병들어 집세로 근근이 살아가는 중늙은이답게 줄창 우울하고 지겨운 얼굴로 죽지 못해 살고 있을 뿐이라는 걸 과시해온 영감만 봐온 그는 영감의 변모가 문득 싫고 불안했다.

"지금은 안 쓰는 이름이라?"

잠깐 뜸을 들이고 나서 전화 목소리는 다시 이어졌다.

"네, 저는 강동수라고 해요."

그는 별안간 퉁명스럽게 말했다. 그는 주눅부터 든 자신에겐지 냉정하고 지적인 전화 목소리에겐지 대상이 분명치 않은 울화가 치밀어 견딜 수가 없었다.

"이렇게 요령부득인 사람 봤나? 그럼 몽동필이란 이름으로 6·25 때 헤어진 아버지 몽상진씨와 이름을 잊어버린 어머니를 찾는다고 신청한 사람이 누구요?"

"네, 그건 전데요."

"당신이 몽동필이야, 아냐? 그것만 말해."

목소리가 짜증스러운 듯이 반말을 했다.

"제가 몽동필이구먼요. 선생님은 그걸 어떻게 벌써 아셨나요? 전 아직 텔레비에도 안 나갔는데요."

상대방은 대답 대신 짧게 웃었다. 어쩌면 웃음이 아니라 한숨인지도 몰랐다. 그는 전화 목소리가 그가 찾고 있는 가족이거나, 최소한 가족의 소식이라도 알고 있는 사람이려니 짐작하면서도 예상한 감동이나 기쁨은 일지 않았다. 이질감 때문이었다. 목소리의 주인이 그가 여직껏 살아오면서 만난 어떤 사람하고도 닮지 않았으리라는 예감은 얼음덩이의 촉감처럼 확실했다. 전화 목소리의 웃음 섞인 한숨 역시 그런 이질감의 표현이라는 걸 알아차리자 그는 누구에겐지 모를 노여움을 느꼈다.

전화 목소리가 애써 자제한 듯 국민학교 일학년 선생님처럼 친절하고 또박또박해졌다. 그 목소리를 통해 그는 처음으로 몽동필이라는 그의 기억 속의 이름이 이미 이산가족 명부에 올라 있음을 알았다. 그는 그의 기억 속에 싸고 싼 이름이 빛을 보고 소생하는 순간을 너무도 눈부시고 감동스럽게 상상하고 있었기 때문에 그게 미리 샜다는 데 심한 낭패감을 느꼈다. 미리 빛을 본 필름처럼 그의 기억의 암실 속에 갇힌 이름과 몇 가지 안 되는 단편적인 장면들이 무효가 될지도 모른다는 두려움이 앞섰다.

"자네가 몽동필에 틀림이 없고, 자네 부친이 몽상진씨임에 틀림이 없다면 자네는 돌아가신 우리 형님의 아들일지도 모르겠네. 몽씨는 흔한 성이 아니니까. 하여튼 한번 만나서 자세한 내력을 들어봄세."

전화 목소리는 그가 찾고 있는 아버지가 죽었다는 걸 말했을 터인데도 그는 충격을 받지도 놀라지도 않았다. 그는 스스로도 그것을 이상하게 생각했다. 그의 기억 속엔 처음부터 아버지가 없었기 때문일 수도 있었고 아버지 없이도 사십여 년을 잘만 살아왔다는 오기 때문일 수도 있었다. 그의 작은아버지일지도 모르는 사람의 냉정하고 지적인 목소리에 대한 최소한의 반항일 수도 있었다. 그가 이렇게 조목조목 따져가며 그것을 느낀 건 아니더라도 그는 아버지의 죽음이 아무렇지도 않은 자신에게 쾌감 비슷한 걸 느끼고 있었다.

언제가 좋을까? 전화 목소리는 이렇게 말했지만 그에게 묻는 건 아니었다. 혼잣말로 중얼중얼 에또, 내일은 일본서 온

손님 접대 때문에 도저히 짬이 날 것 같지 않고, 모레는 상공부와 외무부 두 군데를 뛰어야 하고, 글피는 동창들과 회식이 있는 날이고, 그글피는 또 어쩌고저쩌고 그그글피는 또 이러쿵저러쿵…… 아아, 언제까지 전화 목소리는 바쁘다는 평계를 엮어내릴 것인가. 그의 참을성이 그가 다스릴 수 있는 한계를 벗어나려 할 즈음 한결 더 뗇어진 목소리가 일방적으로 받은 날이 일주일 후 토요일 오후였다. 그는 전화 목소리가 둘러대는 구실에 질려서 감히 자기에게 편한 시간은 언제인가를 생각할 엄두도 못 냈다.

작은아버지일지도 모르는 사람의 분주하고 화려한 시간에 비하면 그의 시간은 얼마나 누추하고 보잘것없는 것일까. 목소리가 그의 시간 사정을 한 번도 묻지 않은 건 조금도 이상할 게 없었다. 그런 누추하고 보잘것없는 시간이란 보다 값진 시간을 위해 언제나 대기 태세로 있어야 한다는 새로운 질서의식이 그를 매우 다소곳하게 했다. 그는 전화 목소리가 문득 잊어버리고 있던 또다른 스케줄을 생각해내면서 황급히 다음주 토요일 오후의 약속을 취소할지도 모른다는 의구심 때문에 인사말도 하는 둥 마는 둥 전화부터 끊으려고 했다.

"사람이 경망스럽긴…… 난 아직 장소도 말하지 않았네. 그리고 전화는 어른이 먼저 끊고 나서 끊는 게 아랫사람이 지켜야 할 예절인 것도 모르나?"

“아, 네. 케이비에스 만남의 집은 저도 알고 있기에……”

“만남의 집?”

전화 목소리가 또 짧게 웃었다. 얼음조각 같은 냉소였다.

“원 사람도 경망스럽긴. 자네가 내 조카라는 게 밝혀진 것처럼 속단하지 말게. 설사 그게 확실하다고 해도 난 그런 데 나가서 쇼 부릴 생각 없네. 우린 체통 있는 집안이거든.”

목소리가 이렇게 점잖게 그를 타이르고 나서 일방적으로 정한 만날 장소가 바로 리버사이드호텔이었다. 그는 생전 처음 듣는 그 호텔 이름을 알아들을 수도 흉내낼 수도 없어 염치없이 몇 번이나 되물어야 했다. 되묻는 대로 몇 번이고 대답은 해주었지만 점점 불친절하고 경멸하는 투가 되어갔다. 그는 죄송해서 어쩔 줄을 모르면서도 열심히 혀끝을 입천장에 갖다대는 데까지는 흉내냈지만 그다음 소리로 이어지기가 앉은뱅이 일어서기보다 더 힘들어 헛되이 끙끙거렸다. 그가 그 소리를 그렇게 못 알아듣는 건 그의 생활감정과는 동떨어지게 이국적이고 세련된 고유명사인 때문도 있었지만 아직도 만남의 집에 대한 꿈이 남아 있어서였다. 이산가족 찾기가 시작되고 나서 그는 비로소 그가 왜 살아왔는지 알 것 같았다. 그가 견딘 오랜 고독과 신산과 궁핍이 휘황한 라이트를 받으면서 온 세상의 심금을 울림으로써 그의 보잘것없는 생애가 순간적이나마 위대성을 획득할 수 있기를 그는 믿어 의심치 않았다. 아직도 그 빛나는 순간에 대한 미련 때문에 그는 애써 그 혀 꼬부라진 소리를 귓전에서 밀어내려는 건지도 몰랐다.

그러나 전화 목소리는 집요하고도 참을성 있게 그가 리버사이드를 끝까지 복창하는 걸 듣고서야 그게 어디 있다는 걸 대강 일러주더니 전화를 끊었다. 수화기를 놓자마자 주인 영감이 한꺼번에 여러 가지를 알고 싶어했다.

"드디어 식구를 찾은 게야? 이리로 당장 온대? 아니지 참 케이비에스로 나오라고 했겠지? 아무렴, 이왕이면 케이비에스에서 만나야지. 사람이 어떻던가? 반가워서 울지? 참, 아버지야, 형님이야? 전화 목소리가 되게 거만한 걸로 봐서 돈푼깨나 있는 사람 같던데. 내 말이 틀렸나? 내가 따라 나가줄까? 자네 왜 그래? 아이덜 말짝으로 벙 찐 얼굴을 하고 있으니."

"아직 확실한 게 아니니까 좀 잠자코 계세요."

그는 이렇게 볼멘소리를 해서 영감을 섭섭하게 하고는 휭하니 제 방으로 내려갔다. 가슴께가 멍든 것처럼 쓰렸다. 아이들은 나가 놀고 아내는 시장에서 돌아오기 전이어서 그의 방은 텅 비어 있었다. 이상하도록 조용한 오후였다. 방안은 후텁지근했지만 미미한 움직임도 눈에 안 띄는 정적에 그는 오한 비슷한 걸 느꼈다. 아내가 궁금해할 테지만 다시 시장에 나가기가 싫었다. 그와 아내는 시장에서 그의 셋집 골목 어귀까지 뻗어나온 무허가 노점에 미싱을 한 대 놓고 헌옷을 고치는 일을 하고 있었다. 고장난 지퍼를 갈아 달고, 뜯어진 솔기를 박아주는 잗다란 일로부터 판탈롱을 고쟁이식 바지로 고치는 일, 월남치마를 쌍둥 잘라 미니스커트 만드는 일에 이르기까지 일거리는 손놓을 새 없이 연달아 있는 편이었다. 그러나 워낙 빈촌이라 삯을 많이 못 불러서 겨우 네 식구 밥이나 먹을 만했다. 그의 희망은 월세방을 면하고 전세방을 얻는 것하고, 언제 어떻게 될지 모르면서도 쏠쏠히 뜯기는 것만 많은 노점을 면하고 단 반 평이라도 좋으니 시장 속에 허가 맡은 가게 터를 가져보는 거였다. 언감생심 가족을 찾고 고아 신세를 면할 수 있길 바란 적은 없었다. 그건 그의 꿈속의 꿈이었을 뿐 현실적인 희망은 아니었다.

그의 방은 그동안 변한 게 조금도 없었다. 가난 때문에 단조로웠고 개구쟁이 두 아들 때문에 어수선했다. 사람의 집이라기보다는 동물의 굴처럼 최소한의 공간과 최소한의 물건을 갖추고 그에게 최대한의 휴식과 평안을 주던 그의 작은 방이 별안간 그에게 낯설었다. 그는 낯가림하는 아기처럼 울상을 지었다. 그의 낯가림은 거의 공포에 가까웠다. 그는 그의 까닭 모를 공포를 잊으려고, 이산가족 찾기가 시작된 이래 그에게 친근한 것이 되었던 육친의 포옹, 체온, 손길, 눈물, 목메인 소리…… 그런 것들을 떠올리려고 했다. 그러나 그건 좀처럼 떠오르지 않았다. 전화 목소리가 그걸 지워버린 것처럼.

‘난 그런 데 나가서 쇼 부릴 생각 없네. 우린 체통 있는 집안
이거든.’

그는 가슴가에 손을 얹었다. 무엇에 다쳐 그곳이 멍들었는
지 알 것 같았다.

“이 오살을 헐 놈, 나가 죽어라. 이 오살을 헐 놈아, 네놈 죽
었단 소리를 들으면 내가 춤이라도 덩실덩실 출라.”

한집에 세 든 여편네가 마당에서 악다구니 치는 소리가 들
렸다. 그 여편네는 하나밖에 없는 아들하고 앙숙이어서 이름
대신 오살을 할 놈이었다. 한집에 살면서도 아무도 그 아들의
이름을 몰랐다. 아들은 일찌거니 빗나가서 며칠씩 안 들어오
기도 했고 며칠씩 방구석에서 빈둥대기도 했다. 그러다가는
돈이나 물건을 훔쳐가지고 나간다고도 했다. 가끔 제 에미한
테 손찌검까지 한다고도 했다. 그는 아내에게 그런 소리를 듣
고도 에미보다는 아들에게 동정하는 마음이 가곤 했다. 에미
가 하도 몰인정하고 고약하게 생겨서였다. 허구한 날 제 자식
에게 오살을 하라고 저주를 해서 그런지 특별히 못생긴 얼굴
은 아닌데도 인상이 고약하다못해 흉측했다.

아들이 오살을 해 죽으면 춤을 덩실덩실 추겠다고 허구한
날 험담을 하고 다니는 여자가 눈물을 끝도 없이 철철 흘리는
모습은 기괴하고 감동스러웠다.

여러 가구가 세 들어 사는 집에 컬러텔레비전은 안집에 한

대밖에 없었다. 보통 때는 각기 제 방에서 흑백텔레비전을 보았지만 이산가족 찾기가 방영될 때만은 너도나도 안집 마루에 모여들어 그 기막힌 광경을 총천연색으로 보려 들었다. 그럴 때면 제 설움 한두 가지 없는 사람이 없어서인지 내남직없이 눈물이 흔했다. 그중에서도 그 여편네는 흡사 눈물로 세수를 하는 것처럼 얼굴 전체로 눈물이 범람했고, 욕설이 그치지 않던 입은 가끔 씰룩거리기만 할 뿐 조용했다.

생긴 거와 마음씨가 함께 고약한 그런 여편네도 울릴 만큼 그 비극은 진실했거늘 쇼를 부린다니.

그는 그와 그의 이웃이 그 진실성에 절대적인 신뢰감을 갖고 있는 것을 쇼 부린다고 비웃을 수 있는 사람이 무조건 두려웠다. 그건 도대체 어떻게 생긴 사람이기에 그럴 수 있을까 하는 호기심조차 없이 그냥 두려웠다. 그런 두려움도 그 전화 목소리의 주인공이 그의 친척일지도 모른다는 기대 이전의 문제였다.

"어떻게 됐어요?"

아내가 그의 등뒤에서 물었다.

"가게 비워놓고 뭣하러 들어왔어?"

그는 역정을 내면서 돌아섰다. 문밖이자 부엌이고, 부엌이래야 마당 한 귀퉁이를 반투명의 푸른빛 나는 플라스틱 판자로 둘러쳐서 겨우 비바람과 딴 가구의 이목이나 가리게 해놓은 곳이었다. 때마침 석양 무렵이었다. 긴장으로 약간 오그라든 것 같은 아내의 얼굴에 송알송알 돋아나는 땀방울까지 선명하게 보였다. 복중의 강렬한 저녁 햇살이 플라스틱의 푸른 빛을 통과하면서 부엌 속을 방금 막이 오른 무대처럼 비현실적인 밝음으로 조명하고 있었다. 가슴에 멍든 자국이 온몸으로 퍼지면서 그는 아내에게 고통스러운 애정을 느꼈다. 마치 잔혹한 고문의 현장처럼 무시무시한 밝음 속에 아내는 울상과도 같고 궁상과도 같은 얼굴로 조용히 서 있었다.

그는 아내에게 기쁜 소식을 알리되, 쇼 부린다는 말만은 빼야겠다고 순간적으로 결정했다. 그 말만 빼면 충분히 아내를 기쁘게 할 줄 알았건만 그렇지가 않았다. 아내는 그날부터 여직껏 줄창 이상하다는 타령을 했다. 한걸음에 달려오든지 당장 달려오라고 하지 않고 일주일 후에나 오라는 걸 이상해했고, 만나는 장소가 케이비에스가 아니고 요상한 이름의 호텔인 걸 이상해했다. 그가 일주일 내 가르쳤건만도 아내는 여직껏 리버사이드호텔을 복창하지 못했다. 아내는 이상해하는 김에 엉뚱한 의심까지 하려 들었다. 혹시 친척을 가장한 사기꾼한테 걸려들지도 모른다는 아내의 의심을 그는 우리가 사기당할 게 뭐가 있느냐는 말로 눙쳐주려 했지만 아내의 의심은 좀처럼 사그라지지 않았다.

"사기당할 게 왜 없어요? 재봉틀도 있고, 적금 통장도 있고,

금반지도 있잖아요."

그들에겐 재봉틀이 큰 밑천이었다. 가정용하고 달라서 오버로크도 되고 아무리 두꺼운 천도 척척 넘어가는 공업용 미싱은 값이 비쌌다. 그들은 미싱을 두 대 놓고 영업하기를 벌써 몇 년 전부터 계획해왔다. 그러나 그만한 목돈이 모일 만하면 꼭 마魔가 끼었다. 월세 보증금을 껑충 올려달라기도 하고 아이가 큰돈 들 병을 앓기도 하고 사기를 당하기도 했다. 작년에 그가 믿거라 하던 친구에게 당한 사기로 또 한번 목돈을 날리자 그 벌충을 하려고 아내가 한푼을 쪼개 써가며 안달을 떤 덕에 거의 그만한 목돈이 모여가는 중이었다. 그때가 바로 마가 끼기에 가장 적절한 시기였다.

"이상해요. 암만해도 이상해요"라는 아내의 떨리는 목소리엔 그들이 행복을 잡기 직전의 순간을 노리고 눈을 번득이고 있을 잔혹한 마귀에 대한 생생한 두려움이 서려 있었다.

그러나 그는 사기당할 걱정 같은 건 안 했다. 아내도 그와 전화 목소리와의 통화 내용을 직접 들었다면 그런 걱정을 하는 대신 더 나쁜 생각을 했을지도 모른다. 그 목소리의 냉담하고 지적인 인상에 비하면 그에게서 돈을 사기 친 친구는 차라리 인간적이었다.

골목은 드물게 사람의 자취가 없었다. 대낮이라서 그늘이 한 뼘도 없기 때문일 게다. 양쪽으로 회색빛 담에 군데군데 낮은 대문이 달린 긴 골목길은 활등처럼 굽으면서 큰길로 면해 있었다. 큰길은 근처 시장이 미처 수용 못한 잡상인들 차지여서 더럽고 시끌시끌하고 늘 활기에 넘쳐 있었다. 바로 그의 일터였다. 그 일터에서 그는 양장점집 아저씨로 통했다. 그는 좀 마음에 들게 고쳐진 옷이면 주인이 찾으러 올 때까지 옷걸이에 걸어놓기를 잘했다. 그냥 걸어놓는 게 아니라 베니어판으로 만든 벽에다 요리조리 잔재주를 부려 걸어놓으면 그럴듯해 보여서 찾으러 오는 사람도 좋아하고 지나가던 사람도 맞춤옷 같다고 눈여겨보았다. 그에겐 그런 손재주와 그곳 주민들보다 약간 앞선 센스가 있었다. 그는 아주 가끔 그가 정말 주인이 되는 꿈을 꾸었다.

그는 아직도 구두 뒤꿈치를 찌그러뜨려 신은 채 시장 거리를 망연히 바라보았다. 골목 어귀를 통해 바라볼 수 있는 건 시장 거리의 극히 작은 일부였지만 그는 액자에 든 풍경화를 보듯이 전체를 볼 수가 있었다. 고기의 놀던 물처럼 한 번도 객관적으로 볼 수 없었던 시장 거리를 처음으로 남의 일처럼 바라보면서 그는 그곳 삶의 치열함에 문득 오한 같은 전율을 느꼈다.

내가 왜 이러지? 그는 그 기분 나쁜 오한 때문에 비로소 제정신이 돌아왔다. 그는 엎드려서 손가락으로 구두 뒤꿈치를 세우면서 집안에서 들리는 목소리에 귀를 기울였다. 텔레비전을 크게 틀어놓아 여편네들의 목소리는 더이상 알아들을 수가 없었다.

대문간에 쳐놓은 푸른빛 발을 통해 앞집 마당에 핀 주황빛 한련꽃과 반짝이는 수도꼭지가 보였다. 그 두 가지는 서로 얼토당토않은 거였지만, 약속이라도 한 듯이 그가 잠깐 잊고 있던 더위를 들쑤셔놓았다. 골목은 한 뼘의 그늘도 없이 햇빛이 은박지처럼 두텁게 깔려 있었다. 그는 불에 덴 듯이 질겁을 하며 골목을 빠져나왔다.

시장 거리의 아는 얼굴들이 그에게 아부 섞인 아는 체를 하면서 오늘 텔레비전에 나올 거냐고 물었다. 이미 파다하게 퍼진 소문에 그는 속으로 넌더리를 내면서 입속으로 요령부득한 소리를 중얼댔다. 그의 가게 터는 쉰다는 표시로 천막지를 쳐놓았지만 종길이는 만날 하던 버릇으로 그 근처에서 빙과를 빨면서 아이들하고 놀고 있었다. 종길이는 그의 여섯 살짜리 막낸데 눈만 뜨면 시장 바닥에서 놀았다. 종길이보다 한두 살 위로 보이는 녀석이 막대기에 고등어 대가리를 꿰들고 종길이 귀에다 연방 뭐라고 숙덕대는 꼴이 뭔가 좋지 않은 장난질을 사주하고 있는 것 같았다. 곧 종길이가 그 징그럽고 비린 걸, 칠 벗겨진 목마木馬를 시장 한가운데 갖다놓고, 타는 아이가 없어 음악만 틀어놓고 졸고 있는 할아버지 등허리나, 접시, 양념통 나부랭이를 신문지 두 장쯤 되는 자리에 벌여놓고 퍼더

버리고 앉아 목쉰 소리로 골라잡아 오백원, 자아 싸구려 싸요, 백화점에서 오천원 아니면 만져도 못 보는 고급 그릇이 단돈 오백원, 늘 외치는 깨곰보 아줌마의 바지치마인지 핫팬츠인지 분간 못할 통 넓은 반바지 가랑이 사이에 집어넣다가 얻어터 질 게 뻔해서 그는 종길이를 툭 건드리며 아는 척을 했다.

"형아는 어디 갔냐? 같이 놀잖구."

"종국이 새끼 ×새끼."

종길이는 그를 쳐다보지도 않고 이렇게 욕부터 했다. 아마 형한테 따돌림을 당한 모양이다. 종길이한테 뭔가를 시키고 있던 큰아이만이 누런 이를 드러내고 싱긋 웃으며 그를 쳐다 보았다. 그는 얼른 이마의 땀을 닦으면서 시장 거리를 빠져나 갔다.

전화 목소리는 리버사이드호텔이 얼마나 찾기 쉬운가를 이 렇게 강조했었다.

"서울에서 살면서 제3한강교 모른다곤 못할 테고, 제3한강 교 건너자마자 가장 눈에 잘 띄는 곳에 우뚝 솟은 건물이라네. 찾고 자시고 할 것도 없어.""간판은 붙었겠죠?""간판? 암, 강 건너기 전서부터 보이게 높직이 붙었구말구."

그렇게 가르쳐줬음에도 불구하고 그는 매우 상식적인 간판 을 매우 상식적인 높이에서 찾았으므로 낯선 강남 일대를 헤매고 헤매다가 결국은 이 사람 저 사람에게 물어서 목적지까지 갈 수가 있었다. 워낙 일찍 나왔기에 망정이지 첫 대면서부터 크게 실례할 뻔했다고, 허둥대던 발걸음을 가까스로 진정시키고 남이 하는 대로 제법 의젓하게, 생전 처음 호텔이라는 데를 들어섰다. 들어서자마자 문 뒤에 지키고 섰던 말쑥한 청년이 그에게 정중하게 허리를 굽히며 물었다.

"실례합니다만, 몽동필 선생 아니십니까?"

"아, 아니오. 아, 네, 몽동필이가 전뎁쇼."

그는 선생이란 존칭이 붙은 자기 이름이 귀에 설어서 이렇게 부정을 했다가 긍정을 했다가 어쩔 줄 몰랐다.

"이쪽으로 오십시오. 사장님이 기다리고 계십니다."

그는 청년이 인도하는 대로 유리를 깔아놓은 것처럼 매끄럽게 번들대는 대리석 바닥을 엉금엉금 지나서 한결 걷기 편하게 카펫을 깔아놓은 커피숍으로 들어섰다. 청년이 곧장 걸어가는 구석자리엔 반백의 점잖은 신사가 이쪽을 날카롭게 노려보고 있었다.

"자네가 몽동필인가?"

신사가 물었다. 노신사의 눈길이 흔들리는 걸 보면서 그는 신사가 바로 전화를 건 당사자라고 생각했다.

"네, 제가 몽동필인뎁쇼. 선생님은 그럼……"

"내가 저번에 전화 걸었네. 앉지."

뒤에 두 손을 모으고 서 있던 청년이 얼른 그가 앉기 쉽도록 의자를 빼주었다. 노신사가 청년에게 나가 있으라고 눈짓을 했다. 청년이 비켜나고 노신사와 단둘이 마주앉게 되자 그는 가슴이 울렁거리고 입속이 탔다. 웨이터가 얼음물을 갖다놓았다. 내가 침까지 바싹 마르게 목이 탄다는 걸 어떻게 알았을까? 그는 그걸 신기해하며 얼음물을 달게 마셨다. 그런 그를 신사가 자세히 뜯어보기 시작했다.

동필아! 네가 죽지 않고 살아 있었구나. 동필아, 이렇게 목멘 소리로 불러줄 때를 그는 이제나저제나 조마조마한 마음으로 기다렸다. 어쩌면 어른이 부르기 전에 아랫사람이 먼저 어른을 알아보고 큰절을 올리는 게 예의요, 순서일지도 모른단 생각도 들었다. 그는 어떤 게 맞는 절차인지 몰라 텔레비전에서 수없이 본 상봉의 장면을 떠올리려고 애썼지만 아둔한 아이가 시험지만 받으면 여직껏 공부한 게 깜깜절벽이 되듯이 아무것도 생각해낼 수가 없었다.

유리컵 속엔 자갈만한 얼음이 하나 남아 있을 뿐인데도 그는 다시 목이 탔고 입속이 끈끈했다. 그는 갈증과 갈망을 동시에 느꼈다. 그가 갈망하는 게 무엇인지는 그 자신에게도 확실치가 않았다. 확실한 건 다만 자신의 갈망이 결코 채워지지 않으리라는 예감뿐이었다.

"자네가 식구들과 헤어질 당시의 일 중 생각나는 게 뭐 좀 있나? 이름을 정확하게 기억하고 있으니까 말인데……”

이윽고 신사가 물었다. 전화로 들을 때보다 한결 부드러운 목소리였다. 그러나 신사의 부드러움엔 그가 여직껏 사귀고 섞여서 살아온 가난하고 못 배운 사람들의 그것과는 판이한 위엄이 서려 있었다.

그제서야 그는 아차, 중대한 실수를 저질렀다는 걸 깨달았다. 그는 조바심 때문에 중대한 걸 까먹고 있었던 것이다. 삼십여 년 동안 헤어졌던 가족이 서로 알아보기 위해선 통성명보다 한 조각의 공통의 기억이 훨씬 더 중요하다는 걸 텔레비전을 통해 수없이 보아왔으면서 그걸 까맣게 잊다니. 그는 뜻하지 않은 자신의 실수 때문에 주눅이 들었고 어쩔 줄을 몰랐다. 당황할수록 자신의 기억은 숨고 엉뚱한 남의 기억들이 그의 속에서 빛을 발하기 시작했다.

바다, 바다가 보이는 집에 살았댔어요. 그 말 한마디로 뜨겁게 얼싸안은 모자母子를 본 적도 있었다. 바다가 보이는 집이 이 나라에 어디 한두 집일까마는 그 모자의 바다는 두 사람만이 공유할 수 있는 특별한 바다이리라. 모자의 바닷가엔 아들이 네 살 적에 쌓은 모래성이 삼십여 년을 허구한 날 넘나드는 파도에도 아랑곳없이 옛 모습 그대로 남아 있을 테고, 모자의 바다는 아무리 비바람이 거센 날도 엄마의 자장가보다 높은 소리로 울지는 못하리라. 아침은 아침대로, 저녁도 저녁대로 모자의 바다는 얼마나 아름다운 황금빛으로 또는 장밋빛으로 물들 것인가. 모자의 바다에 대한 그의 찬탄은 끝이 없어, 자기도 모르게 치사스럽게도 그 한 조각을 슬쩍 자기의 것으로 하고 있었다.

"집 옆으로 철길이 지나갔어요. 하루에 두 번인가 세 번 기차가 지나갈 때마다 만세를 부른 생각이 나요."

그 말 한마디로 언니야, 순덕아, 하면서 통곡하는 자매를 본 적도 있었다. 그 말 한마디로 그의 마음속에서도 이미 오래전에 자취를 감추고 폐차 처분된, 칙칙폭폭 삐익 소리도 요란하고 뿜어대는 연기도 무시무시한 구식 기차가 문득 산모퉁이를 돌아 다시 나타났다. 그가 있던 고아원에서도 기찻길이 보였다. 그곳 아이들이 기차를 보고 한 일이란 주먹으로 들입다 못된 시늉을 해 보이며 음란한 쌍욕을 퍼부어대고 킬킬대는 게 고작이었음에도 불구하고 자매의 기차의 기적은 그에게 오래도록 은은한 여운으로 남아 그의 유년기도 기차를 보면 만세를 불렀고 먼 미지의 나라를 꿈꿨으려니 하고 있었다.

"넌 어쩌면 그렇게 느이 할아버지를 빼닮았냐?"

노신사가 한탄처럼 이렇게 혼잣말을 했다. 자네를 별안간 너로 고쳐 부르는 데 놀란 그의 눈과 신사의 눈이 마주쳤다. 그는 신사의 표정에서 극명한 혐오감과 그의 기억 속에 삼십여 년을 잠겨 한 번도 떠오른 적이 없는 어떤 얼굴이 떠오르는 걸 동시에 보았다. 그 얼굴은 떠오르려 할 때마다 한사코 그가 떠다밀었기 때문에 오래전에 익사했어야만 했다. 그는 움찔하면서 그가 부러워한 남의 아름다운 기억에 가렸던 자신의 어두운 기억을 싫든 좋든 떠올릴 수밖에 없었다.

"어떤 할아버지 뒤를 따라간 생각이 나요. 키가 크고 어깨가 구부정하고 목소리가 괄괄하고 구두쇠였어요. 지독하게 더운 날이었는데 아이스케키 하나만 사달라고 아무리 졸라도 못 들은 척하고 내 손목을 잡아끌었어요. 아이스케키가 너무 먹고 싶어 안 사주면 안 가겠다고 땅에 주저앉아도 봤지만 그 구두쇠 할아범을 당할 순 없었어요. 짐짝처럼 질질 끄는데 어떡해요. 그렇게 먹고 싶은 아이스케키 하나 안 사주면서 자기는 역전에서 막걸리를 두 사발이나 안주도 없이 들이켜데요. 그리고 기차를 탔어요. 기차 속에도 아이스케키 장수가 있었는데 안 사주고 자기만 또 소주를 한 병 사서 마셨어요. 어디만치 가서 기찰 내렸어요. 낭중에 안 거지만 거기가 춘천이었어요. 시골길을 또 한참 걸었어요. 아이스케키도 안 사달랬는데 할아범이 날 업어주데요. 거진 다 가서였어요. 업고 가다가 또 선술집에 들어가서 이번엔 할아범 혼자 술만 먹지 않고 나한테도 국밥을 사주고 많이 먹으라고 했어요. 바로 고아원 올라가는 언덕 아래였어요. 고아원은 언덕 위에 있었고 우리가 지나온 철길이 빤히 보였어요. 고아원의 아이들을 돌봐주는 할머니하고 할아범이 좀 아는 사이였나봐요. 둘이서 따로 뭐라고 한창 의논을 하고 나서 할아범이 날 떼어놓고 가버렸어요. 난 거기서 크면서 할아범이 날 그곳에다 팔아먹었다고 생각했었는데 더 크니까 고아원이 돈 주고 아이 사는 데가 아니란 걸 알게 되었어요. 할아범 말고 딴 사람 생각은 안 나요. 식구들은 더 어렸을 때 잃어버렸나봐요. 할아범이 날 고아원에 데려다주기 전에 같이 살던 사람들도 식구들은 아니었어요. 밥도 조금밖에 안 주고, 어떤 땐 골방에 가두어놓고 하루 한 번도 밥을 줄까 말까였으니까요. 맨날 배가 고팠고 구박받은 생각밖에 안 나요. 할아범은 아마 그 집 사람들한테 돈을 받고 날 고아원에 갖다줬을지도 모르겠어요. 고아원 할머니는 나중까지 나한테 잘해주고 내 이름이랑 아버지 이름이랑 잊어버리지 않도록 일깨워주고 학교 다니게 되니까 이름을 한자로 쓰는 법까지 가르쳐주면서, 제가 글쎄 좋은 집 자식이라는 거예요. 그때 제가 좀 철이 났어도 부모님에 대해서 뭘 좀 알아두는 건데…… 제가 철도 나기 전에 그 할머니는 돌아가셨고, 할아범도 다시는 안 왔어요. 절 거기 맡기고 가면서는 자주 오마더니 거짓말이었어요. 전 그래도 철길로 기차가 오는 걸 볼 때마다 할아범 생각을 했었는데. 달리 생각할 사람이 있어야 말이죠. 할머니가 돌아가시니까 정붙일 데가 없어서 큰 아이들 꾀는 대로 도망쳐서 이리저리 돌아다니면서 별의별 짓 다 하면서 살았죠. 그래도 도둑질만은 안 했죠. 지금의 집사람 만나기 전까지는 순 떠돌이였어요. 우리 집사람은 저보다는 나은 집 딸이에요. 없이 살긴 하지만 친정 식구들이 제법 여럿이고 우애도 있거든요.”

신사가 어흠, 어흠 헛기침을 한다. 그는 신사의 헛기침을 불필요한 말에 대한 제동쯤으로 알아듣고 얼른 입을 다물었다. 아내 자랑은 그 자리에 불필요한 말일뿐더러 변변치 못한 위인으로 보일 수도 있는 실수라는 걸 뒤늦게 깨달았다. 그러나 아직도 못다 한 말이 남아 있는 것처럼 속이 개운치 않고 목구멍이 간질간질했다.

그에게도 어두운 기억만 있는 게 아니었다. 책이 많은 방과, 햇빛 쏟아지는 마루와 재미나는 장난감과 엄마 아빠의 자애롭고도 감칠나는 미소와 부드럽고 달콤한 간식의 기억이 그에게도 있었다. 그러나 그후의 구박받고 굶주린 암울한 기억에 비해 그것은 너무도 희박했고, 더군다나 그 어두운 기억과 도무지 연결이 안 돼서, 그는 그 아름다운 기억이 정말 있었던 일이 아니라 조작했을지도 모른다는 혐의를 자신에게 걸고 있었다. 고아원 할머니의 편애와 좋은 집 자식이라는 엉뚱한 귀띔은 어린 그에게 그 정도의 환상을 만들어내게 하기에 충분한 것이었다. 또 어려서부터 몸이 작고 힘이 남과 같지 못해 큰 애한테 얻어맞거나 심부름을 당하기가 십상이어서, 그럴 때

간혹 그가 양갓집 자식이라는 자부심으로 맞섰다가 번번이 더 심한 모욕과 야유를 당하고 심지어는 돌아도 한참 돈 불쌍한 놈 취급을 당한 기억도 그런 말을 삼가게 했다. 그는 아내 자랑으로 우습게 된 자신의 체통을 회복하기 위해서 무슨 말이든지 해야 된다고 생각했시만 아무것도 생각나지 않았다. 도대체 그가 본 수많은 상봉 중 그렇게 많은 말을 한 상봉은 한 번도 없었다. 그저 한마디면 족했다. 바다가 보이는 마을, 기찻길 옆 오막살이, 귀 뒤에 남은 부스럼 자국, 손목의 파편 자국, 어려서 부르던 별명 중 어느 한 가지만 맞아떨어져도 혈육은 단박 한 가닥의 의심을 거두고 얼싸안게 돼 있었다. 그들이 믿는 핏줄의 끌어당김에 비해 의심은 최소한 신중함에도 못 미치는 미약한 것이었다.

그는 그의 긴 이야기를 하면서 내내, 이제나저제나 하고 기다렸다. 그기 본 그 엄정난 감동의 순간이 그의 것이 될 수 있기를. 신사의 냉정하고 지적인 목소리가 원색적인 목메임으로 바뀌기를.

그런 갈망을 허탕 치게 하고 싶지 않았기 때문에 그는 그의 어두운 기억을 실제보다 길게 늘릴 수밖에 없었는지도 모른다. 그러나 그의 이런 절망보다 더욱 확실한 건 그의 갈망이 결코 채워지지 않으리란 예감이었다.

"그 할아범만 다시 와주었어도…… 전 실상 할아범을 기다렸거든요. 구두쇠에다 술주정뱅이 할아범이었지만 그 할아범만이 내가 누구라는 걸 알고 있을 것 같았으니까요. 그때 조금만 더 컸어도 할아범에게 뭘 좀더 물어봤을 텐데……"

"그만해둬라. 그분이 너의 친할아버지시다."

노신사가 역정스럽게 말했다. 그는 깜짝 놀라 아무 말도 못하고 신사의 얼굴을 쳐다보았다. 신사의 당당하고 사람을 얕잡는 듯한 태도가 눈에 보이게 흔들리고 있었다. 그러나 우울하고 침착하지 못한 눈길과 쓰디쓰게 일그러진 입가는 반가움이나 감동보다는 낭패감을 여실히 드러내고 있었다.

"그럴 리가, 친할아버지가 그럴 리가, 할아버지는 저를 고아원에다 버렸다니까요. 아이스케키도 안 사주고……"

그는 가뜩이나 보잘것없는 자신이 유아로 퇴영해가는 것 같은 자포자기한 심정으로 이렇게 부르짖었다.

"너는 그 어른을 누구보다도 빼닮았다. 너는 그분을 이해해야 된다. 그 시대와 그 시대의 우리 집안 사정을 이해할 수만 있다면 자연히 그분을 이해할 수 있을 게다."

"그럼 선생님이 제 작은아버지임에 틀림없단 말씀이십니까?"

"그래."

"아버지가 돌아가신 것도 사실이구요? 그럼 어머니는요?"

"그래, 그때 어머니도 함께 참변을 당했단다. 그땐 그런 때였거든. 할아버지는 너를 거기 갖다 맡기고 오셔서 곧 중풍으로 쓰러지셔가지고 반년 만에 돌아가셨고……”

“작은아버지!”

그는 결코 오랫동안 꿈꾸고 연습한 목메인 소리를 낼 수가 없었다. 노여움조차 섞이지 않은 공허한 자신의 목소리에 그는 심한 배반감을 느꼈다. 신사의 대답은 더욱 뜻밖이었다.

“작은아버진, 그냥 삼촌이라고 부르렴. 요샌 다들 그렇게 부르더라.”

이것으로 만남은 이루어진 건가? 끝난 건가? 그는 그것을 분간할 수가 없어서 어쩔 줄을 몰랐다. 삼촌보다 먼 사촌간도, 당질간도, 사촌동서나 처남 매부간도 하도 뜨겁게 얼싸안는 것만 봐온 그는 그의 만남이 이루어진 것을 도무지 믿을 수가 없었다. 믿을 수 있는 건 오직 더이상 기다릴 만남이 남아 있지 않다는 거였다. 더는 만남을 꿈꿀 필요가 없어졌단 사실이 부모나 할아버지의 죽음보다 훨씬 더 생생한 현실감이 되어 그를 뚫고 지나갔다. 그는 온몸이 뻥 뚫린 것처럼 허전해서 꼼짝 못하고 다만 삼촌의 얼굴을 물끄러미 바라다만 보았다. 삼촌이 먼저 눈길을 피하면서 몹시 데면데면한 목소리로 말했다.

“참, 강동수라는 이름은 어떻게 된 거냐?”

나무라는 투였다. 그는 슬쩍 넘어갔으면 하고 바란 잘못을 정면으로 지적당했으므로 가슴이 두근거렸다.

"그건 고아원에서 같이 도망친 형 이름이에요. 그 형이 후에 아버지를 찾게 돼서 저도 그 집에 한식구처럼 얹혀산 적이 있었죠. 그 아버진 미장이였고 어머니는 안 계셔서 사는 게 엉망이었지만 지금 생각하면 그래도 내 어릴 적 중 그때가 그중 좋았던 것 같아요. 그렇지만 좋은 시절은 눈 깜빡할 새 지나가 버리나봐요. 그 형이 교통사고로 죽었어요. 나보다 한 살밖에 더 먹지 않았지만 참 믿음직한 형이었는데. 아버지가 너무 애통해하길래 제가 형 대신 아들 노릇 하겠다고 했죠. 정말 그럴 작정이었는데 아버지도 곧 공사장에서 발을 헛디뎌서 죽고 말았어요. 아버지한테 한 맹세도 있고, 또 형은 호적이 제대로 돼 있어서 형의 이름을 그냥 쓰는 게 여러모로 편했어요. 그래서 강동수로 여직껏 내려온 거예요."

"원 사람도, 변변치 못하긴. 자넨 우리 집안의 장손이야. 귀한 성씨를 그렇게 지각없이 버리고 미장이 자식 행세를 하다니."

삼촌의 나무라는 투는 좀더 노골적으로 변했다.

"그 미장이도 참 좋은 사람이었어요. 불쌍하구요. 저한테 참 잘해줬어요."

그는 그렇게 그의 소년기의 한때를 가정적인 정으로 감싸주었던 노인을 변명했지만 잘해줬다는 것의 참뜻을 삼촌이 결코 알 리가 없다는 노여움이 지글지글 끓어오르는 걸 느꼈다.

"그래도 그렇지. 자기 성명 삼 자를 그렇게 지각없이 저버리고 지금 무슨 낯으로 친척들을 보려는 게야? 우리가 자네한테 자네가 몽동필이라는 증거를 대라면 어쩔 텐가? 우린 얼마든지 그럴 수도 있다는 걸 자네는 알아야 되네."

삼촌의 태도가 칼빛처럼 서슬이 있어졌다. 그는 속으로 '암, 그럴 수도 있겠죠. 나를 내다버리기도 했는데 뭘 못하시겠어요' 그렇게 빈정거리면서도 겉으론 웃음을 잃지 않고 유들유들하게 말했다.

"제가 할아버지를 쏙 빼닮았다면서요? 그게 증거가 아니겠어요."

"그건 내가 가진 증거지, 자네가 가진 증거가 아니잖아. 나는 자네가 우리 식구를 조금도 안 닮았다고 말할 수도 있는 문제란 말일세. 알아듣겠나?"

그는 어안이 벙벙해서 삼촌의 얼굴을 물끄러미 쳐다보았다. 삼촌이 별안간 칼빛 같은 서슬을 거두고 파안대소했다.

"하하하, 그건 어디까지나 농담이고 하여튼 이렇게 조카를 찾게 돼서 기쁘구먼."

삼촌이 손을 내밀었다. 그는 망설이다가 마지못해 손을 내밀었다. 삼촌이 그의 손을 잠시 잡았다 놓았다. 그리고 그가 현재 뭐 해먹고 사나를 꼬치꼬치 물었고, 아내와 자식들에 대해 물었다. 그는 행여 아내 자랑이 나올까봐 조심해서 간단히 대답했다. 무표정한 얼굴로 다 듣고 난 삼촌은 그의 아버지가 칠 남매의 맏이였다는 것과 그래서 맏이를 잃고도 아직 육 남매가 남았으니, 그에겐 삼촌이 넷에 고모가 둘이나 된다는 것과 거기서 낳은 자녀가 열다섯이나 되니 그에겐 또 사촌 고종 사촌이 그만큼 되는 셈이었지만 그중 일곱 명이 외국에 나가 있고, 또 열다섯 명의 사촌 중 다섯 명이 이미 결혼해서 거기서 낳은 자손이 일곱이니 그의 두 아이까지 한다면 육촌끼리가 아홉이 된다고 했다.

"사촌이니 육촌이니 하면 요새 아이들은 친척으로 치려고도 안 하지만 대가 두 번 갈리면 사촌, 세 번 갈리면 육촌인 것을……"

삼촌이 처음으로 감개무량한 듯 말하고 그를 곰곰이 눈여겨보았다. 그러나 그는 촌수 감각도 수적 감각도 없이 멍하니 듣고만 있었다. 구두쇠 할아범이 누구라는 게 밝혀졌다곤 하지만 그 노인으로 하여금 장손을 고아원에 갖다 맡기게 한 연유와, 그의 기억이 고아원보다 더 암울한 악몽으로 남아 있는, 그를 학대하고 구박한 사람들이 누구일까 하는 수수께끼는 아직도 안 풀린 채였다.

"내일이 일요일이니 마침 잘됐다. 우리집으로 대소가를 다 불러모을 테니 너도 네 식구 데리고 오너라. 저녁이나 같이 하자꾸나. 앞으로 친척으로 지내려면 우선 상면을 해야지 않겠니? 그동안 혼자 외롭게 고생한 너한테는 안된 얘기다만 우린 번족할 뿐 아니라 다 먹고살 만하단다. 그리고 참, 느이 아버진 6·25 전에 명문 대학 조교수였고 느이 어머닌 의사였느니라. 그때도 그랬지만 오늘날의 수준으로 봐도 최고급의 지성인 부모 밑에서 태어난 네가 아무리 세상을 잘못 만났다곤 해도 제대로 된 교육 한번 못 받고 고생한 게 무엇보다도 가슴 아프구나. 그러나 어쩌겠니? 넌 벌써 마흔을 바라보는 나이고 네 자식들이나 잘 길러 훗날을 기약해야지.”

삼촌이 심란하고 우울하게 말했다. 그리고 리버사이드호텔에서 얼마 멀지 않은 곳에 있는 아파트의 동 호수를 일러주었다. 그 아파트가 그가 내일 찾아가야 할 큰삼촌네 집이었다.

집에서 기다리고 있던 아내에게 그는 말수를 지극히 아껴서 경과보고를 했음에도 불구하고 그가 드디어 부자 친척을 찾았고, 그의 아버지는 대학교수였고, 그의 어머니는 의사였다는 소문은 순식간에 그의 골목 안에 자자해졌다. 아내는 교수와 의사 시부모가 삼십여 년 전에 이미 고인이 된 분이라는 걸 별로 개의치 않았다. 아내에겐 그들 처지로는 감히 쳐다보지도 못할 높은 자리인 줄 알았던 교수와 의사가 그의 시부모였다는 것만으로 벅찼다.

“세상에 느이 할아버지가 교수셨단다. 그리고 할머니는 의

사셨고······"

그러면서 아이들을 얼싸안고 눈물을 글썽였다. 그녀에게 있어서 교수와 의사는 죽음을 초월해서 자손에게 불멸의 빛을 던질 수 있는 그런 높고 빛나는 자리였다. 실제로 그녀는 장난만 심하고 공부는 질색인 아들들의 악바리 같은 얼굴에 은은한 귀티가 후광처럼 서리는 걸 본 것처럼 느끼기조차 했다. 아내는 그 귀한 씨가 자신의 배를 빌려 태어난 것만도 황공한데 여직껏 그 귀한 씨들에 대한 대접이 얼마나 소홀했나에 생각이 미치면 큰 죄를 지은 것처럼 몸 둘 바를 몰랐다. 먹는 것, 입는 것, 거처하는 곳, 노는 것······ 어느 하나도 그 귀한 씨에 대한 대접으로 소홀하지 않은 게 없었지만 특히 못나고 무식한 부모 밑에 태어나게 한 게 그 귀한 씨한테 한 가장 큰 못할 노릇이다 싶었다.

아내는 이제라도 그 귀한 씨들에게 못다 한 대접을 해야겠다 싶었고, 그녀도 남편과 함께 못나고 무식한 티를 벗고 귀한 씨의 부모다워져야 된다고 생각했다. 이왕 그렇게 되지 않을 수 없는 바에야 빠를수록 좋았고, 내일까지면 더욱 좋았다. 그녀는 안 먹고 안 입고 한 푼 두 푼 모이는 대로 은행도 못 미더워 장 밑 비닐 장판 밑의 비닐봉투 속에 모은 돈을 아낌없이 풀었다. 아이들과 부부의 옷을 제법 어디서 들은 듯한 상표 붙은 걸로만 골라서 샀고, 수돗가에서 대강 씻기던 아이들을 데리고 공중탕에도 갔다. 여름이라 다행이었다. 옷값도 쌌고 구색 갖춰 입어야 할 가짓수도 적었다.

이런 아내를 그는 물끄러미 바라다만 보았다. 아내의 흥분을 부추기고 싶지도 말리고 싶지도 않았다. 문득문득 아내와 아이들이 내일 삼촌 집에서 당할 일을 생각하면 가슴이 졸아드는 듯한 공포감을 느꼈다. 그러나 그것을 아내에게 설명하는 일은 불가능했다. 아내가 그렇게 도도하고 자신 있게 구는 것이 처음이라는 것도 그를 무력하게 했다. 그는 될 수 있는 대로 내일 일을 낙관하려 들었지만 얼굴에서 근심하는 빛을 지우진 못했다. 아내는 부자 친척을 만나고도 도무지 좋은 내색을 안 하는 남편을 이상하게 여기기보다는 정작 찾고 싶어 한 부모가 다 돌아가셨다는 걸 확인했으니 의당 그래야 한다고 생각했다. 삼촌을 만나러 나가기 전까지만 해도 이것저것 근심과 의심이 그치지 않던 아내는 딴사람처럼 오직 새로운 환경에 적응하기에 열중하고 있었다. 그러나 아내의 새로운 환경이란 얼마나 짧고 헛된 환상일까. 그는 그걸 미리 알고 있다는 데 쓰라린 죄의식 같은 걸 느꼈다.

아내는 밤이 깊은 줄도 모르고 거울 앞에서 머리 모양을 요모조모 바꿔보기도 하고 얼굴에다 오이를 썰어 붙이기도 하고, 입술 그리는 연습을 하기도 했다. 다음날은 아침부터 서둘렀지만 큰아이가 없어져서 동네방네 찾으러 다니느라, 아내가 미장원 가서 머리하느라, 그럭저럭 점심때가 지나서야 삼촌의 아파트에 당도했다. 처음 와보는 고층 아파트였다. 그는 아내와 아이들 앞에서 혹시 실수라도 할까봐 잔뜩 긴장해서 엘리베이터를 타고, 팔층을 누르고 엘리베이터 문이 닫히고 마침내 상승해서 어김없이 팔층에서 문이 열리자 자기도 모르게 회심의 미소를 짓고 어깨를 한번 으쓱했다. 그런 자신감을 타고 그는 제법 호기 있게 807호 초인종을 눌렀다.

보랏빛 홈 웨어를 입은 부인이 문을 열었다. 작은어머니려니 싶기도 했고 아닐 것도 같았다. 얼굴은 젊다고 할 수는 없었으나 화장이 짙고 더구나 잘잘 끌리는 홈 웨어 끝으로 드러난 맨발 끝의 새빨간 매니큐어가 부인의 나이를 종잡을 수 없게 했다. 아이들이 양쪽에서 그의 바짓가랑이를 잡으면서 뒤로 물러났다.

"저어 여기가 몽씨 댁인가요?"

"그렇소만……"

"아, 네, 전 몽동필이라고 하는데요. 삼촌을 어제 만나뵙고…… 집사람 데리고 인사차……"

"아, 이산가족."

부인은 이렇게 짧게 말하고는 문의 손잡이를 쥔 채 안에다 대고 날카롭게 악을 썼다.

"여보, 어떻게 된 거예요? 이산가족이 벌써 왔으니. 당신 저

170

녁 초대 했다고 하지 않았수?"

"응, 난 분명히 저녁 초대를 했는데…… 상관있나 뭐, 좀 일찍 왔기로소니. 집안끼린데…… 어서들 들어와."

모시 고의적삼을 입은 삼촌이 부인 뒤에 나타나며 이렇게 말했다. 밖에서 볼 때보다 한결 부드럽고 인자한 모습이었다.

"하여튼 당신 흐리멍덩한 건 알아줘야 한다니까."

그러면서 부인이 겨우 길을 비켜주었다. 어려서부터 마구 놓아 길러서, 환영받고 있지 않다는 데 대해서 별로 민감하지 못한 아이들은 어른들의 어색한 분위기에 아랑곳없이 거실 장식장에 놓인 것들을 이것저것 만져보고 있었다. 부인이 부엌에다 대고 호들갑스럽게 구원을 청하자 가정부인 듯싶은 여자가 뛰어나와 주섬주섬 손 안 닿는 위 칸으로 옮겨놓기 시작했다.

"녀석들……"

삼촌이 아이들의 머리를 한 번씩 쓰다듬고 나서 소파에 앉았다.

"절 받으세요, 작은아버님, 아니 삼촌."

"그래그래, 절들 해라. 당신도 이리 오구려."

삼촌은 가정부와 함께 장식장의 것을 치우고 있는 부인을 불렀다. 그는 아내와 아이들을 양쪽에 거느리고 큰절을 올렸다. 절을 받고 나자 숙모가 정색하고 말했다.

"이렇게 만나게 돼서 반갑다. 그동안에 고생 많았다는 건 안다. 이 탓 저 탓 해 뭐하겠니? 세상 잘못 만난 탓인걸. 너희가 명색이 장손인데 너무 어렵게 사는 것 같아 마음에 걸리지만 어쩌니? 앞으로 우리 마음적으로나마 서로 도웁자꾸나. 너희 아버님 빼고 남은 육 남매가 지금은 다 노경에 접어들었고 자손들도 다 출중하게 두어 남부럽지 않게 살고 있다만 젊어서는 다 고생도 할 만큼 했느니라. 제가끔 다 자수성가해서 그만큼 사는 거지 물려받은 재산이 있어서가 아니라는 걸 너도 명심하고 있길 바란다. 조금 있으면 삼촌, 고모, 사촌들이 몰려올 게다. 느이가 해야 할 종가 노릇을 우리가 대신 하고 있어서 무슨 일만 났다 하면 우리집으로 모인단다. 저녁 약속인 줄 알고 저녁에 모이라고 했는데 느이가 이렇게 벌써 왔으니 몇 군데 다시 전화해봐야겠다."

삼촌도 자네라고 하다가 너라고 하기까지 한참 걸렸는데 숙모는 처음부터 똑떨어지게 너요, 해라였다. 나이를 분간할 수 없는 짙은 화장 때문에 똑떨어진 해라가 귀에 거슬리다가, 아이들 나이를 물으며 머리를 쓰다듬는 손이 거의 노파의 손인 걸 보고서야 안도감 비슷한 걸 느꼈다. 과일이 나왔다.

숙모가 여기저기 전화를 걸고 가정부를 슈퍼마켓에 보낸 사이에 남자아이 둘이 들어왔다. 다녀왔습니다, 하면서 비닐백에서 수건과 수영 팬티를 꺼내놓는 걸로 봐서 이 집에 살고 있고, 수영장에 다녀온다는 걸 알 수 있었다. 그 아이들은 거실의 낯선 손님을 본 척도 안 하고 부엌으로 들어가 냉장고 문을 열고 주스 깡통을 하나씩 따 들었다.

"이리 온. 인사드려라. 이번에 새로 찾은 당숙 아저씨란다."

"당숙 아저씨가 뭐야? 이산가족이지."

"그래그래, 이산가족이다. 요새 아이들이 당숙이 뭔지 알 리 없지."

숙모는 이렇게 말하면서 작은아이를 끌어당겨 무릎에 앉히고 아들 내외가 미국에 가 있는 동안 손자를 데리고 있는데 힘이 이만저만 드는 게 아니라고 말했다.

"가만있자, 그러니까 느이 애들하고 우리 애들하곤 육촌 간이로구나. 느이 애들이 여덟 살 여섯 살이랬지? 우리 애들은 일곱 살 다섯 살이니까 꼼짝없이 아우 노릇 해야겠네. 어디 키좀 대볼까?"

대보나마나였다. 키뿐 아니라 몸집까지 일곱 살이 여덟 살보다 다섯 살이 여섯 살보다 월등하게 컸다. 삼촌 내외가 손자와 종손자의 뒤바뀐 키와 몸집의 차이를 바라보면서 흐뭇하게 미소 짓는 걸 덩달아 그도 가까스로 웃었지만 가슴속은 무두질하듯 쓰렸다. 그의 아들의 체력의 열세는 어떤 괄시보다도 그를 참혹하게 했다.

"형아하고 같이 네 방에 가서 놀렴."

"싫어, 나보다 작은 형아가 어딨어?"

투실투실 살찐 다섯 살짜리가 여섯 살짜리 종길이를 보는 눈의 노골적인 우월감을 읽고 그는 섬뜩하도록 생생한 두려움을 느꼈다. 종길이는 갓난아이처럼 뜻 모를 소리를 웅얼대며 엄마의 치마폭을 쥐어짜고 있었다.

"왜 이렇게 못나게 구니?"

그는 종길이를 잡아끌었다. 그의 성난 손아귀에서 종길이의 팔이 당장 으스러질 듯이 가냘팠다. 그는 종국이 학교 공부가 시원치 않아서 지능이 남만 못할까봐 걱정한 적은 어쩌다 있었어도 발육이 남만 못하리라곤 상상해본 적도 없었다. 종국 종길이는 동네에서도 이름난 개구쟁이였고 남을 때려서 걱정이지 맞고 울고 들어오는 적은 없었기 때문에 그만하면 아들형제는 튼튼하게 됐다는 자부심마저 가지고 있었다.

"자아, 네 방에 들어가서 같이 놀아라. 동화책도 보여주고, 장난감도 빌려주고. 착하지. 그래도 아이들이 어른들보다 훨씬 쉬 사귀고 친해질 테니 두고 보렴. 그래, 형아라고 부르기 싫으면 안 불러도 좋아. 할머니가 허락해주지. 육촌보다는 벗이 가까운 세상이니까 그냥 벗 하렴. 알았지? 예쁜 내 새끼."

숙모가 그러면서 자기 손자들의 살찐 볼에 번갈아서 쪽 하고 입을 맞추더니 네 아이를 방으로 들여보냈다.

곧이어 가정부가 돌아오고 숙모는 부엌으로 들어가고 삼촌은 "애들이 왜 이렇게 안 오지?" 혼잣말을 하면서 텔레비전을 켜고 야구 중계를 보기 시작했다. 초인종이 울렸다.

"이제야 슬슬들 나타나기 시작이로군."

숙모가 손수 문을 열러 나가면서 중얼거렸다.

"어머, 작은고모."

"언니, 이런 법이 어디 있수? 우리 장조카를 찾는 자리에 나를 빼놓으려 하다니 그게 말이나 되우? 오늘 마침 셋째 오빠네 전화 걸었게 망정이지 하마터면 나만 쏙 빠질 뻔했잖아."

작은고모가 호들갑을 떨면서 들이닥쳤다. 마르고, 키와 입이 큰 게 인상적이었다.

"아무리 작은고모를 일부러 빼놓았을까? 무엇에 삐쳤는지 한동안 안 들르기에 무심했지."

"내가, 그동안 안 들른 게 뭐 자의였수? 순전히 타의였지. 내가 마치 오빠네하고 언니네를 이간질시킨 것처럼 난리들을 치니까 나 없이 잘들 해보시라고 발길을 끊었던 거지. 내가 빠지니까 오순도순 깨가 쏟아집디까?"

"깨가 쏟아지긴, 작은고모가 없으니까 동기간 많은 것 같지도 않습디다."

"앙꼬 빠진 빵은 아니고……"

"아유 수다 좀 작작 떨고 이 사람들 아는 척이나 좀 해요."

"글쎄 말이야, 언니. 난 입에 발동이 걸리면 못 말린다니까. 내 입 때문에 언니가 날 안 불렀으려니 짐작 못 한 것도 아닌데도……."

그러고 나서야 작은고모는 비로소 그에게 아는 척을 했다. 수다스러운 깐으론 아는 척은 간략했다.

"어머, 얘가 동필이야? 큰오빠 좀 닮긴 한 것 같은데 왜 그렇게 작냐?"

그러면서 가볍게 포옹을 하고는 저만치 물러났다.

"고모님, 절 받으세요."

아내가 자기의 존재도 알리고 싶어서 이러면서 일어서자 그도 따라 일어섰다.

"절? 야, 치워라. 치워버려. 너하고 나하곤 일곱 살 차이밖에 안 돼. 네가 고아원 갈 때 다섯 살이었으니까 난 열두 살밖에 안 됐었지. 내가 열다섯 살만 넘었어도 조카가 고아원 가는 걸 눈뜨고 보고만 있었겠니?"

"고모, 말을 그렇게 하는 게 아녜요. 그럼 그때 열다섯 살이 넘은 딴 형제들 꼴은 뭐가 되우? 또 쟤네 아버지 어머니가 그렇게 되고 나서 졸지에 맏자식 맏며느리 노릇을 해야 했던 우리 꼴은 뭐가 되구."

"누가 언니 오빠더러 뭐랬수? 돌아가신 아빠가 다 처리를 잘못해서 쟤를 저 꼴로 만든 거지."

고모가 한숨을 푹 쉬고 그를 측은한 듯 바라보았다.

"고모, 쟤네도 먹고살 만하고, 처자식도 잘 두었으니, 괜히 마음 헤프게 동정할 것 없어요. 저 꼴이라니. 남의 자존심을 무시해도 분수가 있지."

"시끄러, 어떻게 된 게 너만 왔다 하면 집안이 시끄러워지냐?"

삼촌이 듣다못해 텔레비전을 끄고 안방 쪽으로 들어가버렸고 숙모도 찔끔해 부엌으로 들어갔다.

"오빠 나만 보면 역정이더라. 그래도 여기가 친정이라고 나도 참 밸도 없지 밸도 없어. 동필아, 너만 고아로 자란 게 아냐. 나도 고아로 자란 거나 마찬가지란다. 넌 세 살 때 느이 부모 잃고 다섯 살 때 느이 할아버지가 널 고아원에 갖다줬고, 난 열한 살 때 어머니가 돌아가시고 열세 살 때 아버지마저 돌아가셔서 저 올케 손에 자랐으니 네 신세나 내 신세나 피장파장이지 뭐. 생각해봐라. 6·25 때 억울하게 죽은 맏아들의 자식을 고아원에 데려다주는 할아버지의 심정은 오죽했을 것이며, 그 집안 구석 형편은 오죽했을까를. 내가 그런 올케 밑에서 자랐느니라. 시아버지가 장손을 고아원으로 끌고 가게끔 만든 며느리가 시누이한텐 어떻게 했을까 짐작하고도 남지. 고아원보다 별로 날 것도 없었지."

"작은고모 정말 듣자 듣자 하니 숫제 사람을 잡네, 잡아."

숙모가 고소한 양념 냄새 나는 손을 휘두르며 다시 마루로 나왔다.

“언니, 말이야 바른 대로 말이지, 그때 나만 빼고 다 장성한 아들딸이 다섯이나 되면서 부모를 한꺼번에 잃은 조카자식 하나 건사를 못한 게 말이나 되우? 언니는 그때 유일한 며느리였으니까 그 책임이 한층 더 크지.”

“고모, 그럼 동필이를 고아원으로 내친 게 나란 말유? 아유 분해.”

“언니, 고정해요. 누가 언니랬수? 아버지가 쟬 데려간 생각은 나도 나요. 그렇지만 오죽했으면……”

“나도 오죽했으면 아버님이 그러시도록 내버려뒀겠어요. 난 당초에 이 집 맏며느리로 들어온 거 아니잖아요. 둘째 며느리로 들어와 딴살림 나서 첫아들 낳고 오붓하게 살다가 별안간 날벼락도 분수가 있지. 홀아비 된 시아버님에다 고아가 된 조카에다 시동생 시누이 등 자그만치 일곱 식구를 새로 떠맡게 됐으니…… 그때 내 나이 겨우 스물다섯이었어요.”

숙모가 억울한 걸 못 참아 눈물이 그렁해졌다.

“알아요 알아, 홀아비 되고 경제력도 없어진 시아버지는 망령까지 나고, 남편은 서른 살에 졸병으로 나가고, 시동생 시누이는 극성맞고 거기다 또 조카자식을 떠맡았으니 지옥이지 지옥. 그렇지만 그게 난리 탓이지 네 탓 내 탓 할 거 뭐 있어요.”

“고모가 처음부터 난리 탓을 했는데 내가 이러는 거유? 고모 정말 말조심하잖으면 나 의절할래요.”

“의절하구려, 나 겁 안 나요. 언니가 하고 싶으면 뭘 못하겠수? 흥.”

“또 내 탓을 하고 싶은가본데 그러는 게 아녜요. 그때 참 아버님도 너무하셨지. 버는 사람이 있나 먹을 게 있나, 흔해빠진 건 식구뿐인데, 제 자식 제쳐놓고 조카자식 먼저 거둬 먹일 년이 어디 있다구…… 쟤가 또 극성맞고 삼하기가 오죽했어야 말이지. 온종일 징징대는 걸 좀 혼내줬더니만 뿌르르 애를 끌고 나가 고아원에다 맡길 건 또 뭐람. 마음씨를 그렇게 쓰니까 당장 중풍에 걸려 그 고생을 하다가 돌아가셨지. 아이, 지긋지긋해.”

“언니, 그럼 우리 아빠가 벌을 받아 중풍에 걸렸단 말유? 아빠 쟤를…… 할아버지에 삼촌에 고모가 득시글득시글한 쟤를, 고아원에 갖다주고 와서 심화를 끓이다가 중풍에 걸린 거예요. 왜 이래요?”

“그만둡시다. 고모하고 입씨름해서 한 번도 이겨본 적이 없으니까. 동필이한테 미안하구나, 이런 꼴을 보여서. 내가 다시 설명 안 해도 네가 버려진 까닭은 대강 짐작했을 줄 안다. 어떻게 그런 일이 있을 수 있었나 분하고 야속할지도 모르지만, 누구의 잘잘못을 따질 게 아닌 줄 안다. 그땐 그런 시대였어. 느이 부모님은 전쟁통에 돌아가셨고, 너는 전후에 버려졌고…… 평상시에는 상상도 못할 일이 밥 먹고 잠자는 것처럼 일상적으로 생기는 게 난리통이란다. 고모, 쟤 앞에서의 체통을 생각해서라도 이쯤 해두는 게 어때요?"

숙모가 이렇게 슬쩍 능치면서 두 사람을 번갈아 보았다.

"언니, 그때 사정은 나도 이해해요. 그렇지만 우리들이 다 이만큼 살면서 이제야 앨 찾는 건 너무했잖우."

"이제야 찾다니요. 모르는 소리 작작해요. 오빠가 제대하고 취직하고 살림이 필 만하니까 곧 애 먼저 찾았어요. 그러나 수소문해서 애를 맡긴 고아원을 찾아갔을 땐 벌써 애가 도망친 후였어요."

"그 밖에 딴 노력은 안 해봤잖아요."

"그걸 왜 꼭 우리만 해야 해요? 그 여러 삼촌 고모들을 그만큼 공부시켜 출세시키고 결혼시켰으면 그런 일쯤 하면 안 되나요? 지금 나를 나무라는 작은고모는 한 번이라도 그런 노력한 적 있어요?"

"어머머, 언니, 난 막내유. 그런 어려운 일이 나한테까지 차례가 올 게 어딨수?"

"그럼 입다물고 가만히 있어요."

숙모가 부엌으로 들어가려는데 아이들 방에서 떠드는 소리가 나더니 집 아이들이 깔깔대며 뛰어나왔다.

"할머니, 할머니, 이산가족 아이가 한글도 못 읽는다. 이학년이라는데 내 동화책을 욱이보다도 못 읽고 떠듬대다가 나더러 읽어달래. 일학년보고 책 읽어달래는 이학년이 어딨어, 그치 할머니?”

종국이도 종길이도 부끄러운지 따라 나오지 않고 남의 방에 틀어박혀 있었다. 그는 부끄럽고 부끄러워 온몸에 모닥불을 담아 붓는 것 같았다. 펄쩍펄쩍 뛰고 싶기도 했고 엉엉 울고 싶기도 했다.

“석아, 그러면 못써, 가끔 그렇게 늦게 되는 애가 있단다.”

숙모가 석이를 나무라는 소리는 부드럽고도 의기양양했다.

“그런 애가 어딨어? 우리 반 꼴찌도 한글은 다 아는데.”

“느이 반엔 없어도, 저기 변두리로 가면 반마다 그런 아이가 수두룩하단다. 하나도 흉 될 게 없어. 알았지 석아, 아유 요 똘똘한 거.”

“할머니, 나 쟤한테 형아라고 안 그래도 되지? 나보다 키도 짝고, 한글도 모르니까.”

“네 마음대로 하렴. 촌수로 육촌이면 요새 세상에 친척인 줄이나 알면 되지. 형 아우 따질 게 있나 뭐.”

“근데 종국이 새끼 저더러 형아라고 안 그러면 죽여놓겠다고 공갈치잖아.”

“저런, 그래도 형아 노릇을 하고 싶은가보지. 우리 석이 욱인 착하지. 들어가서 싸우지 말고 잘 놀아라.”

아이들이 들어가자 어느 틈에 나와 섰던 삼촌이 말했다.

"너는 이왕 못한 공부다만 네 자식들은 대학 공부를 시켜야 뒤끝이 있지 않겠니? 딴 건 못 보태줘도 느이 아이들 대학 갈 때 학비는 추렴을 내서라도 부담할 테니 공부를 잘 시키도록 해라. 원, 이학년이 되도록 한글을 못 깨치다니……"

"얘, 그건 정말 너무했다. 아무리 없이 살아도 이학년짜리가 한글을 못 깨친 걸 내버려둔대서야 말이 되니. 이 집 애들은 영어도 척척 읽는다. 그치, 언니?"

고모가 한술 더 떴다. 그는 복받치는 울음을 참느라 이를 악물고 눈만 꿈벅였다. 이때, 아이들 방에서 째지는 비명소리가 들렸다. 어른들이 뛰어갔을 때 종국이는 석이를, 종길이는 욱이를 깔고 앉아 들입다 패주고 있었다.

"주욱어, 이 ×새끼 주욱여버린다. 이 ×새끼야."

종국이와 종길이는 뭐가 수틀렸는지 이렇게 쌍욕을 하면서 자기보다 큰 동생을 하나씩 깔고 앉아 마음껏 때리고 쥐어뜯고 있었다.

"아유, 이를 어째요. 아 여보, 이를 어째요?"

아내가 그의 가슴에 얼굴을 묻으며 참았던 울음을 터뜨렸다. 크나큰 비애와 짜릿한 쾌감이 그를 옥죄어 그는 꼼짝을 못했다.

"아니 뭣들 하는 거야. 자식이 살인을 해도 바라다만 볼 사람들 아닌가?"

삼촌과 숙모가 대성일갈大聲一喝하고 덤벼들어 중국이와 종길이를 당신들 손주로부터 떼어내어 벽에다 메어꽂았다. 머리를 세게 부딪친 종국이가 다시 ×새끼들을 연발하며 엉엉 울기 시작했다. 아내가 종국이를 품에 안았고 덩달아 서럽게 우는 종길이는 그가 안았다. 분을 못 이겨 종국이가 머리로 제 에미 가슴을 들이받는 걸 보는 숙모가 혀를 차며 말했다.

"그애 참 못쓰겠구나. 애를 어쩌자고 그렇게 독종으로 키웠을꼬."

그가 아내에게 눈짓을 했다. 아내는 몸부림치며 우는 아이를 억지로 끌고 밖으로 나갔다. 종국이는 동네에서 울음 끝이 질기기로 소문난 애였다. 종길이의 울음은 곧 그쳤지만 아빠의 무릎에 꼭 붙어앉아 꼼짝을 하려 들지 않았다. 아내는 어디만치 멀리 갔는지 좀체 돌아오지 않았다. 숙모가 매맞은 당신 손주를 위로하기 위해 커다란 초콜릿을 하나씩 나누어주는 김에 종길이에게도 하나 주면서 "미제다"라고 안 해도 될 말을 했다. 종길이는 널빤지같이 생긴데다 땅콩이 박힌 초콜릿을 순식간에 먹어치우고는 더 먹고 싶은지 배고프다고 칭얼대기 시작했다. 점심도 안 먹고 왔는데 그럭저럭 저녁때가 되니 그럴 만도 했다. 아이는 점점 더 몸부림을 치면서 보챘다. 그는 오냐오냐 달래다못해 나가서 뭐 사주마고 손목을 잡고 일어섰다.

"너 아이를 그렇게 오냐오냐 응석을 받아 키우면 못쓴다.

그럴 땐 그냥 울게 내버려둬. 몇 번 마냥 울다 제풀에 그치면 저절로 그런 못된 버릇 안 하게 될 테니까.”

고모가 훈계조로 말했다. 그도 아이들이 좀 버릇이 없다는 걸 알고 있었고 그렇게 하면 버릇을 고칠 수 있겠거니 싶어 벼르고 있기도 했다. 그러나 셋방살이에선 아이를 울리는 것조차 자유스럽지가 못했다. 주인 영감은 더군다나 신경질이 심해 아이들이 칭얼대는 소리만 내도 당장 방을 내놓으라고 호통을 치기 일쑤였다. 이런 눈치 저런 눈치 보느라 아이들이 끽 소리만 내면 오냐오냐 하자는 대로 하거나, 돈 몇 푼 줘서 밖으로 내보내다보니 아이들 버릇이 그 모양이 됐다는 걸 집 지니고 사는 사람이 알 턱이 없었다. 그는 종길이가 칭얼대는 소리보다도 그 집 식구들의 훈계가 듣기 싫고 아니꼬워 슬그머니 아이의 손목을 잡고 삼촌네를 나왔다. 아내가 안 들어오는 게 걱정스럽기도 했고 그동안에 벌써 보고 싶기도 했다.

그가 두리번대며 아파트 현관을 나서려는데 자가용이 앞서거니 뒤서거니 두 대가 서더니 앞차에선 중년 부부가 두 쌍 내리고, 뒤차에선 아이를 안은 젊은 부부와 청년이 내렸다. 그들은 일행인 듯 서로 어울려서 이산가족이 어쩌고, 우리 몽씨네가 어쩌고 떠드는 걸로 봐서 그를 상면하러 오는 삼촌 사촌들이라는 걸 짐작할 수 있었다. 그러나 그는 모르는 척 그들과 엇갈렸다. 아파트 광장을 지나 놀이터가 있는 쪽 벤치에 아내와 아들이 꼭 붙어앉아 있었다. 그도 그 옆에 앉았다.

"놀이터에 가서 놀렴."

그는 턱으로 놀이터를 가리키며 말했지만 아이들은 시무룩하니 엄마 아빠의 옷자락을 놓으려고 하지 않았다. 종길이가 먼저 꾸벅꾸벅 졸기 시작했다. 그는 아이를 벤치에 길게 눕히고 무릎을 베어주었다. 아이는 두 손으로 그의 노타이 셔츠 자락을 움켜쥐고 잠이 들었다.

어느 틈에 해가 뉘엿뉘엿했다. 아내가 조용히 흐느끼기 시작했다. 마주 보이는 아파트의 무수한 창 중 하나가 주황빛 화염을 내뿜는 것처럼 보였다. 그는 석양빛을 받아 헛되이 불타는 창을 오래도록 바라보았다. 해가 지자 주황빛은 우울한 잿빛으로 사위었건만도 그는 맹렬히 번지는 불꽃을 보고 있었다. 그가 보고 있는 건 이미 석양의 반사가 아니라 그의 가슴 속에 가득한 분노였다.

(1984)

해산바가지

서로 깊이 좋아하면서도 일부러 만날 기회를 만들 필요 없이 생각만으로도 푸근해지는 친구가 있는가 하면 며칠만 목소리를 못 들어도 궁금증이 나서 전화질이라도 해야 배기는 친구도 있다. 오늘 아침 설거지를 하다 말고 나중 경우에 속하는 친구 목소리를 못 들은 지가 일주일은 된다는 데 생각이 미치자 불현듯 좀이 쑤셔서 일손을 놓고 허겁지겁 전화통에 매달렸다. 용건 같은 건 따로 없었다. 애써 용건을 꾸며대자면 나의 고질적이고 주기적인 우울증이 듣기만 해도 절로 세상만사가 별거 아닌 것으로 여겨질 만큼 낙천적인 그녀의 목소리에 의해 무산될 수 있길 은근히 바랐다고나 할까.

하마터면 전화 잘못 건 줄 알고 끊을 뻔하게 친구의 목소리는 침울하게 가라앉아 있었다.

"느이 파산했구나?"

나는 그 친구와의 평소의 버릇대로 이렇게 농지거리부터 해보았다. 생판 농지거리만은 아닌 것이 씀씀이가 헤프고, 해놓고 사는 게 친구들 사이에선 가장 화려해서 우리가 샘을 낼라치면 언제 파산할지도 모르는 신세라고 엄살을 떨곤 했었기 때문이다. 그녀의 남편은 중소기업 정도의 사업체를 갖고 있는 유능한 사업가지만 대기업도 하루아침에 물거품처럼 꺼지는 세상이니 그 정도의 엄살은 부릴 만도 했다.

"아냐, 차라리 파산이라도 했으면 좋게……"

"뭐라구, 그럼 더 나쁜 일이 생겼단 말이니?"

"글쎄 더 나쁜 일이라면 좀 이상하지만, 파산을 했다고 해도 이렇게 서운하진 않을 것 같아. 그까짓 돈이야 있다가도 없고 없다가도 있는 거 아니니?"

"난 또 뭐라고. 조사장이 바람을 피웠나보구나? 맞지?"

"얘는 생각하는 것하고…… 바람은커녕 어제부터 맥이 빠져 회사에도 못 나가고 지금도 내 옆에 쓰고 드러누워 있단다."

"무슨 일이야, 그럼?"

"내가 또 손녀를 봤단다. 또 딸을 낳을 게 뭐니."

"이번이 참 둘째지? 약간은 섭섭하겠지만 곧 나아져. 낳을

때 섭섭한 거 벌충하고도 남을 만큼 예쁘게 구는 게 딸 아니
니?”

“남의 일이니까 그렇게 말할 수 있는 게지. 당해보면 심각
하다 너. 우리 영김은 숫제 쓰고 드러누웠다니까. 맥이 풀려
사업이고 돈이고 다 귀찮대.”

“알 만해, 네 목소리만 들어도. 그렇지만 어쩌겠니? 임의로
할 수 있는 노릇이 아니니 며느리한테도 행여 그런 내색 하지
마.”

“왜 임의로 못하니? 양수검사니 초음파검사니 아들 딸 미리
알 수 있는 방법이 얼마든지 있는데 제가 뭐 잘났다고 그런 것
도 안 해보고 겁없이 또 딸년을 덜컥 낳아놓느냐 말야. 시집을
우습게 봐도 분수가 있지!”

“아들 딸을 미리 알 수 있을지는 몰라도, 딸을 아들 만들 수
는 없는 거라면 그거 안 해본 걸 나무랄 수는 없잖니.”

“딸을 아들 만들지는 못해도 딸인 줄 알면 안 낳을 수는 얼
마든지 있잖느냐 말야. 다들 그러려고 양수검사하지, 미리 궁
금증이나 풀어보려고 하는 사람이 어딨니? 요새 애 떼는 게
무슨 큰일이라고.”

“얘, 우리 피차 살 날이 창창한 것도 아닌 늘그막에 그런 하
늘 무서운 소린 안 하도록 하자.”

“넌 왜 꼭 나만 나무라려고 그러니? 우리 며늘애 걔가 보통

애 아닌 건 너도 알지?"

"그럼, 소문난 재원才媛이지. 외며느리 그만큼 보기 어렵다고 다들 얼마나 부러워했니."

"얘 얘, 듣기 싫다. 그건 다 옛날 고릿적 얘기고, 개 콧대 세고, 시집 어려운 줄 모르는 고약한 성깔 말야."

"여직껏 잘 지내고서 지금 와서 그게 무슨 소리니? 성깔 때문에 딸을 낳은 것도 아니겠다."

"개가 딸만 내리 둘 낳은 것 때문에만 내 속이 이렇게 상하겠니? 나도 말이다, 딸 낳으면 아들 낳는 날도 있겠지 마음 눙쳐먹고 기다릴 아량도 있는 시에미다 너. 근데 적반하장도 분수가 있지, 이번 애 뱄을 적부터 시부모 앞에서 고개를 꼿꼿이 세우고 한다는 소리가 '아들이고 딸이고 둘까지만 낳아보고 그만 낳을 테니 그런 줄 아세요' 글쎄 이러지 뭐니? 제가 남의 집 외며느리로 들어와서 그게 글쎄 할 소리니? 그래도 그때만 해도 속으로 필시 재가 양수검사라도 해서 아들 밴 걸 미리 알고 저렇게 큰소리치려니 하는 한 가닥 희망이 있었기에 나무라고 싶은 것을 꾹 참을 수가 있었는데, 딸년을 배고 시부모 앞에서 감히 그런 발칙한 소리를 한 생각을 하면 괘씸하고 분해서 미칠 지경이지 뭐니. 앞으로 그 고집을 어떻게 꺾어 또 아이를 갖게 할 것이며 억지로 하나를 더 갖게 한들 그게 아들이란 보장이 있는 것도 아니고…… 글쎄 이런 법도 있니? 외

192

며느리 입에서 딸이라도 둘만 낳겠다는 소리가 감히 어떻게
나올 수가 있느냐 말야."

"얘야, 좀 진정을 해. 세상이 그런 걸 어떡허니. 아들딸 가
리지 말고 둘만 낳자가 둘도 많다로 변한 것도 몰라? 꼭 그대
로 해야 된다는 법적 제약이 있는 건 아니지만 요즈음 젊은 부
부라면 의당 인구문제를 모른 척할 순 없는 거 아니니? 내버
려둬. 그애들 자녀의 수는 그애들 스스로 알아서 결정하게 내
버려둬야지, 우리네 부모가 섣불리 나설 일이 아니라고 생각
한다, 나는."

나는 꽤 조심스럽게 내 생각을 말했는데도 기가 팍 죽었던
친구의 목소리가 별안간 귀청이 째지게 날카로워졌다.

"넌, 넌 아들 하나 낳으려고 딸을 넷씩이나 낳았기에 내 이
속타는 걸 알아줄 줄 알았더니 어쩜 그렇게 남 복장 찢을 소리
만 골라서 하니. 나는 지금 우리 집안의 손이 끊길지도 모르는
중대한 고비를 맞아 미치고 환장을 할 지경인데 인구문제가
나하고 무슨 상관이야. 지는 아들 하나 낳으려고 딸을 넷씩이
나 내리 낳은 주제에 누구한테 인구문제를 뒤집어씌우려
고……"

이렇게 마구 지껄이더니 분에 못 이겨 전화를 끊고 마는 게
아닌가. 나의 오 남매는 주시는 대로 낳을 수밖에 없었던 시대
의 오 남매일 뿐인데, 그중 딸 넷을 마치 막내로 아들 하나를

얻기 위한 네 번의 시행착오에 불과한 것으로 단정하는 친구의 말투가 어이없었지만 변명할 겨를도 없었고, 또 그러고 싶지도 않았다. 아무데나 마구 싸움을 걸고 싶게 착란돼 있는 친구의 상태가 측은하기도 했지만 남자 여자 문제라면 더욱 갈피를 못 잡는 이 시대의 우리 의식의 갈등과 혼란이 한동안 나를 우울하게 했다. 다음날 그 친구로부터 전화가 왔다.

"오늘 나한테 시간 좀 내주지 않을래?"

"왜? 아들 딸 푸념 더 하고 싶어서? 미안하지만 사양하겠다."

"오늘 퇴원한다니까 한번 가봐야지 않겠니?"

"가보긴 가봐야 한다니, 누구 말야?"

"누군 누구야. 우리 잘난 며느리 말이지."

"그럼 여직껏 한 번도 안 가봤단 말이니? 그리고 퇴원한다니까 가봐야겠다니, 집으로 퇴원하는 거 아냐?"

"그동안 가볼 기운이 어딨니? 밥 해먹을 기운도 없어서 정 배고프면 아무거나 한 그릇 시켜 먹으면서 산걸. 우리 영감도 오늘 겨우 출근했다. 그것도 나갈래 나간 게 아니라 사장님 아니면 안 되는 일이 있다고 야단법석들을 해서 마지못해 나간 걸. 퇴원은 즈이 친정으로 하지 왜 우리집으로 하니? 그건 딸을 낳았대서가 아니야. 아들을 낳았어도 마찬가진데 다만 사돈집에서 면목이 있고 없고의 차이는 있겠지."

"딸이 딸을 낳으면 친정에서까지 면목이 없어야 하니?"

"그래, 그걸 몰라서 묻니? 그러니까 딸은 애물이고 어떡허든 아들은 있어야 한다는밖에."

"몰랐어. 모를 수밖에. 딸이 넷씩 되지만 다 아직 출가 전이잖니."

"그러니까 네가 세상 물정 모르는 소리만 탕탕 해서 남의 기통을 터뜨려놓아도 내가 봐주는 거야. 하나만 출가를 시켜보렴. 어떤 맛인가. 딸 아들이 똑같단 생각이 하루아침에 회까닥 뒤집힐 테고, 내 섭섭한 심정도 이해가 될걸. 정말이야. 네가 몰라서 그러지 나 조금도 심한 시에미 아니다 너."

"알았어, 알았으니 용건이나 빨리 말해."

"병원에 같이 가보자구. 시간 있으면 말야."

"시간은 있지만 좀 우습다."

"뭐가?"

"축하가 될지 문병이 될지 모르지만 그런 걸 네 쪽에서 요청한다는 게 말야."

"혼자 가기가 암만해도 어색해서 그래. 친정어머니도 와 있고 할 텐데 좋지 않은 기색 드러내기도 그렇고, 아무렇지도 않은 척할 자신도 없고 네가 중간에서 이쪽저쪽 위로도 좀 해주고 분위기를 좀 잡아주라. 친구 좋다는 게 뭐니?"

나는 내키지가 않았지만 승낙을 하고 말았다. 그쪽에서 청하지 않아도 가서 축하해줄 만한 사이였지만 축하가 아닌 심심한 위로를 해야 할 판이고 보니 우선 자신의 감정 처리가 문제였다. 한편 호기심도 없지 않아 있었다. 친구 며느리가 얼마나 당당한 여자라는 걸 잘 알고 있는 나는 그녀가 시어머니의 부당한 죄인 취급으로부터 어떻게 자신을 지키나, 또 사돈끼리는 그런 문제에 어떻게 대처하나, 좀 안된 얘기지만 구경해보고 싶었다.

우리는 K대학 부속병원 일층 엘리베이터 앞에서 만나기로 약속을 했는데 피차 어찌나 시간을 잘 지켰던지 앞서거니 뒤서거니 거의 동시에 닿은 택시에서 나란히 내렸다. 친구는 생각보다 더 초췌하고 늙어 보였다.

"화장이라도 좀 하지 않구……"

자기가 얼마나 속상하다는 걸 한껏 과장하려는 친구의 속셈을 은근히 경멸하면서 나는 이렇게 핀잔을 주었다. 그리고 조금 웃었다. 화장 타령은 친구가 나를 만날 때마다 하던 소리였기 때문이다. 친구는 웃지도 않고 대꾸도 안 하고 앞장섰다.

면회 시간중의 신생아실 유리창엔 사람들이 다닥다닥 붙어 있었다. 미키마우스 그림이 붙은 쇼윈도 너머론 신생아실이 훤히 들여다보였지만 아기를 보여주는 간호사는 한 명밖에 없어서 차례로 잠깐씩만 보여주는 것 같았다. 자연히 감질이 난 가족들이 유리창에 잔뜩 얼굴을 갖다대고 저만치 소쿠리 같은 침대에서 새근새근 잠든 아기들 중에서 자기네 아기를 찾아내려고, 또는 방금 유리창 옆에서 선을 보이고 있는 남의 아기와 자기의 아기를 비교하려고 눈을 빛내고 있었다. 아기 아버지인 듯싶은 젊은 남자는 어찌나 유리창에 얼굴을 바싹 갖다댔는지 코가 짜부라져 바보같이 보였지만 눈빛만은 진지하고 심각했다.

"어쩜, 무슨 애가 저렇게 클까. 신생아 같지도 않네."

"글쎄 3.5킬로래. 저 눈 뜨고 두리번대는 것 좀 보게나."

"3.5킬로나요. 조그만 엄마가 어쩌면 저렇게 크게 낳았을까. 그것도 첫아들을. 형님, 앞으로 며느리한테 더 쩔쩔맬 테니 눈꼴시어서 어찌 보지."

"왜, 샘나나?"

나는 친구의 손녀는 어디쯤 누워 있나 찾는 것도 아니면서 그 큰 유리창 앞에서 멈칫대며 빙글대고 있었다. 참으로 즐거운 쇼윈도였다. 나는 새롭고 이상한 행복감이 스멀대며 전신에 퍼지는 걸 느꼈다.

"우리도 아기 먼저 보고 나서 산모 보러 가자."

나는 응석 부리듯이 친구에게 동의를 구했다.

"안 돼, 싫어."

친구가 단호하게 신생아실을 외면하고 입원실 쪽으로 앞장섰다. 나는 그 이상한 행복감에서 갑자기 깨어난 것도 아까웠지만 신생아실에 전혀 매혹당하지 않는 친구의 미욱스러움이 혐오스러워 거기까지 따라간 것을 후회했다. 무엇보다도 나는 곧 목격해야 할 지긋지긋하고도 잔혹한 대결이 두려워서 잠시라도 유예의 시간을 얻고 싶었던 것이다.

병실은 예상과는 달리 시끌시끌하고 명랑하게 들떠 있었다. 젊고 교양 있어 보이는 한 떼의 남녀가 산모의 침대를 에워싸고 주스 깡통으로 막 축배를 들려는 찰나였다. "득남을 축하하네." "첫아들이라니 짜아식 홈런 깠잖아." "정말 장하십니다." "득남 턱은 언제 낼 건가." 그런 소리들이 어울려 축제 분위기가 한껏 고조돼 있었다.

"방을 잘못 알았나봐."

친구가 씹어뱉듯이 말하며 내 소매를 잡아끌었다. 나 역시 그렇게 생각하고 멈칫 돌아서려는데 초췌한 노부인이 울상을 하면서 친구를 가로막았다.

"사부인 나오셨습니까? 뵐 면목이 없습니다."

그 병실은 이 인실이었던 것이다. 사태는 내가 예상했던 것보다 더욱 나빠질 게 뻔했다. 남이야 어찌 됐건 깡통을 서로 요란하게 부딪치고 난 득남 축하객들은 계속해서 떠들기 시작했다. "그 녀석 장군감이던데. 백날 아기만해." "몇 킬로나 되나?" "3.8킬로야. 아마 그 신생아실에선 우리 아들이 일등일 걸." "이 친구 벌써부터 일등 바치는 것 좀 보게." "내가 뭐라던, 배가 두루뭉실한 게 아들 낳겠다고 안 하던?” “그래도 우리 시어머니는 자꾸만 딸이라고 그러시잖니? 뭐 태점에 딸이라고 나왔다나.” “그게 시어머니 곤조라는 거야.” “그래도 제일 기뻐하시는 게 시어머니더라.” “친정어머니가 더 기뻐하시는 거 아니니?” “그건 기뻐하는 것하곤 다르지. 큰 근심 하나 덜어서 개운하신 것뿐이지.” “하긴 우리 어머니도 내가 첫딸 낳고 두번째 아기 가졌을 때 어찌나 조바심을 하시는지 정말 못 봐주겠더라.” “딸이 시집가서 아기 낳을 때까지 그렇게 속을 태워야 하니 딸이 애물일 수밖에.” “정말 딸 낳을 건 아냐. 헛수고 중에도 그렇게 고약한 헛수고는 없을걸.” “헛수고면 좋게. 헛수고는 아무것도 안 남는 거지, 딸이 왜 아무것도 안 남니? 딸이 또 딸 낳을까봐까지 전전긍긍해야 할 생각을 하면 악순환이야.” “애 그만해두라. 남자들 좋아할라.” “우린 똑똑히 들어두었습니다. 김선생님의 중대한 실언을.” “제가 무슨 실언을 했다고 그러세요?” “김선생님처럼 우리나라에서 알아주는 남녀평등주의자가 그런 보수적인 발언을 하시다니.”

그들은 서로 잘 아는 사이인 듯 남자는 남자끼리 여자는 여자끼리 지껄이다가 이번엔 남녀가 공방전을 펼 낌새였다. 나도 김선생이라고 불리는 우리나라에서 알아주는 남녀평등주의자라는 여자를 눈여겨보았다. 그럴싸해서 그런지 신문이나 잡지 같은 데서 많이 본 듯싶은 얼굴이었다. 소위 명사가 하나

끼여 있다고 생각하니 그 명사와 흉허물 없이 지껄이는 그들이 모조리 어딘지 명사다운 데가 있어 보였다. 젊은 나이에 교양과 옹졸함이 너무 드러나 보이는 사람들이었다.

"있는 그대로의 현실을 말했을 뿐이에요. 현실을 외면하고 어떻게 주의나 운동이 있을 수가 있겠어요.""그렇지만 주의나 운동의 본뜻이 현실 개조에 있는 거라면 주의자가 앞장서서 그릇된 현실을 바로잡아야 하는 거 아닙니까?""그런 면으론 이름난 여권운동자보다 간호사가 한 수 위더군. 아들은 아드님이에요 하고 딸은 공주님이에요 하니 말야.""자넨 모를 걸세, 그 공주님이에요 소리를 처음 들었을 때, 아버지가 된 남자의 속이 얼마나 철썩 내려앉나를. 그 아찔한 실망을 모르면 가히 복 받은 남자라 할지어다.""어머머, 저 남자들 말하는 것 좀 봐.""남자들보다 김선생, 당신을 성토해야 할까봐. 당신 여권운동 거꾸로 하는 거 아냐? 우리 때만 해도 첫딸은 세간 밑천이라고 해서 그래도 대우를 해주었는데 요샌 어떻게 된 세상이 첫애 때부터 아들 아들 아들만 바치니.""어떡허든 남보다 앞서가고 이겨야 된다는 경쟁사회적인 심리 아닐까?""결국 아들은 이기는 거고 딸은 지는 거라는 남성 우위이구먼.""남성 우위라기보다는 경제성 우위 아닐까. 딸이 얼마나 손해라는 것은 길러본 사람 아니라도 다 아는 사실 아냐? 시집보낼 때 봐, 기둥 하나씩 빼가던 건 옛날 얘기고 네 기둥을

다 빼가니 말야. 집 한 채 값은 우습게 든다지, 아마." "설마."
"설마가 뭐야. 그야 집도 집 나름이긴 하지만 아무튼 호화주
택에 살 만한 사람이면 호화주택값이, 오막살이에 살면 오막
살이값이, 셋집에 살면 전셋값만치는 들어야 딸 하나를 치우
는 모양이니 경제제일주의 사회에서 손해가 내다보이는 게 환
영 못 받는 건 당연하잖아." "아무렴, 인간의 가치라는 게 별
거야, 돈을 얼마나 벌 수 있느냐는 경제적 가치를 빼면 뭐 남
을 게 있다구." "어머머 그건 너무했잖아요, 윤선생님." "뭐가
너무합니까. 탁 까놓고 말해서 우리가 일생 공부하고 노력해
서 추구하는 게 뭡니까. 이상? 학문적 완성? 자기 성취? 그건
다 그럴듯한 속임수고 실상은 자신의 경제적 가치를 높이는
일 아닙니까? 난 미국 가서 전공까지 바꾸었습니다. 왠 줄 아
시죠? 처음 전공 가지고 학위 따봤댔자 돌아와서 취직하기도
어려울 것 같아서였죠." "남의 경사에 와서 왜 언성들을 높이
고 야단일까." "놔둬, 그것도 축하야. 절대로 취직이 보장 안
된 딸을 안 낳아 얼마나 다행이냐고 득남의 기쁨을 새삼스럽
게 할 수 있잖아?" "정말 아들 낳기 잘했어." "공주면 어쩔 뻔
했니?" "아들이란 소리 들으니까 제일 먼저 떠오르는 생각이
다신 그 무서운 고생 안 해도 되겠다는 해방감이더라." 산모
가 응석이 섞인 소리로 말했다.

　"그러니까 너도 딸이면 더 낳을 작정이었구나? 아들 딸 가

리지 않고 하나 이상 절대로 안 낳는다고 큰소리 땅땅 치더니." "마냥 낳겠다는 것보다 더 지독한 각오지, 아들 낳을 때까지는 낳아야겠다고 생각했으니." "어쩜 남편이 외아들도 아닌데 그런 생각을 할 수가 있니?" "아들을 갖고 싶다는 건 본능 같은 거지 누가 시켜서 되는 거 아니잖아." "본능이자 남편에 대한 의무 아닙니까? 아들이 이렇게 좋은 건 줄은 나도 애 아버지가 되기 전엔 미처 몰랐댔죠. 최상의 기쁨이에요. 아들이 소중한 나머지 내 몸 소중한 걸 알겠더라니까요. 습관적으로 차를 마구 몰다가도 아서라, 우리 아들을 위해 오래 살아야지, 이러면서 살살 몰면서 느끼는 벅찬 기쁨, 아내는 남편에게 그 정도의 기쁨은 선사할 의무가 있는 거 아닙니까?" "그만해 두게. 징그럽네 징그러워, 젊은 사람이." "왜 샘나나?"

새로 아버지가 된 남자와 그의 친구가 여자들끼리처럼 서로 옆구리를 간질이며 킬킬댔다. 그제서야 비로소 내가 정작 문병 온 산모도 잊고 팔려 있던 그들의 화제에 구역질 같은 혐오감을 느꼈다. 친구의 며느리는 모포를 머리끝까지 뒤집어쓰고 누워 있었다. 늘 당당하고 쾌활한 태도에 어울리게 늘씬하고 볼륨 있는 그녀의 몸매를 알고 있는 나는 반쯤 침대 속으로 잦아든 것처럼 얄팍하게 위축된 모습에 가슴이 찡한 연민을 느꼈다.

"안녕하세요? 어머니께서 애 많이 쓰십니다. 산모는 어떻습니까? 미역국이나 잘 먹는지요."

　나는 겨우 이렇게 뒤늦은 인사치레를 사돈한테 했다. 내 친구는 아직도 저쪽 이야기에 깊이 빠져 며느리는 아는 척도 안 하고 있었다. 친구의 표정이 폭풍 전야처럼 암울하고 험악했다. 산모를 보러 오기까지 가까스로 억제했던 분통이 그들의 철딱서니 없는 화제 때문에 다시 지글지글 끓어오르고 있음이 분명했다. 그들이 다시 한번 왁자지껄 목청 높고 과장된 축하 인사를 남기고 한꺼번에 병실을 나갔다. 남자가 네 명, 여자가 세 명 도합 일곱 명의 축하객은 서로 나이뿐 아니라 풍기는 것도 엇비슷해서 동창이나 직장 동료쯤 되는 관계로 보였다.

　"뭐 저렇게 무식한 사람들이 다 있어요?"

　나는 그동안 안쓰럽도록 몸 둘 바를 모르고 쩔쩔매고 있는 사돈 마님한테 위로 겸 이렇게 그쪽 흉을 봤다. 한방 산모가 두번째 딸을 낳고 누워 있다는 걸 모르지 않을 텐데 첫아들 축하를 너무도 거침없이 대대적으로 하는 그들의 몰인정과 잔혹성을 나로서는 그렇게밖에 표현할 길이 없었다.

　"무식하긴요. 다 이 대학 교수들일 텐데요. 아기 아빠가 이 대학 공대 교수라니까요. 온종일 겪음내기로 저렇게들 드나든다니까요. 쟤나 나나 못할 노릇이죠 뭐."

　사돈 마님이 쓰고 누운 딸한테 눈물이 그렁한 눈길을 보내며 한숨처럼 말했다.

"천하에 무식한 것들 같으니라구."

사돈 마님은 극구 부정했지만 나는 계속해서 입속으로 그들의 무식을 강조했다. 전엔 그렇게 생각한 바가 전혀 없었음에도 불구하고 그 자리에선 왠지 무식함과 잔혹함이 한 치의 어긋남도 없는 동일한 것으로 여겨졌다. 산모의 어깻죽지가 세차게 흔들리는 게 모포 밖으로 여실히 드러났다. 그녀의 자존심이 죽자꾸나 억제하고 있으련만, 미미하지만 처절한 흐느낌도 밖으로 새어나오고 있었다.

친구의 눈길이 잠깐 이런 며느리의 모습을 스치고 나서 사돈 마님을 똑바로 봤다. 험악하다못해 살기가 등등한 눈빛이었다. 나는 앞으로 일어날 일에 지레 겁을 내며 원망스럽게 옆의 침대를 건너다보았다. 앞으로 일어날 일의 책임의 반 이상은 그쪽에 있다 싶었다. 그러나 방금 축하객을 전송하고 난 그쪽 산모는 나른하게 포만한 표정으로 머리맡의 가습기의 방향을 조절하고 나서 창 쪽으로 모로 누웠다. 이웃에 대한 철저한 무관심 때문에 그 여자는 일자무식보다 훨씬 더 답답해 보였다.

"쟤가 시에미 대접을 어찌 이리 할 수가 있습니까? 한 번쯤 쳐다봐도 제가 시에미 같은 건 안중에 없다는 걸 모를 내가 아닌데."

친구가 착 가라앉은 그러나 떨리는 소리로 사돈 마님한테 이렇게 쓰고 드러누운 며느리를 나무랐다.

"저도 면목이 없어서 안 그럽니까. 잘 먹지도 않고 시시때때로 저렇게 울고 속을 끓이니 저애 꼴이 말이 아닙니다."

"아니죠, 재가 시에미 알기를 워낙 개떡같이 아는 앱니다. 벼르고 별러서 한마디해도 어느 바람이 부나 하는 식이죠. 그러니 말해 뭘 하겠습니까. 그래도 이번 일만은 어른 된 입장에서 한마디 다짐을 받고 넘어가야겠다 싶어 이렇게 왔더니만 바로 내가 하고 싶은 말을 아까 그 사람들이 다 해주지 뭡니까? 저도 귀가 있으니까 들었겠죠. 더 보태지도 덜지도 않을 테니 그 사람들한테서 들은 소리를 고스란히 명심하고 있으라 이르세요. 나 절대로 심한 시에미 아닙니다. 이번에 또 딸 낳은 것 가지고 뭐라지 않아요. 이 친구는 딸을 넷 낳고 기어이 아들을 낳았답니다. 딸 둘이 흉 될 것 하나 없어요. 그렇지만 남의 집 대를 끊어놓겠다는 걸 어떻게 가만히 보고만 있습니까. 그건 안 뇔 말이죠. 부처님 가운데 토막도 눈을 부라릴 일입니다. 알아들으셨죠, 사돈 마님? 더 긴 말은 안 하겠어요. 아까 그 사람들이 내 속에 들어갔다 나온 것처럼 내 하고 싶은 말 다 해줬으니까. 그 사람들처럼 젊고 교양 있는 사람들이 그렇게 말했으니 이 시에미 생각을 덮어놓고 구닥다리 낡은 생각으로 치지도외하지는 못하겠죠. 이만 가보겠습니다. 지가 시에미 꼴 안 보려고 흉물을 떨고 있는데 시에미라고 제 꼴 보고 싶겠습니까? 애, 가자."

친구가 서슬이 퍼렇게 말하고 나서 내 소매를 잡아끌었다.

"이대로 가면 어떡허니? 안 오니만도 못하게."

나는 친구 눈치를 봐가며 모포 위로 슬며시 산모의 어깨를 잡았다. 격렬한 떨림이 손아귀에 닿자마자 나는 미리 준비한 축하와 위로를 겸한 인사말을 까먹고 말았다.

"가자니까, 시에미 우습게 아는 게 시에미 친군들 안중에 있을라구."

친구는 내 등을 떠다밀다시피 해서 먼저 문밖으로 내쫓고 따라 나왔다. 뒤쫓아 나온 사돈 마님은 참회하는 죄인보다 더 기운 없이 고개를 떨구고 파리한 입술을 간신히 들먹여 면목 없다는 소리만 되풀이했다.

면회 시간이 끝나갈 무렵의 부속병원 택시 정류장은 들어오는 차는 드물고 기다리는 손님은 밀려 끝이 보이지 않게 긴 줄을 이루고 있었다. K대학 본부로 넘어가는 고갯길가엔 앵도꽃인지, 키 작은 나무에 흰 꽃이 만발해 먼먼 한적하고 평화로운 마을로 이어진 듯한 착각을 일으켰다. 그 환상적인 길을 뒤통수가 준수한 청년이 환자복을 입은 소녀가 탄 휠체어를 천천히 밀면서 거닐고 있었다. 소녀적에 가졌던 병이니 입원이니 하는 것에 대한 감미로운 동경이 아련하게 되살아났다. 그들이 고개를 넘어 보이지 않자 아름다운 환각에서 깨어난 것처럼 정신이 아뜩하면서 속이 메슥거렸다. 친구의 희끗희끗하고 부스스한

파마머리와의 간격을 바싹바싹 좁혀가며 택시를 기다리는 일이 별안간 참을 수 없이 고역스럽게 여겨졌다. 정문까지의 비스듬하고 드넓은 잔디밭은 아직은 군데군데만 파릇파릇했다. 유난히 파란 부분은 곧 구박받고 제거당할 토끼풀 무더기인지도 몰랐다. 거기 삼삼오오 모여 앉은 흰 가운의 젊은이들의 머리카락이 미풍에 나부끼는 게 참으로 보기 좋았다.

"저기서 좀 쉬었다 가지 않을래?"

나는 미풍처럼 친구의 귓전에 속삭였다. 딴 뜻은 없었다. 그냥 쉬고 싶었고 바람이 허락한다면 희끗희끗한 머리나마 나부껴보고 싶었다. 나는 친구의 동의를 기다릴 것 없이 그 지루한 기다림의 행렬에서 이탈했다. 친구도 순순히 뒤따라왔다. 우리는 누가 야단칠까봐 감히 잔디밭에 들어가지 못하고 가장자리에 걸터앉았다. 할말을 다한 친구도 그닥 유쾌해 보이지 않았다. 그러나 사나워 보였다. 요즈음 아이들은 생명에 대한 존엄성을 모르거든. 점점 미워져가는 요즈음 아이들을 보면서 한탄하던 상투어가 밑도 끝도 없이 문득 생각났다.

"무슨 말이든지 좀 해봐."

친구가 사나움이 많이 가신 목소리로 말했다. 아마 나의 말없음을 자신에 대한 비난으로 받아들인 모양이다. 무슨 말이든지? 나는 친구의 말을 속으로 되뇌면서 불쑥 하고 싶은 얘기가 생각났다. 그 이야기는 내가 살아온 이야기 중의 한 토막

이어서 당연히 시시할 수밖에 없었고 친구도 대강은 다 아는 이야기였다. 그럼에도 불구하고 나는 그 시시한 이야기 속에 우리가 이 세상을 살아가며 허구한 날 맺는 온당한 인연, 온당치 못한 인연이 훗날 무엇이 되어 돌아오나를 풀 수 있는 암시 같은 게 들어 있는 것처럼 느꼈다. 아니 그렇게 복잡한 까닭이 아닌지도 몰랐다. 나는 친구에게 그저 겁을 주고 싶었다. 친구가 이 세상에 두려운 거라곤 없는 것처럼 구는 게 견딜 수가 없었다. 나는 마치 아이에게 겁을 주기 위해 손가락으로 제 입을 찢고 제 눈을 까뒤집어 도깨비 형상을 만들듯이 과장법을 써야겠다고 마음먹었다. 그렇게 해봤댔자 이 겁 없는 친구가 무서움을 타게 되리란 보장은 물론 없었다. 그러나 생각만으로 미리 즐거웠다.

내가 시집갈 때, 신랑이 하필 과부의 외아들이라고 해서 친정에선 참 걱정들을 많이 했다. 그러나 나는 그 과부 시어머니를 처음 뵈었을 때부터 싫지가 않았다. 친정어머니는 신식 학력은 없었지만 아는 것이 많으셨다. 한글은 물론 한학에도 조예가 깊으셨고 어쩌다 하루 신문이 안 오면 신문사에 전화를 걸어 호통을 치실 만큼 세상 돌아가는 일에도 관심이 많으셨다. 지식욕이 강한 사람이 흔히 그렇듯이 어머니도 꼬치꼬치 따지길 좋아했고, 꼬치꼬치 따질 대상이 집안일과 자식들 일밖에 없는지라 당하는 자식들은 피곤할밖에 없었다. 그래 그런지 친정어머니가 지닌 일종의 지적인 분위기가 빠진 어수룩한 시어머니에게 나는 단박 호감을 느꼈다. 편하게 시집살이할 수 있을 것 같은 확실한 예감이 왔다. 이모나 고모들은 예로부터 전해내려오는 갖은 해괴망측한 외아들의 홀시어머니 노릇을 수집해다가 나를 위협했지만 내 마음은 변하지 않았다. 어머니는 워낙 똑똑한 분이라 말려봤댔자 소용없다는 걸 미리 알고 계셨는지 그것도 네 팔자지 하는 태도로 일관했다. 어머니는 그런 분이셨다. 나는 어려서 등잔불을 만지고 싶어 안달을 했다고 한다. 식구들은 다 그런 나를 등잔불로부터 멀리 떼어놓으려고 조심했지만 어머니는 어린 내가 등잔불을 만져볼 수 있도록 도와줌으로써 불이 얼마나 뜨겁다는 걸 체험하게 해 그 버릇을 고쳤다는 걸 자랑스럽게 말씀하시곤 했다.

시어머님은 내 관상이 적중해 나는 마음 편히 시집살이를 할 수가 있었다. 실상 시집살이랄 것도 없었다. 나는 두 살 터울로 아이를 다섯씩이나 낳았지만 젖만 먹였다 뿐 기른 건 시어머님이셨다. 그때만 해도 식모가 흔할 때여서 우리도 식모를 두고 살았지만 그분은 식모에게 절대로 기저귀를 빨리거나 아이를 업히는 법이 없었다. 왜 내 천금같은 손자 똥을 남이 더러워하고 찡그리게 하느냐는 것이었다. 업히는 것도 질색이었다. 업고 갈 데 안 갈 데 가는 것도 싫지만 혹시 아기를 떨어뜨리거나 부딪혀도 안 그랬던 척 속일지도 모른다는 거였다.

젖만 떨어지면 데리고 자는 것도 그분의 일이었다. 아이가 에미 애비하고 한방 쓰면 아이에게도 부모에게도 이로울 게 하나도 없다는 게 그분의 생각이었다. 그분은 한글도 제대로 해독을 못했다. 한때 언문은 깨쳤었지만 써먹을 데가 없다보니 거의 다 잊어버리고 말았다는 것이었다. 깨친 글도 써먹을 바를 모를 만치 지적인 호기심이 결여된 분이었지만 자기 나름의 확고한 사랑법을 가지고 있었다.

그분은 안방을 쓰고 우리는 건넌방을 썼었는데 작은 집이라 귀를 기울이면 그분이 칭얼대는 손자를 잠재우려고 토닥거리는 소리와 함께 나직하고 그윽한 자장가 소리를 들을 수 있었다.

자장자장 우리 아기, 잘도 잔다 우리 아기, 금자동아 은자동아, 금을 주면 너를 사랴, 은을 주면 너를 사랴, 자장자장 우리 아기, 잘도 잔다 우리 아기, 멍멍 개야 짖지 마라, 꼬꼬 닭아 우지 마라, 우리 아기 잠을 잔다.

그분의 자장가를 듣고 있노라면 나도 착하고 무구한 아기가 되어 너그럽고 큰 손에 안겨 온갖 세상 시름과 악으로부터 보호받고 있는 듯한 편안감에 잠기곤 했다. 고모나 이모한테서 들은 해괴한 홀시어머니 노릇이란 거의가 아들의 침실을 엿본다든가 아들을 데리고 자고 싶어한다든가 하는 다분히 성적인 거여서 신혼 초엔 내 쪽에서 문득 침실 밖을 살피기도 했었다. 강박관념에서라기보다는 일종의 호기심이었다. 그러나 그런 일은 처음부터 일어나지 않았고, 앞으로 일어날 가망도 없었다. 그렇게 서로 구순하고 편안하게, 서로 사랑한달 순 없어도 자꾸만 늘어나는 새 식구를 더불어 사랑하고 예뻐 어쩔 줄을 모르면서 어느새 그분은 일흔 고개의 정상에, 나는 마흔 고개의 정상에 다다랐으니 말이다. 일흔다섯까지도 그분은 정정해서 손자들 도시락 찬을 챙기고 싶어했고, 입시가 있을 때마다 절에 가서 천 번이나 절을 하고 그 생색을 내고 싶어했고, 증손자 볼 때까지 살고 싶다는 생의 의욕에 충만해 있었다. 좀 지나치리만치 건강하시어 고혈압으로 쓰러지실 때까지도 우리는 그분의 혈압이 높다는 것도 모르고 있었다. 반신불수가 될 것 같다는 우려와는 달리 그분은 얼굴이 약간 비뚤어졌을 뿐 신속하게 건강을 회복했다. 식욕은 더욱 왕성해졌고, 목소리는 더욱 쨍쨍해졌고 아침잠은 더욱 엷어졌다. 나는 일흔다섯 살의 이런 정력적인 재기를 경탄해 마지않았지만 때때로 배은망덕하게도 부담스러워하기도 했던 것 같다. 우리 시어머님은 아마 백 살은 사실 거예요, 이러면서 입술을 삐죽댔으니 말이다.

그분의 망가진 부분이 육신보다는 정신이었다는 걸 알아차린 건 그후였다. 우리는 그걸 서서히 알아차리게 됐다. 처음엔 아이들 이름을 헷갈려 부르는 정도였다. 노인들이 흔히 그러는 걸 봐온지라 대수롭지 않게 알았다. 그러나 바로 가르쳐드려도 믿지를 않고 한사코 자기가 옳다고 주장하는 건 묘하게 신경에 거슬렸다. 숫제 치지도외하기로 했다. 어쩌면 나는 그걸 기화로 그때까지도 그분이 한사코 움켜쥐고 있던 살림 권리를 빼앗을 수 있어서 은근히 기뻤는지도 모르겠다. 그러니까 그분의 노망을 근심하는 소리는 집안에서보다 집밖에서 먼저 났다. 오랜만에 고모님을 뵈러 온 당신 조카한테 당신 누구요? 하며 낯선 얼굴을 해서 조카를 당황하게 하더니 어찌어찌해서 그가 조카라는 걸 알아보고 나서 아이가 몇이냐고 물었다. 아들이 둘이라고 하자 아이구 대견해라 일찌거니 농사 잘 지었구나라고 정상적인 대답을 했다. 그러나 곧 똑같은 질문을 하고 똑같은 덕담을 했다. 똑같은 질문은 한없이 되풀이됐다. 그는 내가 애써 차려준 점심을 뜨는 둥 마는 둥 진저리를 치며 달아나버렸다. 그렇게 해서 그분이 노망났다는 소문은 그분의 친정 쪽으로부터 먼저 퍼졌다.

집에서도 같은 말의 되풀이가 점점 심해졌다. 그 대신 그분의 주된 관심사에서 제외된 어휘는 급속도로 잊혀지는 것 같았다. 쌀 씻어놓았냐? 빨래 걷었냐? 장독 덮었냐? 빗장 걸었냐? 등 주로 의식주에 관한 기본적인 관심이 온종일 되풀이되는 대화 내용이었다. 하루이틀도 아니고 허구한 날 같은 말에 같은 대꾸를 해야 된다는 것도 쉬운 일은 아니었다. 더구나 그 빈도가 하루하루 잦아지고 있었다. "쌀 씻어놓았냐?" "네."

212

"쌀 씻어놓아라. 저녁때 다 됐다.""네, 씻어놓았다니까요."
"쌀 씻어놓았냐?""씻어놓았대두요.""쌀 씻어놓았냐?""쌀
안 씻어놓으면 밥 못할까봐 그러세요. 진지 안 굶길 테니 제발
조용히 좀 계세요."이렇게 짜증이 나게 마련이었다. 그렇다고
그 줄기찬 바보 같은 질분이 조금이라도 뜸해지거나 위축되는
것도 아니었다. 남들은 몇 년씩 똥오줌 싸는 노인도 있는데 그
만하면 곱게 난 망령이라고 나를 위로했지만 나는 온종일 달
달 볶이고 있는 것처럼 신경이 피로했다. 차라리 똥오줌 치는
게 온종일 같은 말 대꾸하는 것보다 덜 지겨울 것 같았다.

사태는 점점 더 나빠졌다. 언제부터인지 우리 방문 창호지
에 손가락에 침 묻혀 뚫은 것 같은 구멍이 하나둘 생겨났다.
어느 날 밤, 인기척도 같고 야기夜氣와도 같은 섬뜩한 느낌에
깬 나는 그 구멍에서 음험하게 반짝이는 눈빛을 보았다. 시집
오기 전 고모와 이모한테서 들은 해괴망측한 외아들의 홀시어
머니 노릇을 이 나이에 당할 줄이야. 억압된 성性이 얼마나 무
서운 화근이라는 걸 어설프게 얻어들은 프로이트까지 떠올리
며 재확인한 것처럼 느꼈다. 그렇다고 그분의 소싯적의 불행
과 고독을 손톱만큼이라도 동정할 수 있었던 것은 아니다. 오
직 소름이 끼치게 혐오스러울 뿐이었다. 우리 부부는 이미 누
가 침실을 엿본다고 해서 우리 자신의 성적 불만이 축적될 만
큼 젊지가 않았다. 그러나 그분이 징그럽고 혐오스러운 것은

성적 불만보다 더 참기가 힘들었다. 때때로 혐오감이 고조될 때 살의를 방불케 해 섬뜩한 전율을 느끼곤 했다. 이런 정서적인 불균형을 은폐하고, 아이들 앞에서나 이웃이나 친척 보기에 여전히 좋은 며느리처럼 보이려니 여간 힘이 들지 않았다. 나는 점점 못쓰게 돼갔고 때로는 자신의 몸과 마음이 망가져가는 걸 즐기기도 했다. 저 늙은이가 저렇게 며느리를 못살게 굴다가 필시 며느리를 앞세우고 말걸. 두고 보라지. 이렇게 악담을 함으로써 복수의 쾌감 같은 걸 느꼈다. 그러나 그건 어디까지나 내 비밀스러운 속마음일 뿐 겉으론 음전한 효부 노릇을 해야 했으므로 나는 어느 틈에 신경안정제를 상습적으로 복용하고 있었다. 그러나 그 음험하고 초롱초롱한 눈동자는 문밖에만 머물러 있으려 하지 않았다. 언제고 문안에 들어오려고 호시탐탐 노리고 있다는 걸 나도 알고 있었다. 어느 날 밤, 화장실에 가려고 미닫이를 열던 남편이 억 소리를 지르며 주춤했다. 그때까지도 우리의 침실을 지키고 있는 밤눈이 있다는 걸 모르고 있던 남편이 흰머리를 산발하고 내복 바람으로 문밖에서 떨고 있는 귀신 같은 노인을 보고 비명을 지른 건 당연했다. 그러나 그다음에 놀란 건 오히려 나였다. 시어머님은 기다리고 있었다는 듯이 밤눈에도 반짝반짝 빛나는 놋요강을 남편한테 내밀면서 말했다.

"내 이럴 줄 알고 요강을 닦아놓았느니라. 요강을 놓아두고 뭣하러 그 먼 뒷간에 가나 가길. 감기 들려고."

　남편이 반짝거리는 놋요강에 소피 보는 소리를 들으며 나는 이불을 뒤집어쓰고 오래도록 진저리를 쳤다. 화장실이 시골집처럼 멀달 순 없어도 구옥이라 마루를 지나 댓돌을 내려서 대문간까지 나가아 있었다. 그러나 나는 요강은 야만적이라고 시집올 때 해온 놋요강을 마루 밑에 처박아두고 쓰지 않았다. 남편이나 나나 밤중에 화장실에 가는 일은 어쩌다나 있었으므로 조금도 불편한 줄 몰랐다. 아마 이사를 한대도 그 요강이 거기 있는 걸 잊어버렸을 테고 생각났다고 해도 버리고 떠났을 것이다. 그런 요강을 언제 어떻게 꺼내서 무슨 생각과 무슨 기운으로 그렇게 반짝반짝 광을 냈을까? 나는 진저리를 치다가 기어코 몸부림을 치면서 울기 시작했다. 뭔가 견딜 수가 없어서 미칠 것 같았다. 자신이 미쳐가고 있다는 것을, 정신에도 미친 세포가 있어 정상적인 온당한 세포를 마구 잡아먹고 마침내 그 질서를 증오와 광란의 도가니로 만들어가고 있음을 역력히 감지한다는 것은 무서운 일이었다. 오밤중에 그런 일이 있은 다음날부터 시어머님은 큰 구실이 하나 생긴 셈이었다. 아침 일찍 우리 방으로 건너와 요강을 내가고 밤이 이슥해 어리어리 잠이 들 만하면 요강을 받쳐들고 와서 머리맡에 놓고 나갔다. 우리 부부는 이상하게도 그날부터 밤오줌을 누기 시작했다. 나도 남편이 잠들었건 말건 궁둥이를 허옇게 까고

늦요강에다 사뭇 요란스럽게 방뇨를 했다. 행여 그 일을 누구한테 빼앗길세라 첫새벽에 요강을 비우러 들어올 때나 이슥한 밤에 요강을 들고 들어올 때의 그분의 표정은 아무도 흉내낼 수 없을 만치 특이했다. 가장 신령스러운 일에 영혼이 부림을 당하고 있는 무당처럼 요괴스러워 보이기도 하고 자기 아니면 안 되는 일에 헌신한다고 생각하는 독재자처럼 고집스럽고 당당해 보이기도 했다. 나는 내가 숨쉬기 위해 매일 밤 그분을 죽였다. 밝은 날엔 간밤의 내 잔인한 소망을 부끄러워했지만 내 잔인한 소망은 매일 밤 살쪄갔다. 그 기운을 조금이라도 죽일 수 있는 방법은 신경안정제밖에 없었다. 은밀히 먹던 그 약을 남편 앞에서 당당히 입에 털어넣었고 분량도 여봐란듯이 늘려갔다. 그가 약을 빼앗으려는 시늉을 하면 마귀처럼 무섭게 이를 갈며 덤볐다.

"괜히 이러지 말아요. 이 약 없으면 내가 당신 어머니를 죽일 거예요. 그래도 좋아요? 그것보다는 당신 어머니가 나를 죽이는 게 나을걸요. 그게 낫다는 걸 알기 때문에 이 약을 먹는단 말예요. 이래도 당신 말릴 수 있어요?"

요강을 계기로 시작된 시어머님의 우리 방 밤출입은 그 빈도가 점점 잦아졌다. 문창호지 구멍으로 엿보다가 미풍처럼 가볍게 문을 열고 들어와 머리맡에서 속삭였다.

"아범 대문 빗장 걸었나?" "어멈아, 아범 자리끼 떠다놨

냐?" 이렇게 하찮은 걸 물어보기도 하고 방이 차서 발을 녹이러 왔다고 요 밑에다 하얀 맨발을 넣으며 부르르 진저리를 치기도 했다.

"그럴 리가 있습니까? 안방이 제일 외풍 없는 방이고 연탄불이 괄하던데요."

참다못해 이렇게 말하면 내가 거짓말시켰나 가보자고 굳이 우리 두 사람을 다 끌어내어 당신 방 요 밑을 만져보게 했다. 절절 끓어도 소용이 없었다.

"아범 봤지? 냉골이지? 내가 얼마나 서러운 세상 산다는 걸 아범도 이제 알았지? 세상에 이런 법은 없는 게야. 젊으나 젊은 것들은 절절 끓는 방에서 자고 외로운 홀시에민 냉골로 혼자 내치다니."

이러면서 앙상한 몸을 돌돌 말아 일으켜세운 양 무릎 사이에 산빌한 머리를 파묻고 훌쩍훌쩍 울었다. 그런 그분의 모습은 늙었다기보다는 열서너 살 먹은 소녀처럼 미숙해 보여 남편의 얼굴엔 비통한 연민이 어렸다.

"왜 이러세요, 어머니! 절 봐서라도 망령 좀 그만 부리세요. 네, 어머니!"

그러나 내 눈엔 그분의 그런 짓이 평범한 망령으로 보이지 않았다. 빌어먹을 프로이트 때문인지 성적인 연상을 하고 내 속에 또하나의 지옥을 만들었다. 그분은 점점 더 자주 우리 방으로 야행을 하였다. 당신 방으로 아들을 불러냈다. "아범, 추워 죽겠어. 정말이야, 냉골이라니까. 늙은이 얼어죽는 꼴 안 보려면 한 번만 와서 만져봐." "아범, 나 배고파 죽겠어. 어멈이 나를 굶겨. 정말이야, 배가 등갓에 붙었어. 와서 한 번만 만져보라니까." 이렇게 새록새록 구실을 만들어냈다. 구실만 새로워지는 게 아니라 망령 노릇도 새록새록 새로워졌다. 겨울에서 봄이 되어도 엷은 옷으로 갈아입기를 한사코 마다고, 가을에서 겨울로 접어들어도 두터운 옷으로 갈아입히기가 며칠은 걸릴 만큼 힘든 일이 되었다. 그런 증세가 점점 심해져 옷 자체를 안 갈아입으려 들어 어쩔 수 없이 강제로 내복을 갈아입히려면 동네가 떠나가게 비명을 지를 만큼 망령은 날로 심해졌다. 갈아입기를 싫어하고부터는 씻지도 않았다. 목욕을 시키기는 갈아입히기보다 더 힘이 들었다. 순순히 몸을 맡겨도 애정이 없는 분의 속살을 만진다는 건 극기를 요하는 일인데 길길이 뛰며 마다는 걸 씻길 엄두가 나지 않았다. 그분이 정성과 힘을 다해 하루도 빠지지 않고 닦아주는 건 오로지 아들의 놋요강밖에 없었다.

이렇게 나는 구원의 가망이 조금도 안 보이는 지옥을 살면서도 아이들이나 친척과 이웃들에겐 여전히 무던하고 참을성 있는 효부로 보이길 바랐다. 내가 양다리를 걸친 두 세계 사이의 심한 격차로 미구에 자신이 분열되고 말 것을 번연히 알면서도 나는 나의 이중성에 악착같이 집착했다. 어쩌면 나는 내가 처한 고통으로부터 벗어날 수 있는 길이 자신의 분열밖에 없다는 자포자기한 생각을 하고 있었는지도 모른다.

그 무렵 집에 드나들던 파출부가 어느 날 나한테 이런 소리를 했다.

"세상 사람들이 눈이 멀어도 분수가 있지. 왜 사모님 같은 분을 효부 표창에서 빠뜨리느냐 말예요. 별거 아닌 사람들이 다 효자 효녀 효부라고 신문에 나고 상금도 타던데."

그 여자가 순진하게 분개하는 소리를 들으며 나는 나의 완벽한 위선에 절망했다. 나는 막다른 골목에 쫓긴 도둑이 살의를 품고 돌아서듯이 그 여자에게 돌아서서 무서운 얼굴로 말했다.

"오늘 우리 어머님 목욕을 좀 시키고 싶은데 아줌마가 좀 도와줘야겠어요."

"그러믄요, 도와드리고말고요."

"목욕탕에 물 받으세요."

나는 벌써부터 내 속에서 증오와 절망적인 쾌감이 지글지글 끓어오르는 걸 느끼고 있었다. 아줌마 보는 앞에서 시어머님의 옷부터 벗기기 시작했다. 조금도 인정사정 두지 않고 거칠게 함부로 다루었다. 목욕 한번 시키려면 아이들까지 온 집안 식구가 총동원되어 좋은 말로 어르고 달래가며 아무리 참을성 있고 부드럽게 다루다가도 종당엔 다소 폭력적으로 굴어야 겨우 그게 가능했다. 그러나 이번엔 처음부터 폭력적으로 다루기로 작정하고 있었다. 그분도 내 살기등등한 태도에 뭔가 심상치 않은 걸 느끼고 그 어느 때보다도 심한 반항을 했다. 믿을 수 없을 만큼 강한 힘으로 저항했지만 나 역시 거침없이 증오를 드러내니까 힘이 무럭무럭 솟았다. 옷 한 가지를 벗겨낼 때마다 살갗을 벗겨내는 것처럼 절절한 비명을 질렀다. 보다 못한 아줌마가 제발 그만해두라고 애걸했다. 알지 못하면 가만있어요. 이 늙은이는 이렇게 해야 돼요. 나는 씨근대며 말했다. 그리고 아줌마도 내 일을 도울 것을 명령했다. 노인은 겁에 질려 목쉰 소리로 갓난아기처럼 울었다. 발가벗긴 노인을 반짝 들어다 탕 속에 집어넣고 다짜고짜 때를 밀기 시작했다. 나 죽는다, 나 죽어. 저년이 나 죽인다. 노인이 온 동네가 떠나가게 비명을 질렀다. 나는 그러면 그럴수록 더 모질게 때를 밀었다.

"너무하세요. 그렇게 아프게 밀 게 뭐 있어요?"

아줌마가 노인 편을 들었다. 그녀는 이제 아무 도움도 안 됐다. 혼비백산한 얼굴로 구경만 했다.

"알지 못하면 가만히나 있으라니까요. 아무리 살살 밀어도 죽는시늉할 게 뻔해요."

골치가 빠개질 듯이 띵하고 귀에서 잉잉 소리가 났다. 나는 남의 일처럼 내가 미쳐가고 있다고 생각했다. 골속에 아니 온몸에 가득찬 건 증오뿐이었다. 그런데도 나는 자꾸자꾸 증오를 불어넣고 있었다. 마치 터뜨릴 작정하고 고무풍선을 불듯이. 자신이 고무풍선이 된 것처럼 파멸 직전의 고통과 절정의 쾌감을 동시에 느끼고 있었다. 별안간 아찔하면서 온몸에서 힘이 쭉 빠졌다. 그런 중에도 나는 냉혹한 미소를 잃지 않았다. 이래도 나를 효부라고 할 테냐고 묻고 싶었다.

그날 이후 나는 몸져누웠다. 파출부도 다시는 우리집에 오지 않았다. 몸살에 신경안정제의 후유증까지 겹쳐 정신과 치료까지 받지 않으면 안 되었다. 집안 꼴이 엉망이 되었다. 정신과 의사도 그런 귀띔을 했지만, 시어머님을 한동안 어디로 보낼 수 있었으면 하는 논의가 본격화된 것은 그분의 친정 조카들로부터였다. 그런 분을 잠시라도 맡아줄 만한 아들이나 딸이 또 있는 것도 아니니까 입원을 일단 생각해보았던 것 같다. 그러나 그때만 해도 의료보험제도는 없을 때고 쉬 나을 병도 아니고 아직도 몇 년을 더 사실지 모르게 몸은 정정하시니, 우리가 부자가 아니란 걸 아는 그들이 비용 문제를 생각 안 할 수가 없었으리라. 달리 여기저기 수소문해본 끝에 양로원과 정신 치료를 겸한 수용기관이 꽤 있다는 걸 알아내서 우리에게 권했다. 물론 유료였고 그게 그닥 싸달 수 없는 상당한 액수인 게 되레 우리를 솔깃하게 했다. 경치 좋고 공기 좋은 한적한 시골 정갈한 거처에서 비슷한 처지끼리 가벼운 운동과 이런저런 이야기로 소일하며 적절한 치료도 받을 수 있는 노인들의 천국이 꼭 있을 것 같았다. 우리는 물론 자주 면회를 갈 테고 또 자주 그분을 가정으로 초대할 테고, 상태를 봐가며 퇴원도 시킬 수 있으리라. 이런 꿈을 꾸며 남편이 직접 일요일마다 그런 수용기관 중 시설이 괜찮다고 소문난 데를 찾아나섰다. 그러나 번번이 기대에 어긋나는지 남편은 일요일마다 초주검이 돼서 돌아왔다. 어떻더냐고 캐물으면 몬도가네야 몬도가네, 하는 대답이 고작이었다. 남편이 노인들의 천국을 단념하고 나도 십자가를 다시 질 만큼 건강을 회복해갈 무렵 역시 시어머님의 친정 쪽에서 스님이 하는 아주 좋은 수용기관이 있다는 소문을 들었다고 일러주었다. 왠지 남편이 또 솔깃해했다.

“불교 쪽보다는 기독교 쪽에서 하는 기관이 안 낫겠어요?”

“그건 또 왜?”

“그냥요, 기독교 계통이 학교도 더 많이 짓고 경영도 더 잘하는 것 같아서요.”

나는 약간 근거가 희박한 소리를 했다.

“모르는 소리 말아요. 여직껏 내가 다녀온 데가 다 무슨 기도원 이름이 붙은 덴데 망령난 노인이나 정신병자를 다 함께 마귀 들린 걸로 취급하면서 마귀 쫓는 기도를 하는데, 마귀 쫓는 기도가 왜 꼭 마귀 목소리처럼 소름이 끼치던지……”

처음으로 남편한테서 그런 기관에 대한 구체적인 얘기를 들

222

은 셈이었다.

"시설은 어때요? 살 만해요? 주위 환경은요?"

"그렇게 궁금하면 같이 가볼래? 우리가 무슨 일을 저지르려는지 당신도 어차피 알아야 할 테니까."

이렇게 해서 오랜만에 동부인해서 기차를 탔고, 완행열차나서는 작은 역에서 내린 우리는 다시 버스를 타고 포장 안 된 시골길을 한 시간이나 달렸다. 기도원 대신 무슨 암자라는 이름이 붙은 그곳은 거기서도 한참을 더 가야 한다고 했다. 마침 가을이었다. 논에서는 벼가 누렇게 익어가고 경운기가 겨우 다닐 정도의 소롯가엔 코스모스가 한창 보기 좋게 끝도 없이 피어 있었다. 우선 코스모스 길을 말없이 타박타박 걸었다. 남편이 윗도리를 벗어들었다. 알맞은 기온인데도 그의 와이셔츠 등허리에 동그랗게 땀이 배어 있는 게 보였다. 나도 괜히 진땀이 났다. 조그만 마을이 나타났다. 마을 어귀엔 구멍가게도 있었다. 구멍가게 좌판엔 비닐통에 든 부연 막걸리와 라면이 진열돼 있을 뿐 주인은 보이지 않았다. 남편이 그 앞에서 걸음을 멈추었다. 그의 얼굴엔 막걸리가 먹고 싶다고 씌어 있었다. 나는 너그럽게 웃었지만 속으론 까닭 없이 낭패스러웠다. 남편이 좌판에 털썩 주저앉았다. 그리고 주인도 찾지 않고 막걸리병 마개를 비틀었다. 등허리뿐 아니라 이마에도 번드르르 땀이 배어 있었다. 서늘한 미풍이 숲을 이루다시피 한 길가의 코스모스를 잠시도 가만 놔두지 않았다. 색색가지 꽃이 오색의 나비떼처럼 하늘댔다. 쾌적한 날씨였다. 그런데도 우린 둘다 달군 프라이팬에 들볶이고 있는 것처럼 안절부절을 못했다. 막걸리를 병째 마시는 그가 조금도 호방해 보이지 않고 조바심만이 더욱 드러나 보이는 걸 나는 쓰라린 마음으로 곁눈질했다.

"라면이라도 하나 끓여달랠까요?"

"당신 시장하오?"

"아뇨, 당신 술안주 하게요."

"안주는 무슨……"

나는 주인을 찾아 가게 터 뒤로 돌아갔다. 좀 떨어진 데 초가가 보였다. 초가지붕 위엔 방금 떠오른 보름달처럼 풍만하고 잘생긴 박이 서너 덩이 의젓하게 자리잡고 있었다.

"여보, 저 박 좀 봐요. 해산바가지 했으면 좋겠네."

나는 생뚱한 소리로 환성을 질렀다.

"해산바가지?"

남편이 멍청하게 물었다.

"그래요, 해산바가지요."

실로 오랜만에 기쁨과 평화와 삶에 대한 믿음이 샘물처럼 괴어오는 걸 느꼈다.

내가 첫애를 뱄을 때 시어머님은 해산달을 짚어보고 섣달이구나, 좋을 때다, 곧 해가 길어지면서 기저귀가 잘 마를 테니,

하시더니 그해 가을 일부러 사람을 시켜 시골에 가서 해산바가지를 구해오게 했다.

"잘생기고, 여물게 굳고, 정한 데서 자란 햇바가지여야 하네. 첫손자 첫국밥 지을 미역 빨고 쌀 씻을 소중한 바가지니까."

이러면서 후한 값까지 미리 쳐주는 것이었다. 그럴 때의 그분은 너무 경건해 보여 나도 덩달아서 아기를 가졌다는 데 대한 경건한 기쁨을 느꼈었다. 이윽고 정말 잘 굳고 잘생기고 정갈한 두 짝의 바가지가 당도했고, 시어머니는 그걸 신령한 물건인 양 선반 위에 고이 모셔놓았다. 또 손수 장에 나가 보얀 젖빛 사발도 한 쌍을 사다가 선반에 얹어두었다. 그건 해산사발이라고 했다.

나는 내가 낳은 첫아이가 딸이라는 걸 알자 속으로 약간 켕겼다. 외아들을 둔 시어머니가 흔히 그렇듯이 그분도 아들을 기다렸음직하고 더구나 그분의 남다른 엄숙한 해산 준비는 대를 이을 손자를 위해서나 어울림직했기 때문이다. 그러나 퇴원한 나를 맞아들이는 그분에게서 섭섭한 티 따위는 조금도 찾아볼 수 없었다. 그 잘생긴 해산바가지로 미역 빨고 쌀 씻어 두 개의 해산 사발에 밥 따로 국 따로 퍼다가 내 머리맡에 놓더니 정성껏 산모의 건강과 아기의 명과 복을 비는 것이었다. 그런 그분의 모습이 어찌나 진지하고 아름답던지, 비로소 내

가 엄마 됐음에 황홀한 기쁨을 느낄 수가 있었고, 내 아기가
장차 무엇이 될지는 몰라도 착하게 자라리라는 것 하나만은
믿어도 될 것 같은 확신이 생겼다. 대문에 인줄을 걸고 부정을
기﹍하는 삼칠일 동안이 끝나자 해산바가지는 정결하게 말려
서 다시 선반 위로 올라갔다. 다음 해산 때 쓰기 위해서였다.
다음에도 또 딸이었지만 그 희색이 만면하고도 경건한 의식은
조금도 생략되거나 소홀해지지 않았다. 다음에도 딸이었고 그
다음에도 딸이었다. 네번째 딸을 낳고는 병원에서 밤새도록
울었다. 의사나 간호사까지 나를 동정했고 나는 무엇보다도
시어머니의 그 경건한 의식을 받을 면목이 없어서 눈물이 났
다. 그러나 그분은 여전히 희색이 만면했고 경건했다. 다음에
아들을 낳았을 때도 더도 아니고 덜도 아닌 똑같은 영접을 받
았을 뿐이었다. 그분은 어디서 배운 바 없이, 또 스스로 노력
한 바 없이도 저절로 인간의 생명을 어떻게 대접해야 하는지
를 알고 있는 분이었다. 그분이 아직 살아 있지 않은가. 그분
의 여생도 거기 합당한 대우를 받아 마땅했다. 나는 하마터면
큰일을 저지를 뻔했다. 그분의 망가진 정신, 노추한 육체만 보
았지 한때 얼마나 아름다운 정신이 깃들었었나를 잊고 있었던
것이다. 비록 지금 빈 그릇이 되었다 해도 사이비 기도원 같은
데 맡겨 있지도 않은 마귀를 내쫓게 하는 수모와 학대를 당하
게 할 수는 없는 일이었다.

나는 남편이 막걸리병을 다 비우기도 전에 길을 재촉해 오던 길을 되돌아섰다. 암자 쪽을 등진 남편은 더이상 땀을 흘리지 않았다. 시어머님은 그후에도 삼 년을 더 살고 돌아가셨지만 그동안 힘이 덜 들었단 얘기는 아니다. 그분의 망령은 여전히 해괴하고 새록새록해서 감당하기 힘들었지만 나는 효부인 척 위선을 떨지 않음으로써 조금은 숨구멍을 만들 수가 있었다. 너무 속상할 때는 아이들이나 이웃 사람의 눈치볼 것 없이 큰 소리로 분풀이도 했고 목욕시키거나 옷 갈아입힐 때는 아프지 않을 만큼 거칠게 다루기도 했다. 너무했다 뉘우쳐지면 즉각 애정 표시에도 인색하지 않았다.

위선을 떨지 않고 마음껏 못된 며느리 노릇을 할 수 있고부터 신경안정제가 필요 없게 됐다. 시어머니도 나를 잘 따랐다. 마치 갓난아기처럼 천진한 얼굴로 내 치마꼬리만 졸졸 따라다녔다. 외출했다 늦게 놀아오면 그분은 저녁도 안 들고 어린애처럼 칭얼대며 골목 밖에서 나를 기다리고 있곤 했다. 임종 때의 그분은 주름살까지 말끔히 가셔 평화롭고 순결하기가 마치 그분이 이 세상에 갓 태어날 때의 얼굴을 보는 것 같았다. 나는 마치 그분의 그런 고운 얼굴을 내가 만든 양 크나큰 성취감에 도취했었다.

(1985)

나의 가장 나종 지니인 것

전화 바꿨습니다. 어쩐 일이세요? 형님이 전화를 다 주시
구. 거는 건 언제나 제 쪽에서였잖아요. 말도 저만 하고 형님
은 듣기만 하셨죠. 여북해야 혼자서 마냥 지껄이다가 문득 형
님은 시방 수화기를 살짝 문갑 위에 올려놓고 딴 일 보고 계실
거다 싶은 생각이 들 적이 다 있었겠어요. 그러면 저도 입 다
물고 전화기를 귀에다 바싹 대고 기다렸죠. 숨도 크게 안 쉬시
는 고상한 우리 형님이시니 무슨 소리가 들릴 리 없죠. 형님은
나빠요. 어쩜 그렇게 인기척이라곤 없이 남의 말을 들을 수가
있어요. 연결된 전화통에서 아무 소리도 안 들리는 느낌이 어
떤 건지 아마 형님은 모르실 거예요. 절벽 같아요. 내가 뛰어
내리지 않으면 누가 떠다밀기라도 할 것 같은 절벽 말예요. 그

래요. 형님은 제 수다가 정 듣기 싫으면 이제 그만해두게, 말로 하시지 그러실 분이 아니라는 건 저도 알아요. 마음이 꼬이면 별생각을 다 하나봐요. 그렇지만 절벽 같은 적막 끝에 들려오는 소리도 뭐 그렇게 정 붙는 소리는 아니더라구요.

듣고 있네, 계속하게나.

사극에 나오는 대비마마처럼 이렇게 감정이 섞이지 않은 형님의 목소리를 들을 때마다 창석이 처가 참 안됐단 생각이 들어요. 형님은 맏며느리를 직장에 그냥 다니게 한 것만 큰 선심 쓴 것처럼 말씀하시지만 형님 같은 시어머니 모시기가 얼마나 힘들겠어요. 알아요. 형님 생각으로야 모시게 한 적도, 잔소리한 적도 없으시겠죠. 그렇지만 절벽 같은 침묵과 잔뜩 꾸민 목소리는 안 힘든 줄 아슈, 뭐. 형님 화나셨어요? 네에, 참 하실 말씀이 있으셔서 거셨을 텐데 제 소리만 했네요. 그저께가 증조모님 제사였다구요? 이를 어쩌나. 그만 깜박했어요. 형님도 잊어버리셨다구요? 우리 둘 다 잊어버렸으니 제사를 못 지냈겠네요. 못 지낸 건가, 안 지낸 건가. 창석이 처가 기억해냈을 리는 만무하구. 형님이 그런 일에서 며느리를 제쳐놔버릇하기가 잘못이에요. 너 아니면 안 되는 일이다, 라고 못박아준 책임도 질까 말까 한 게 요즘 아이들인데 처음부터 신경쓸 것 없다는 식으로 길들여놓고 뭘 그러세요. 형님도 아시죠. 창석이처가 즈이 방 달력에는 친정집 대소사를 조카들 생일까지 동

232

그라미 쳐놓은 거. 모양으로 쳐놓은 동그라미는 아닐 테니 일일이 챙겼을 거 아녜요. 형님, 미안해요. 내가 왜 안 하던 짓을 했을까. 조카며느리 흉을 다 보구. 형님도 흉보고 싶을 땐 좀 보세요. 남만 무안하게 만들지 말구.

그나저나 형님, 잘됐지 뭐예요. 이참에 아주 이대봉사로 줄이세요. 우리한텐 증조지만 이젠 창석이가 제준데, 그애로 치면 고조 아녜요. 요새 누가 사대봉사씩이나 해요. 가정의례준칙에도 이대까지만 하라고 돼 있답디다. 기억나는 조상까지만 지내자는 게 얼마나 합리적이에요. 하긴 형님은 증조할머니 뒤까지 받아내셨으니 기억나는 정도가 아니겠네요. 단 석 달이라도 그게 어디예요. 증손부한테 아랫도리까지 내보이시다가 돌아가셔선 또 해마다 그 손으로 지극정성 차린 제사 받아잡숫고 그만하면 호강하셨죠. 안 그래요? 그나저나 형님, 혼령이 정말 있을라나. 계시다면 조금은 섭섭하셨겠지만 그러려니 했을 거예요. 사대봉사까지 받아잡숫는 혼령이 요즈음 세상에 어디 그리 흔할라구요. 혼령도 호강이 지나치면 딴 혼령들한테 미움받을지도 모르잖아요. 굶고 가셔서 안되었단 생각일랑 마세요. 혼령이 먹은 자리 난 건 여적지 못 봤으니까. 자리도 안 나게 먹을 거면 아무데선 못 얻어먹겠어요. 형님네 동네엔 서울서도 이름난 먹자골목까지 있겠다 형님네 아파트까지 찾아오시는 동안 시장기만 면하셨을라구요, 속세 음식에 질려서 절레절레 머리를 흔들고 가셨을 텐데요, 뭐. 알아요, 저도. 운감이란 제사 음식에 한한다는 것쯤. 돌아가신 조상이 운감을 못해 큰일났단 생각보담은 저를 나무라고 싶으셔서 전화 거셨으리라는 것도요. 그래요, 해마다 형님한테 제삿날을 일깨워드린 건 저였죠. 그렇지만 제가 안 알려드리면 잊어버릴 형님인 줄은 정말 몰랐다구요. 저는 다만 제삿날을 사흘이나 이틀쯤 앞두고 나박김치 담그러 갈 날을 의논드린다는 게 자연히 제삿날을 아는 척하는 구실을 했을 뿐인데 저를 그렇게 믿고 계셨다니, 형님 이제부터 저 믿지 마세요.

뭐 외는 건 질색이에요. 특히 숫자는 안 돼요. 요전에 밖에서 집에다 전화 걸 일이 있었는데 전화카드를 집어넣고 나서 숫자판을 누르려는데 집 전화번호가 생각나지 않지 뭐예요. 황당하더군요. 어둑어둑할 무렵이었어요. 차들은 헤드라이트를 켜고 질주하고, 길 건너 상가엔 네온이 켜지기 시작하더군요. 수화기를 들고 망연히 서 있었죠. 뒤에서 기다리던 청년이 빨리 걸라고 재촉을 하더군요. 성질이 급하거나 버릇없는 젊은이 같진 않았어요. 참을 만큼 참다가 나온 소리였을 거예요. 나한테 시간이 정지돼 있었다고 해서 남들까지 그러했을 리는 없으니까요. 저는 청년을 돌아다보면서 말했죠. 우리집 전화번호 좀 가르쳐줘요. 청년이 비실비실 뒷걸음질을 치더니 몸을 돌려 줄행랑을 치더군요. 머리로 아무것도 생각해낼 수가 없으니까 온몸이 꺼풀만 남은 것처럼 무력해지던데 그런 늙은 이를 청년이 뭣하러 두려워했을까요? 형님, 참 묘한 기분이었어요. 내가 살아 있다는 게 믿어지지 않았으니까요. 기억이 지워졌는데 어떻게 살아 있다고 할 수 있겠어요. 거리를 오고가는 사람들이나 요상하게 춤추는 불빛들이나 다들 실재하는 것들이 아니라 내 눈에만 그렇게 보이는 환상이다 싶었어요. 건물이고 차들이고 형체는 지워지고 거기서 내뿜는 불빛만이 서로 얽히고설키는 게 마치 물체들의 혼령이 너울너울 자유롭게 교감하는 것 같더라구요. 마음이 편안하고도 슬펐어요. 세상을 하직하면서 한평생의 헛되고 헛됨을 돌아다보는 기분이 그런 거 아닐까요. 편안한데도 이상하게 위로받고 싶었어요. 형님, 그날 제가 스스로를 위로할 실마리를 어디서 찾았는 줄 아세요? 느닷없이 얼마 전에 텔레비전을 통해서 본 어떤 성우 생각을 해냈어요. 형님도 누구라고 이름만 대면 알 만한 아주 유명한 성우였어요. 성우 경력이 이십 년이 넘는다니 우리보다 젊어봤댔자 십 년 안짝일 텐데 가꾸고 살아서 그런지 사십대도 안 돼 보입디다. 그런데도 좀처럼 모습을 드러내지 않아 목소리하고 이름으로만 알려진 인기인이죠. 그가 성우 생활에 얽힌 이런저런 에피소드를 들려주다가 어느 날 갑자기 자기 이름이 생각나지 않더라는 얘기를 하지 뭐예요. 웃기려고가 아니라 아주 심각했어요. 이십여 년을 차분한 목소리로 주로 음악 프로를 진행해오면서 처음과 마지막에는 꼭 자기 이름을 멘트해왔으니까 자기처럼 제 입으로 제 이름을 여러 번 말한 사람도 대한민국에 흔치 않을 거라면서, 그러나 어느 날 생방송을 끝내고 진행에 누구누구였노라고 말을 하려는데 이름이 생각나지 않더래요. 그래도 노련한 방송인답게 당황하지 않고 이름은 내일 말씀드리겠습니다라고 했다나요. 그때 그 생각을 하니까 내 집 전화번호가 생각나지 않는 것이 좀 덜 불안하더라구요. 별것도 아닌 걸 다 꿰다가 위안을 삼으려는 걸 보면 정신을 놓칠까봐 겁이 나긴 났었나봐요. 제 마음은 저도 잘 모르겠어요. 정신이 나간 상태를 즐기는 줄 알았는데 실은 두려웠나봐요. 얼마나 그러구 있었는지 모르겠네요. 전화는 못 걸었지만 그날 밤에 집에 찾아들어가긴 했으니까요. 우리집 동호수는 안 잊어버렸냐구요? 제 집을 누가 동호수로 찾수? 다리가 저절로 집까지 데려다주니까 가는 거죠. 정신으로 기억하는 것과 몸으로 기억하는 게 어떻게 다른지 모르겠어요. 그나저나 혼령이 정말 있을라나.

아이들이 전화도 안 걸고 늦었다고 야단치더라구요. 우리집은 거꾸로예요. 걔들이 어른이고 나는 물가에 내놓은 어린애라니까요. 그날도 친구 회갑을 호텔 뷔페로 먹고 나서 차 마시고 수다떨고 하다보니 좀 늦었길래 그거 고하려고 전화 걸려다가 그만 그리 된 거였어요. 그애들이 날 그렇게 길들였다니까요. 내가 무슨 여고생인 줄 아는지, 어디 갈 때는 가는 장소와 돌아올 시간을 분명히 하고 나가라, 나가서도 제시간에 못 돌아올 일이 생기면 반드시 전화 걸어라, 이런 식이에요. 걱정하기 싫다 이거겠죠. 전화번호 잊어버렸던 얘기는 하기 싫어서 딸년들 호령을 잠자코 듣기만 하다가 내 방으로 들어와버렸는데 평소하고 달라 보였나봐요. 그애들이 안 하던 짓을 하더라구요. 창희 년이 내 방까지 따라 들어와 따지는 거예요. 창희가 제 언니에 비해 성미가 좀 파르르하잖아요.

엄마, 해도 너무해. 이제 그만해. 오빠 죽은 지 벌써 칠 년째야, 오빠만 자식이야? 딸은 자식 아냐? 언니가 왜 여태 시집도 못 가고 있는 줄 알아? 엄마 모실 신랑 고르느라고 좋은 사람 다 놓친 거라구. 엄만 그것도 모르구 있지? 알 리가 없지, 관심도 없으니까. 난 엄마 입에서 딸 혼기 놓쳐 큰일이라고 걱정하는 소리 한마디만 들어도 원이 없겠어. 세상에 그런 엄마가 어딨어. 언니 나이나 알아? 것도 모르겠지. 오빠가 나이를 안 먹으니까 우리도 생전 스물셋, 스물하나인 줄 알죠? 하긴 세월도 엄마 같은 바윗덩이한테 부딪치면 딱 멎어야지 별수 있겠어. 난 언니 같은 효녀 될 자신은 없지만 그래도 엄마한테 잘하려고 애써왔어. 이젠 지쳤어. 언니도 곧 지칠 거야. 엄마한테 잘하는 건 밑 빠진 가마솥에 물 붓기야. 엄마가 우리한테 어쩌다 보이는 관심이 뭔 줄 알아? 저 계집애들 중 하나를 잃었으면 내가 이렇게 원통하진 않았으련만, 하는 표정으로 우리를 볼 때야. 그런 표정 정말 소름 끼쳐. 엄만 우리가 살아 있는 걸 미안해하게 만들어. 우리도 우리에겐 한 번뿐인 인생인데 그래야 돼? 엄만 정말 해도 너무해.

글쎄 이렇게 퍼붓더라구요. 형님도 잘 들어두슈. 창숙이 년이 에미 때문에 여태 시집을 못 갔답니다. 그만하면 천하에 광고 칠 만한 효녀 아니겠수. 내가 딸년들 나이 먹는 거 일일이 신경쓰고 살지 않는다는 건 사실이지만서두 즈이들한테 얹혀 살 생각 같은 건 꿈에도 해본 적 없건만, 기가 막혀서. 이제 와서 이런 소리 해도 아무 소용이 없게 됐지만, 저 실은 창환이도 결혼하는 즉시 내보내려고 했지 데리고 살 생각 안 했어요. 왜는 왜예요? 형님 때문이지. 형님이 좀 오래 시집살이하셨수. 시집살이 면한 지 겨우 삼 년 만에 과부 되시고 며느리 보셨으니 두 내외만의 오붓한 재미도, 혼자 사는 자유 맛도 모르시잖아요. 그 세대는 그렇게 살 수밖에 없는 시대이기도 했지만 형님 시집살이는 그래도 어진 시어른 때문에 보기 좋았더랬어요. 저는 애를 들쳐업고 시장도 가고 밥도 해먹을 때, 형님네 애들은 할머니 할아버지 손바닥에서 금이야 옥이야 방바닥에 등 붙일 겨를이 없는 걸 제가 얼마나 부러워했는지 형님도 아시죠? 제가 샘내는 소리를 비치면 형님은 난 애 들쳐업고 밥 해먹기가 소원이라네, 라고 한숨 섞인 소리로 말씀하시곤 했죠. 그건 저를 위로하려고 꾸민 소리가 아니라 은밀하고 애틋한 형님의 속마음이라는 걸 여자끼리의 직감으로 느낄 수가 있었죠. 형님뿐 아니라 아주버님도 같은 생각일 거라는 것까지도요. 부부끼리 고통의 나눔이 없이 어떻게 형님처럼 완벽하게 좋은 며느리 노릇을 할 수가 있겠어요. 형님은 또 우리 집에 들르실 때마다 아이들하고 지지고 볶으면서 사는 걸 보시고는 부러운 듯이, 자네네 사는 것에 비하면 나 사는 건 반세상이라네, 라고도 하셨죠. 나는 우리 창환이가 장가들어 반세상 살게 하고 싶지가 않았어요. 온 세상을 주고 싶었답니다. 암, 온 세상을 주어야 하구말구요. 아들도 같이 살 생각을 안 했는데 딸하고 같이 살 생각을 꿈에라도 했겠어요. 먹고살 게 없다면야 또 모르죠. 사람 목숨은 모진 거니까, 나는 절대로 자식 신세 안 진다는 입바른 소리를 어떻게 하겠어요. 그이가 다행히 연금을 남겨줬으니 이런 흰소리라도 할 수 있는 거죠. 그래도 자식들이 말이라도 그렇게 하는 걸 고마운 줄 알라고요? 네에, 형님 고마울 것까지는 없어도 탄할 생각까지는 안 했는데 그다음 소리가 맹랑하잖아요. 세상에 에미 가슴에 비수를 꽂아도 분수가 있지, 감히 그런 소리를 어떻게 입 밖에 낼 수가 있을까요? 형님, 전 한 번도 창환이 목숨을 제까짓 것들과 비교하거나 바꿔치기해서 생각한 적 없어요, 맹세코. 아들딸을 층하하지 않겠다는 지어먹은 마음 따위하곤 달라요.

창환인 전무후무한 하나뿐인 창환이고 아무하고도 비교할 수 없이 잘났기 때문이에요.

하긴 내 딸 나무래 무엇하겠어요. 내가 창환일 잃고 나서 친척이고 친구고 멀쩡하게 아들 잘 기른 사람들이 나한테 괜히 미안해하는 거, 나 알아요. 아들 자랑 하다가도 내 앞에선 입을 다물고, 장가보낼 때 나한테 청첩장을 보낼까 말까 망설이고, 내가 행여 즈이들이 부러워 마음 상할까봐 그런다는 거 알아요. 명애라고, 형님도 아시죠? 우리가 성북동 살 때 아래윗집 살면서 부추전만 부쳐도 담 너머로 나눠 먹던 제 여고 동창 말예요. 걔 아들하고 창환이하고도 국민학교에서 중학교까지 동창이었다구요. 서로 사는 내막 속속들이 알고 마음이 통해 숨기는 거 없기는 형님보다 훨씬 가까웠더랬죠. 형님도 물론 그러시겠지만 시집 쪽 친척은 아무리 촌수가 가까워도 어느 정도 이상은 친해질 수 없는 껍질 같은 걸 가지고 대하게 되더라구요. 창환이가 그 지경 당하고 나서도 어느 친척도 명애만큼 놀라고 슬퍼하지 못했을 거예요. 내가 통곡하면 같이 통곡하고, 펄쩍펄쩍 뛰면 같이 펄쩍펄쩍 뛰고, 내가 몸져누웠을 때는 하루도 거르지 않고 온갖 죽을 다 쑤어서 날랐죠. 형님도 죽 쒀온 적 있으시다구요? 꼭 안 듣는 척하시다가도 틀린 말은 한마디도 못 참으신다니까, 글쎄. 그런 명애도 즈이 아들 장가들일 때는 나한테 쉬쉬하더라니까요. 혼인날 딴 동창한테

듣고 알았어요. 식장이 찾기 어려운 변두리 동네 교회라 나한
테 길을 물어온 동창도 내가 그때까지 모르고 있다는 걸 알고
는 처음에는 안 믿다가 나중에는 자기 생각이 명애에 못 미쳤
노라고 사과를 하면서 제발 모르는 걸로 해달라나요.

형님 제가 뭘 잘못했다구 이렇게 손도를 맞습니까? 제가 손
도를 맞는다는 건 창환이의 죽음을 부끄럽게 여기는 게 되거
든요. 그럴 수는 없었어요. 저는 떨치고 일어나 즉시 준비를
하고 환하게 웃으며 결혼식장으로 달려갔죠. 명애가 어쩔 줄
을 몰라했지만 저는 늠름하게 굴었어요. 마음으로부터 축하도
했구요. 명애 아들이 장가드는 거 저 정말로 안 부러웠어요.
걔 아들하고 창환이하곤 댈 것도 아니니까요. 껄렁한 대학도
삼수까지 해서 들어갔고 젊은 애가 야망이 있나 이상이 있나
오로지 말초신경만 발달해가지고 달고 다니는 여자가 맨날 바
뀐다더니 아마 그중에 하나가 배라도 불러왔나봅디다. 부자도
아닌 집에서 졸업도 하기 전에 서둘러 식을 올린 걸 보면. 그
런 녀석이 어떻게 창환이하고 비교가 됩니까? 말도 안 되지.
그렇다고 형님, 제가 남의 잘난 아들을 보면 마음이 아린 줄
아시진 마슈. 우리 친정 조카 애긴 형님도 종종 들으셨죠. 친
정에 번듯하게 출세한 사람 없기는 형님네나 우리 친정이나
마찬가지지만 그래도 전 친정으로 해서 으스대고 싶을 때는
늘 그 장조카 자랑을 하곤 했으니까 형님도 생각나실 거예요.

재학중에 고시 패스한 애 말예요. 참, 우리집에서 보신 적도 몇 번 있죠. 머리만 좋은 게 아니라 인물도 자알났죠. 그애가 장가갈 때는 창환이 잃은 지 일 년 안이기도 했지만 글쎄 친정 식구들이 하나같이 이 하나밖에 없는 고모가 오지 말았으면 하는 눈치더라구요. 내 참 아니꼽고 더러워서. 누가 그까짓 판검사를 대수롭게 알 줄 알구. 그동안 나도 민가협 엄마들 덕에 의식화된 것도 있고 해서 죽은 우리 창환이가 산 법관보다 골백번은 더 잘나 보이더라구요. 그러니 내가 개 결혼하는 것 보고 꿀리거나 부러울 게 뭐 있겠어요. 더군다나 그 며칠 전엔 민가협 엄마들 따라 민주투사 공판하는 거 방청하러 가서 말도 안 되는 죄목을 나열하는 법관을 실컷 야유하고 퉤퉤 침까지 뱉고 온 끝인데 그 새파란 법관이 부럽기는커녕 한심해 보입디다. 민가협 엄마들 덕에 언짢은 기색 하나도 안 하고 그날도 고모 노릇을 얼마나 씩씩하게 잘해냈다구요.

형님, 밍개헵이 아니라 민가협이라니까요. 딴 발음은 똑똑하게 잘하시면서 그 소리는 왜 그렇게 어눌하게 얼버무리시나 몰라. 형님 일부러 그러시는 거 아녜요? 저하고 그 사람들을 한 묶음으로 능멸하려구요. 아이구 깜짝이야. 그 소리에 뭘 그렇게 화를 내세요? 암만해도 찔리는 데가 있는갑다. 형님 미국 딸네 집에 한 달도 못 있다 오셔가지고도 밧데리를 꼬박꼬박 배러리라고 하셨잖아요? 그렇게 잘 따라 하시는 형님 혀가

민가협 소리를 못할 리가 없을 것 같아서요. 능멸까지는 안 하신다고 해도 못마땅해서 일부러 그러실 거예요. 아무튼 전 듣기 싫어요. 요다음부터는 그러지 마세요. 별걸 다 갖고 시집살이시킨다구요? 그러믄요, 동서도 시집은 시집이죠. 형님은 뭐 저한테 시집살이시킨 적 없는 줄 아시우.

형님, 제가 어디까지 말씀드렸죠? 아, 네에, 아들 장가들일 때 다들 절 따돌리는 것 같다는 얘기였죠. 자격지심이라구요? 그럴지도 모르죠. 따돌리는 것만 아니꼬운 줄 아세요. 너무 잘해주는 것도 싫어요. 그게 다 한통속이거든요. 형님만 해도 창석이 장가들일 때 저한테 얼마나 신경을 썼어요. 그 바람에 창석이 처가만 혼났죠. 저한테까지 시어머니하고 똑같은 예단을 해왔으니 속으로 얼마나 욕을 했겠어요. 시아버지 예단을 안 해도 되니까 작은어머니한테 대신 했을 거라고 형님이 아무리 그러셔도 서는 그게 그 집에서 자발적으로 그렇게 한 게 아니라는 거 알아요. 창석이 장가들 땐 창환이 죽은 지 오 년도 넘었을 텐데도 제가 그렇게 신경이 쓰이던가요? 폐백 받을 때도 형님은 저를 영감님처럼 곁에 앉히셨죠. 처음에는 쌍과부가 나란히 폐백 받기가 민망해서 사양하다가 좌중의 분위기가 어째 이상하게 가라앉는 것 같아 제가 졌죠. 창환이 생각이 나서 언짢아하고 있는 것처럼 보이기가 싫었어요. 그건 사실이 아니니까요. 저 창석이 장가갈 때도 조금도 안 부러웠어요. 창환이를 창석이하고 비교하는 마음이 없었으니까요. 그때 형님은 아주버님 안 계신 핑계로 절 부득부득 끌어다 앉히셨지만 아주버님이 계셨더라도 마찬가지였을 거예요. 남들이 처첩을 거느리고 폐백을 받는 줄 알건 말건 상관 안 하고 새며느리한테 저를 시부모와 똑같이 인식시키려 드셨을 테죠. 우리 그이도 아주버님 돌아가신 후 조카들한테 잘하려고 우리 아이들은 뒷전이었던 건 형님도 인정하시죠. 그래봤댔자 겨우 형제간의 나이 차이만큼밖에 더 못 살았지만서두요. 남의 집 남자들보다 좀 단명한 거 하나가 흠이지 형님이나 저나 중매로 혼인했어도 남편은 잘 만났었다 싶어요. 우리 그이가 회갑도 못 넘기고 세상 뜬 데 대해서도 여한 없어요. 창환이를 앞세우지 않고 자기가 휘딱 앞서갔으니 참 복도 많다 싶어 부럽다못해 얄밉기까지 한걸요. 제가 부러운 건 오직 그이뿐이에요. 자다가도 그이가 부러워 가슴이 저리기 시작한 밤을 홀딱 새우고 말죠. 그러나 그건 남의 산 자식을 부러워하는 것하곤 달라요. 창석이가 나무랄 데 없는 아이라는 건 저도 인정해요. 그러나 우리 창환이하곤 그릇이 다른 걸 비교가 되나요. 부모 속 안 썩이고 명문 대학 척척 들어가고, 졸업도 하기 전에 대기업에서 모셔가고, 윗사람 눈에 얼마나 들었으면 중매까지 서줘서 좋은 집 규수한테 장가들고, 형님이 아들 잘 기른 거야 세상이 다 아는 일이죠. 그렇지만 형님, 창석이가 대학 들어간 해가 언제에요? 바로 80년 아녜요. 80년에 대학 들어간 애가 세상이야 어찌 돌아가든 알 바 아니라는 듯이 공부만 팠다는 건, 제 보기에는 인간성이 의심스러워요. 어떻게 그럴 수가 있었을까? 사람이 그러면 못쓴다구요. 우리 창환이도 창석이보다 삼 년 뒤에 같은 대학에 들어갈 때만 해도 창석이처럼 공부밖에 모르는 아이였죠. 그러나 우리 창환이는 캠퍼스의 최루탄 냄새를 괴로워했어요. 그건 창석이도 마찬가지였다구요? 그야 그렇겠죠. 지나가던 사람도 눈물 콧물을 짜면서 펄쩍펄쩍 뛰었으니까요. 창석이는 몸으로 괴로워했을 뿐이지만 우리 창환이는 마음으로 더 많이 괴로워했다구요. 그래요, 우리 창환이가 운동권이 아니었다는 건 형님 말이 맞는지도 몰라요. 에미도 눈치를 못 챘으니까요. 그러나 그걸 누가 단정을 하겠어요. 자식을 겉을 낳지 속까지 낳는 건 아니란 말도 그래서 생겨난 거 아니겠어요. 그런데 그게 왜 그렇게 중요하죠? 말끝마다 형님은 꼭 그 소리를 하시더라, 마치 오금을 박듯이. 이럴 때는 전화로 얘기하고 있다는 게 얼마나 다행인지 몰라요. 아녜요, 전화로 말하면서도 전 형님의 시선을 느껴요. 대단한 비밀을 알고 있는 사람이 그걸 모르는 사람을 바라볼 때의 기분 나쁜 눈길 말예요. 그래봤댔자 우리 창환이가 단순 가담자에 불과할거라는 것밖에 형님이 저보다 더 알고 있는 게 뭐가 있겠어요. 그게 왜 그렇게 중요하죠? 처음에야 저도 그게 미치게 억울했죠. 그놈의 쇠파이프가 눈이 멀어도 분수가 있지 앞장선 열렬한 투사들 다 제쳐놓고 하필 우리 창환이었을까, 하구요. 그러나 죽음은 어차피 돌이킬 수 없는 운명인 거 아닌가요? 게다가 철저하게 개개의 것이구. 그게 너무 무서워서 우선 피하고 싶었어요. 우선 개별적인 것에서 피하는 방법은 휩쓸리는 일이었죠. 집단적인 열정 속으로. 형님도 기억하시죠. 우리 창환이의 장엄한 장례식을요. 백만학도가 창환이를 열사로 떠받들었죠. 형님, 제발 그렇게 말씀하시지 마세요. 젊은이들이 제 몸에다 불을 붙여 시대의 횃불을 삼으려 든 세상이었잖아요? 죽은 목숨을 횃불 삼으려 든 것쯤 아무것도 아니었죠. 형님이나 저나 하도 궁핍한 어린 시절을 보내서 그랬던가, 먹을 것 흔하고 흥청망청 물건 아쉬운 것 모르는 세상만 꿈인가 생신가 좋기만 하던데, 젊은이들 눈엔 세상이 얼마나 깜깜했으면 제 몸으로 불을 밝히려 들었을까요? 중요한 건 창환이가 운동권이었나 아니었나가 아니라 죽음까지 횃불로 삼지 않을 수 없을 만큼 시대가 깜깜했다는 거 아닐까요.

　형님, 우리가 참 모진 세상도 살아냈다 싶어요. 어찌 그리 모진 세상이 다 있었을까요? 형님, 그나저나 그 모진 세상을 다 살아내기나 한 걸까요? 형님은 당연히 비웃으시겠지만 세상이 정말 달라졌다면 그 달라지게 한 힘 중엔 우리 창환이 몫도 있다고 생각해요. 그래요, 허튼소리 같지만 저는 수도 없이 창환이의 부활을 경험했죠. 민가협 엄마들한테 세뇌받아서 그렇게 됐다는 식으로 말씀하시지 마세요. 누가 누굴 세뇌해요. 그 지경을 당하고도 하루하루를 죽은 목숨처럼 살지 않을 수 있는 유일한 방법이었을 뿐이에요. 6·10항쟁 때도 형님이 저한테 얼마나 깊은 상처를 입혔는지 모르고 계시죠? 그땐 창환이 죽은 지 얼마 안 돼서이기도 하지만 뭔가 심상치 않은 일이 생길 것 같아 정신을 번쩍 차리고 일어났더니 형님이 뭐랬는 줄 아세요? 자식을 잡아먹고도 데모가 그렇게 좋으냐고 악을 쓰셨죠. 언제는 언제예요. 6·10 때라니까요. 형님 제발 6·10하구 6·29하고 헷갈리는 거, 4·13하고 4·19도 분간 못하는 거, 5·16하고 5·18이 왔다갔다하는 거, 정말 참을 수가 없어요. 어떤 때는 내 앞에서 일부러 그렇게 시침을 떼는 게 아닐까 싶어지면 형님하고 다시는 상종도 하기가 싫어져요. 그런 날짜는 그렇게 잘 외면서 증조모님 제삿날은 어떻게 그렇게 감쪽같이 까먹었느냐고요? 형님이 그렇게 나오실 줄 알았어요. 오금을 박는 데는 선수시니까요. 좋아요, 솔직히 말씀드리죠. 증조모님 제사가 저한텐 하나도 안 중요하니까 잊어버릴 수도 있는 거죠, 뭐. 창환이 잃고 나서 저에게 일어난 가장 큰 변화가 뭔 줄 아세요. 그때까지 중요하게 생각해온 것이 하나도 안 중요해지고 하나도 안 중요하게 여겨온 것이 중요해진 거예요. 증조모님 제사도 안 중요해진 것 중의 하나일 뿐이지, 다는 아녜요. 그런 변화엔 저 스스로도 놀랄 수밖에 없었어요. 처음엔 내가 남이 된 것처럼 낯설기까지 했죠. 내가 돈 게 아닌가 싶기도 했구요. 그래서 될 수 있는 대로 남들한테는 예전처럼 굴려고 애썼죠. 창환이 잃고도 여전히 제삿날을 형님보다 먼저 아는 척할 수 있었던 것도 아마 그런 노력의 일환이었을 거예요. 아니면 타성이든지. 형님도 그런 타성은 있잖아요. 제수 차리는 데는 지극정성이면서 날짜 돌아오는 건 저만 믿고 내 몰라라 하는 습관 말예요.

제삿날 말고 또 안 중요해진 게 뭐가 있느냐고요? 많지요. 이루 말할 수 없이 많지만 과연 형님이 이해하실 수 있으실라나 몰라. 형님을 무시해서가 아니라 제삿날처럼 그렇게 꼭 집어서 말할 수 있는 게 아니기 때문이에요. 이를테면 전엔 남이 나를 어떻게 볼까가 중요했는데 이젠 내가 보고 느끼는 내가 더 중요해요. 남을 위해서 나를 속이기가 싫어요. 무엇보다도 피곤하니까요. 가장 쓰잘데없는 걸로 진 빼기 싫어요. 또 있구 말구요. 그전엔 장만하는 게 중요했는데 이젠 버리는 게 더 중요해요. 형님보담은 좀 덜했지만 저도 물건 욕심이 꽤 있었잖아요. 누구네 집에 가서 예쁜 접시나 찻잔만 봐도 어디 께인가 물어보고, 역시 다르다고 감탄하고, 눈독들인 건 기어코 장만하고, 그게 사는 재미였죠. 육십 년대든가, 형님이나 저나 아직 새댁 티가 남아 있을 적 말예요. 그때는 모든 물자가 귀할 때이기도 했지만 우린 사재기 선수였잖아요? 화학솜이 처음 나왔을 땐데 그까짓 화학솜 이불이 뭐가 그렇게 신기했는지 이불계를 모아서 두 집이 한 채씩 그걸 장만했었죠. 그러고 보니 제가 지금 쓰고 있는 자개장롱도 곗돈 타서 장만한 거네요. 갖고 싶은 걸 애써 장만하고 나면 그리 기쁘더니만 지금은 그 모든 것들이 다 짐스러워요. 왜 그게 거기 있을까, 몇십 년 손때 묻은 것들이 뜨악하고 낯설어지기도 하죠. 잠 안 오는 밤이면 주로 하는 짓이 뭔 줄 아세요? 장롱이나 찬장 속을 들들들 뒤져서 버릴 것을 찾는 거예요. 버릴 것 천지지요, 뭐. 남들은 쓰자니 마땅찮고 버리자니 아까운 거 천지라고 하더니만 전 아까운 게 하나도 없어요. 딸들 눈이 무서워서 한꺼번에 못 버릴 뿐이지요. 또 장롱 같은 거야 무슨 수로 버리겠어요. 누굴 주든지 고물상을 부르든지 해야 할 텐데, 그것도 번거롭고 고물상이나 남의 집에 그게 있다는 것도 신경쓰일 것 같아요. 그게 혹시 손때가 묻은 것들에 대한 책임감이라면 그것도 소유욕의 일종인지도 모르겠네요. 아무튼 세상에 귀한 거라곤 없으면서 버리기도 쉽지 않은 건, 내 눈앞에서만 없어지는 게 아니라 아주 없어지길 바라기 때문이에요. 가끔 아궁이가 있는 집이라면 패 땔 수도 있을 텐데 하는 생각도 해보죠. 그것도 생각뿐이지 요즈음 물건들은 그렇게 쉽게 재도 안 되는 것들이잖아요. 생때같은 목숨도 하루아침에 간데없는 세상에 물건

들의 목숨은 왜 그렇게 질긴지, 물건들이 미운 건 아마 그 질
김 때문일 거예요. 생각만 해도 타지도 썩지도 않을 물건들한
테 치여 죽을 것처럼 숨이 답답해지네요. 죽는 건 하나도 안
무서운데 죽을 것 같은 느낌은 왜 그렇게 싫은지 모르겠어요.
  내가 물건이 싫으니까 남에게도 물건을 선물한 적이 없어
요. 물론 창환이 잃고 난 후에 생긴 새 버릇이지만서두요. 그
전에야 형님도 아시다시피, 친정이나 시댁 어른들 생신이나,
조카들 손주뻘 되는 아이들의 혼사나 돌잔치 등 무슨 날이 돌
아올 때마다 뭘 선물할까가 즐거운 고민이었죠. 돈을 절약하
기 위해서이기도 하지만 두고두고 지니게 하고 싶은 욕심으로
저는 친척이나 친구들의 기념할 만한 날 돈으로 부조를 한 적
이 거의 없었죠. 마땅한 물건이 잘 떠오르지 않을 때는 손수
재봉틀을 돌려 옷가지나 소품을 만들어서 선물을 장만하기도
해서 형님한테 알뜰이 지나치다는 눈총도 꽤 맞았을걸요. 그
러면서도 형님은 그런 제 손재주를 은근히 부러워하셨죠. 실
상 그건 손재주만 갖고 되는 노릇이 아니라 눈썰미와 상대방
에 대한 관심이 있어야 되거들랑요. 요샌 그런 짓 안 해요. 거
의 다 돈으로 해결하죠. 꼭 뭘 사가지고 가야 할 데는 먹을 걸
사가요. 외식으로 때우든지. 물건으로 나를 생각나게 만들고
싶지 않아요. 물건으로 남을 짓누르는 것 같아 안 하고 싶어
요. 그렇다고 뭘 주고 싶은 사람이 아주 없는 건 아니죠. 오랫

동안 예쁘게 연애하다가 결혼한 신혼부부가 인사를 왔다든지, 친구가 미국 사는 자식을 따라 아주 이민을 떠난다든지 할 때는 뭔가 주고 싶어져요. 그래도 물건은 아녜요. 호화로운 식사를 한 끼 사죠. 즐거웠던 기억이 물건보다는 속절없으니까요.

그런 특별한 경우가 아니더라도 전에는 어떡하면 같은 돈이라도 낯나게 쓰나가 중요했었는데 지금은 안 그래요. 흐지부지 쓰는 게 훨씬 더 중요해요. 낯나게 쓴다는 게 뭔가요? 남에게 잊혀지지 않을 만한 부담감을 주는 거 아닌가요? 그러기 싫어요. 같이 차 마시고 나서 찻값을 내는 거, 몇이서 택시를 같이 탔을 때 택시 값을 혼자서 내는 것 따위가 흐지부지 쓰는 건데 바보같이 보이기 십상이지 누구 하나 고마워하지 않는 씀씀이죠. 그렇지만 차 한 잔씩 마시고 나서 서로 눈치보는 그 짧은 동안이 싫어요. 일상의 바퀴가 삐그덕 소리를 내면서 잘 안 구르는 것 같은 느낌이 들거든요. 흐지부지 쓴다는 건 바퀴에 기름을 치는 행위에 다름아니죠. 그러잖아도 하루하루 살기가 힘이 들어 죽겠어요. 조금이라도 덜 힘들 수 있는 방법이 있는데도 힘들일 거 뭐 있어요. 일상의 바퀴에 기름을 치는 일은 하나도 표가 안 나서 남들은 낭비라고 생각하지만 나에겐 여간 중요한 씀씀이가 아니고, 물론 안 아까워요. 창숙이 창희는 그런 나를 여간 못마땅해하지 않아요. 낭비벽이 있다고 생각하나봐요. 그냥 놔뒀다가는 살림 다 들어먹을 것 같은지 즈이들 버는 돈도 나를 안 갖다주고 즈이끼리 저금도 붓고 해서 아마 상당히 모았을 거예요. 밥값은 내죠, 밥값도 안 내놓고 제 낭탁만 할 아이들도 아니구요. 스크립터, 디자이너, 이런 직업을 형님은 좀 우습게 보시는 것 같지만 얼마나 고소득이라구요. 걔네들 내는 밥값만 가지고도 나 하나 얹혀살 만해요. 연금은 흐지부지 쓰기에 부족함이 없구요.

형님이 무슨 권리로 혀까지 차시면서 못마땅해하세요? 하긴 하루하루를 살기가 무거운 수레를 끄는 것처럼 힘들다는 걸 형님이 아실 리가 없죠. 저도 창환이를 잃기 전까지는 저절로 살아졌어요. 세월이 유수 같았죠. 한참 자라는 아이나 달력을 보지 않고서는 세월이 빠르다는 걸 느낄 겨를이나 어디 있었나요. 너무 빨라 거스르고 싶었나봐요. 젊어 보인다는 소리 듣는 게 제일 기분이 좋았으니까요. 지금은 아녜요. 젊어졌다는 소리도, 좋아졌다는 소리도 꼭 욕같이 들려요. 그렇다고 늙어 보인다거나 야위었다는 소리를 듣고 싶은 것도 아녜요. 그런 소리 들으면 내가 하루하루를 얼마나 힘들게 보내고 있다는 걸 들킨 것 같아서 기분이 안 좋아요. 왜 우리나라 사람들은 만나면 젊어졌다 좋아졌다, 아니면 어디 아팠느냐, 못쓰게 됐다는 식으로 남의 신체를 가지고 들먹이는 인사를 그렇게 좋아하는지 모르겠어요.

전에는 중요하던 게 지금은 하나도 안 중요해진 게 또 뭐가

있냐구요? 형님이야말로 왜 안 하던 짓을 하실까? 전혀 귀담
아들으실 것 같지 않은 얘기에 관심을 보이시니 말예요. 전에
는 형체가 있어 눈에 보이는 것만 중요한 줄 알았는데 그후엔
아니었어요. 눈에 안 보이는 걸 온종일 좇을 적도 있어요. 아
녜요, 육체와 영혼의 문제가 아니라구요. 그건 나한테는 너무
거창해요. 장미꽃과 향기의 문제예요. 장미꽃은 저기 있는데
향기는 온 방안에 있다. 향기는 도대체 어떤 모양으로 존재하
는 걸까? 고작 그 정도예요. 우리집 행운목이 올해 꽃을 피웠
잖아요. 꽃 모양이나 빛깔이 볼품없어서 핀 줄도 몰랐어요. 어
느 날 집에 들어서니까 온 집안이 향기로 가득차 있더군요. 현
기증이 날 정도였어요. 꽃향기 때문에 질식도 할 수 있다는 게
실감이 되더군요. 그 향기가 좋았단 얘기는 아녜요. 물건은 분
명히 하난데 두 가지 방법으로 존재할 수도 있다는 문제에 며
칠 동안 몰입할 수가 있었죠. 알아요, 꽃이 지면 향기도 없어
진다는 거, 근데 그 소릴 왜 그렇게 야멸차게 하시죠? 접때는
창숙이가 쇠꼬리를 하나 통째로 사왔습디다. 몇 번에 나눠서
과먹으라는 거예요. 나 누린 음식 싫어하는 거 번연히 알면서
무슨 심산지, 에미 꼴이 꼭 바스러질 것처럼 기름기가 없이 남
부끄럽다고 창희 년까지 옆에서 거들고 나서더군요. 싸가지가
없어도 분수가 있지, 에미더러 제 년들 체면 세워주도록 피둥
피둥하란 소린지 뭔지. 탄하기도 싫어서 하라는 대로 큰 스텐

통에다 넣고 고기 시작했죠. 물도 넉넉히 부었고, 바닥이 이중이라나 삼중이라나, 아무튼 두껍게 특수 처리한 스텐 통이라기에 믿거라 하고 온종일 고아댔더니 그만 바싹 태워버렸지 뭐예요. 성의가 없어서라고요? 맞는 말씀이에요. 제 몸 보하자고 성의가 날 에미가 어덨겠어요. 고약한 냄새가 진동을 할 때서야 겨우 불 위에 뭘 올려놓았다는 걸 깨달았으니까요. 그놈의 꼬린지 뭔지 숯뎅이가 되니까 바싹 오그라붙어 얼마 되지도 않던데 냄새는 왜 그렇게 지독한지, 온 집안에 가득차서 아이들한테 안 태운 척 속여먹을 수도 없이 만들지 뭐예요. 꼬리는 오그라붙은 게 아니라 팽창을 한 거였어요. 숯뎅이는 즉시 없앴지만 고약한 냄새는 달포도 넘어 가더라구요. 구석구석 그 냄새가 안 스민 데가 없어요. 요새도 돌아누우려면 그 냄새가 훅 끼칠 때가 있는 걸 보면 베갯잇 사이에도 끼어 있나 봐요. 꼬리 제까짓 게 뭐라고 숯뎅이 아닌 다른 무엇이 되어 남아 있는 걸까요? 형님, 꼬리를 태워먹은 건 하나도 안 아까우면서 다른 무엇이 되었길래 이렇게 오래 남아 있는 것일까, 가 궁금한 정도가 아니라 마냥 집착하게 돼요.

형님, 그렇다고 제가 그까짓 꽃이나 꼬리 따위에서 사람의 정신과 유사한 걸 찾고 있다고 생각하진 마세요. 일종의 습관일 뿐이에요. 밖에 나갔다가 집에 들어왔을 때 열쇠로 문을 따고 들어가야 할 때와 안에서 창숙이나 창희가 열어줄 때가 있잖아요? 안에서 맞아줄 사람이 있을 때가 없을 때보다 좋은 게 인지상정이련만 전 그 반대예요. 그들의 마중을 받으면 창환이의 빈자리가 왜 그렇게 크게 느껴지는지, 나도 모르게 무너져내리듯이 밖에서 꾸민 나를 포기해버리죠. 그러나 열쇠로 문을 따고 빈집에 들어섰을 때는 딴판이에요. 창환아, 에미 왔다. 그렇게 활기 넘치는 소리로 말을 걸며 들어가는 거예요. 핸드백을 내던지면서 옷을 벗으면서도 냉장고에서 찬물을 꺼내 벌컥벌컥 들이마시면서도 연방 말을 시키죠. 그럴 때는 집 구석구석이 창환이로 가득차는 거예요. 내가 그애 안에 있다는 걸 실감하죠. 어느 쪽이 진짜 나인지 모르겠어요. 걔가, 생때같은 내 아들이 어느 날 갑자기 없어졌다는 걸 어떻게 믿을 수가 있겠어요. 형님, 우리가 참 모진 세상도 살아냈다 싶어요. 어찌 그리 모진 세상이 다 있었을까요? 형님, 그나저나 그 모진 세상을 다 살아내기나 한 걸까요?

여직껏 꿋꿋하게 잘 버티기에 그냥저냥 극복한 줄 알았더니 이제 와서 웬 약한 소리냐구요? 형님 보시기에도 제가 그렇게 아무렇지도 않아 보입디까? 아무렇지 않지 않은 사람이 아무렇지도 않아 보였다면 그게 얼마나 눈물겨운 노력의 결과였는지는 한 번도 생각해본 적 없으시죠. 형님도 아마 은하계란 말은 들어보셨을 거예요. 그렇지만 그 크기나, 우주엔 우리 태양계가 속한 은하계 말고도 얼마나 많은 은하가 있고, 앞으로도 자꾸 발견될 거라는 건 저만큼 모르실걸요. 그렇게 단정을 하면 혹시 일제시대에 여고 입학한 걸 요새 서울대학 들어간 것보다 더 높이 평가하시고 자랑스러워하시는 형님한테는 모욕적일지도 모르지만서두요. 느닷없이 웬 은하계냐구요? 제가 너무 견딜 수 없을 때 외는 주문이 바로 은하계로부터 시작하기 때문이죠.

은하계는 태양계를 포함한 무수한 항성과 별의 무리. 태양계의 초점인 태양과 지구 사이의 거리는 빛으로 약 오백 초, 태양계의 가장 바깥쪽을 도는 명왕성은 태양에서 빛으로 약 다섯 시간 반. 그러나 은하계의 지름은 약 십만 광년, 태양은 은하계의 중심에서 삼만 광년이나 떨어진 변두리의 항성에 불과함. 광년은 초속 삼십만 킬로미터의 빛이 일 년 동안 쉬지 않고 갈 수 있는 거리의 단위. 그러나 은하계가 곧 무한은 아님. 우주에는 우리 은하계 말고도 다른 은하가 허다하게 존재하니까. 우리 은하계에서 가장 가까운 은하의 거리가 이백만 광년. 십억 광년인 은하도 있는데 초속 몇만 킬로의 속도로 계속 멀어져가고 있으니 우주라는 무한은 무한히 팽창하고 있는 중. 광년은 빛이 일 년 동안 쉬지 않고 갈 수 있는 거리의 단위, 구조 사천육백칠십 킬로미터.

대강 이 정도가 제 주문의 요지예요. 그걸 다 어디서 주워들었느냐고요? 집에 굴러다니는 『소년우주과학』인가 하는 책에서 본 거예요. 아이들이 어려서 보던 꽤 낡은 책이니까 정확하지 않을 수도 있어요. 제가 틀리게 외고 있는 부분이 있을 수도 있구요. 틀려봤댔자죠, 뭐. 백만 광년이나 십억 광년이나 어차피 제 상상력이 미칠 수 있는 한계 밖의 수치니까요. 정확도가 문제가 아니라, 그런 천문학적 단위는 우리가 사는 지구를 망망한 바닷가의 모래알만도 못하게 극소화시키는 효과는 그만이에요. 그 모래알에 붙어사는 인간의 운명이나 수명 따위도 덩달아서 아무것도 아닌 게 되죠. 이제 아시겠어요? 그 소리가 왜 저한테 주문이 되는지. 잠시 동안이라도 제 태산 같은 설움이 안개의 입자처럼 미소하고 하염없어져요. 이젠 뜻 같은 건 생각할 필요도 없어요. 정확도 같은 건 더구나 문제도 안 되고요. 그 소리만 일단 달달달 외고 나면 조건반사처럼 나른하고도 감미로운 허무감에 잠기게 되거든요. 형님, 그동안 제가 그렇게 살았다우. 주문이 계속해서 효과가 있었더라면 형님한테 가르쳐드리지도 않았을 거예요. 글쎄 그 주문 가지고도 도저히 안 될 때가 있더라구요. 안 듣는 주문이 돼버렸으니까 가르쳐드린 거예요.

한 열흘 됐나. 명애가요, 아까도 얘기한 제 제일 친한 동창 명애 말예요. 명애가 저더러 같이 문병 갈 데가 있다는 거예요. 얘기를 들어보니 내가 꼭 가봐야 할 데가 아닌 것 같아 내키지가 않았어요. 같은 동창이지만 나하고는 전혀 안 친했고 졸업하고 나서도 우연히 만난 적도 없는 친구고, 아픈 사람도 그 친구가 아니라 그의 아들이라는데 제가 불쑥 뭣하러 가겠어요. 싫다고 했더니 명애가 꼬드기는 말이 창환이 장례 때 와준 친구라는 거였어요. 저는 속으로 우리 창환이야 온 국민의 애도 속에 보낸 아인데 그 친구도 온 국민 중의 한 사람이었을 테지 뭐 특별한가 싶으면서도 마음이 움직이더라구요. 그래서 그 아들이 어디가 어떻게 아픈지 자세한 건 묻지도 않고 그냥 따라나섰어요. 참 생명이 위독한 병이냐고는 물어봤군요. 명애 대답이 어째 이상했어요. 그러면 오죽이나 좋겠니? 글쎄 이러지 뭐예요. 그때 자세한 걸 캐물었어야 하는 건데 남의 자식 목숨에 대해 어떻게 저렇게 말할 수가 있을까, 울컥 치미는 명애에 대한 불쾌감 때문에 암말도 안 하고 말았어요. 명애는 오지랖도 넓지 어떻게 이렇게 멀리 사는 친구 집 우환까지 찾아다니며 챙겼을까 싶게 그 집은 같은 서울이면서 하룻길이었어요. 저희 집은 강남의 동쪽 끝이고 그 집은 강북의 서쪽 끝이었으니까요. 아직도 이런 동네가 남아 있었구나 싶게 골목이 좁고 꼬불탕한 허름한 동네였죠. 와본 적이 있다는 명애도 몇 번씩이나 길을 잘못 들어 헤맨 끝에 겨우 당도했으니까요. 친구는 병든 아들과 단둘이 살고 있었어요. 병든 아들이 막내고 형과 누나는 다들 혼인해서 번듯이 살고 있다고 해요. 병이 보통 병이 아니었어요. 몇 년 전에 차 사고로 뇌와 척추를 다치고 나서 하반신 마비에다 치매까지 된 거였어요. 뺑소니 운전사한테 치여서 오랫동안 방치됐었는데도 숨은 안 넘어갔었나봐요. 가족한테 알려지고 난 후에야 최선의 치료를 다했겠지요. 가산도 그때 탕진했다니까요. 오랜 병구완 끝이라 그러하겠지만 이 친구가 정말 우리 동창일까? 믿어지지 않을 만큼 파파할머니가 돼 있더라구요. 더군다나 한 번도 안 친했던 동창의 모습을 그 노파한테서 떠올리는 건 불가능했어요. 역시 오는 게 아니었다는 생각 먼저 들더군요. 친구는 우리를 보고 반기지도 놀라지도 않고, 늘상 드나드는 동네 사람 대하듯 했어요. 그의 아들도 나이를 짐작할 수가 없었어요. 누워 있는 뼈대로 봐서는 기골이 장대한 청년이었음직한데 살이 푸석푸석하게 찌고, 또 표정도 근육이 씰룩거리고 있다는 것밖에는 상식적인 희노애락하고는 동떨어진 거여서 마주보기가 민망했어요.

아이구 이 웬수, 저놈의 대천지 웬수, 친구는 아들을 이름 대신 그렇게 부르더군요. 그 밖에도 말끝마다 욕이 주줄이 달렸어요. 오죽 악에 받치면 저럴까, 지옥이 따로 없다는 생각이 들었어요. 우리가 사간 깡통 파인애플을 아들의 입에 처넣어주면서도 이 웬수야, 어서 처먹고 뒈져라, 이런 식이었으니까요. 저한테도 내처 늘 보던 이웃 사람 대하듯 하다가 문득 알은체를 하면서 한다는 소리가, 흥 죽는 것보다 더 못한 꼴 보러 왔구나, 였어요. 저는 울컥 모욕감을 느꼈지만 그 친구한테는 아무 소리도 못했어요. 게서 더한 소리를 할 권리라도 있는 것처럼 겁나게 황폐해 보였으니까요. 그 친구보다는 명애한테 더 유감이 있어서이기도 했구요. 그 집에 들어설 때부터 어렴풋이 짐작이 된 거긴 하지만 명애가 날 왜 거기까지 데리고 왔는지가 마침내 분명해지더군요. 즈네들 아들 경사가 있을 때마다 내가 부러워할 것 같아 쉬쉬 초대하기를 꺼리던 것과 정반대의 이유로 그 집 모자의 비참한 꼴을 보여주고자 한 거였어요. 죽는 것보다 못한 경우를 보고 위로받아라, 이거겠죠. 인간성 중 가장 천박한 급소죠. 그 급소만은 드러내 보이고 싶지 않았기 때문에 남의 아무리 잘나고 건강한 아들을 보고도 부러워하지 않는 것으로 미리 보호막을 친 거였는데, 딴 친구도 아닌 명애가 나를 그렇게 취급하다니, 정말 견딜 수 없는 기분이었어요. 그래도 그쯤해서 그 집을 물러났더라면 또 모르죠. 은하계 주문 대신 그 집 아들을 떠올리는 것으로 위로받을 수 있었을지도요.

아들에게 파인애플을 세 조각이나 먹이고 난 친구는 우리가 보는 앞에서 아들이 깔고 있는 널찍한 요 위에서 아들을 공기를 굴리듯이 굴리기 시작했어요. 정말이지 믿을 수 없을 만큼 신기한 묘기였어요. 욕창이 생길까봐 하루에도 몇 번씩 그 짓을 한다나봐요. 엎어 뉘었다가, 바로 뉘었다가, 모로 뉘었다가, 그 장대한 아들을 자유자재로 굴리면서 바닥에 닿았던 부분을 마사지하는데, 그동안도 잠시도 쉬지 않고 입을 놀리는 거였어요.

아이고 이 웬수덩어리는 무겁기도 해라. 천근이야, 천근. 근심이 있나 걱정이 있나. 주는 대로 처먹고, 잘 삭이고 잘 싸니 무거울 수밖에. 내가 이 웬수덩어리 때문에 제명에 못 죽지 못 죽어, 이 웬수야. 니가 내 앞에서 뒈져야지 내가 널 두고 뒈져봐라, 나도 눈을 못 감겠지만 니 신세가 뭐가 되니. 사지나 멀쩡해야 빌어먹기라도 하지, 아이고, 하느님, 전생에 무슨 죄가 많아 이 꼴을 보게 하십니까?

이러면서 병자를 요리조리 굴리고 주무르는데 그 말라빠진 노파가 어디서 그런 기운이 나는지, 거짓말 안 보태고 꼭 공깃돌 갖고 놀듯 하더라니까요. 아이들 말짝으로 환상적이었어요. 우리는 그저 넋을 잃고 바라보기만 하다가 명애가 먼저 아이참, 하면서 손을 내밀어 거들려고 했죠. 나도 덩달아 환자를 뒤집는 일을 도우려고 손을 내밀었구요. 그러나 웬걸요. 우리의 손이 몸에 닿자마자 환자가 이상한 괴성을 질렀어요. 여직껏 흐리멍덩 공허하게 열려 있던 환자의 눈이 성난 짐승처럼 난폭해지더군요. 얼마나 놀랐는지요. 손끝이 오그라붙는 것 같았어요. 그의 흐리멍덩한 눈은 신뢰와 평안감의 극치였던 거였죠. 그때 비로소 악담밖에 안 남은 것 같은 친구 얼굴에서 씩씩하고도 부드러운 자애를 읽었죠. 아이구 이 웬수덩어리가 또 효도하네, 하는 친구의 말로 미루어 어머니 외에 아무도 그를 못 만지게 한 게 한두 번이 아닌가봐요.

저는 별안간 그 친구가 부러워서 어쩔 줄을 몰랐어요. 남의 아들이 아무리 잘나고 출세했어도 부러워한 적이 없는 제가 말예요. 인물이나 출세나 건강이나 그런 것 말고 다만 볼 수 있고, 만질 수 있고, 느낄 수 있는 생명의 실체가 그렇게 부럽더라구요. 세상에 어쩌면 그렇게 견딜 수 없는 질투가 다 있을까요? 형님, 날카로운 삼지창 같은 게 가슴 한가운데를 깊이 훑어내리는 것 같았어요. 너무 아프고 쓰라려 울음이 복받치더군요. 여기서 울면 안 돼. 나는 황급히 은하계 주문을 외려고 했죠. 소용이 없었어요. 은하계 그까짓 거 아무것도 아니더라구요. 저는 드디어 울음이 복받치는 대로 저를 내맡겼죠. 제가 그렇게 많은 눈물을 참고 있었을 줄은 저도 미처 몰랐어요. 대성통곡, 방성대곡보다 더 큰 울음이었으니까요. 제 막혔던 울음이 터지자 그까짓 은하계쯤 검부락지처럼 떠내려가더라구요. 은하계가 무한대건 검부락지건 다 인간의 인식 안에서의 일이지, 제까짓 게 인간 없이는 있으나마나 한 거 아니겠어요. 그 집에서 그렇게 울어버리니까 명애도 그 친구도 기가 막힐밖에요. 동정이 지나치다고 생각했나봐요. 친구는 자기를 그렇게까지 불쌍해할 것 없다고 화를 내더군요. 명애는 아니었어요. 명애는 제 속을 어느 만큼은 읽어낸 것 같았어요. 우리 사이엔 우정이라는 게 있었으니까요. 잘못했다고 사과를 하더군요. 그날 말고 며칠이나 그랬어요. 잘못한 거 하나도 없는데.

전 그 울음을 통해 기를 쓰고 꾸민 자신으로부터 비로소 놓여난 것 같은 해방감을 느꼈어요. 그러고 나서 요 며칠 동안은 울고 싶을 때 우는 낙으로 살고 있죠. 그러느라고 증조모님 제삿날도 깜박했을 거예요. 은하계도 떠내려가는 판에 한 번 뵙지도 못한 시댁 조상 제삿날이 남아났겠어요. 이제부터 울고 싶을 때 울면서 살 거예요. 떠내려갈 거 있으면 다 떠내려가라죠, 뭐. 아무렇지도 않은 것처럼 꾸미는 짓도 안 할 거구요. 생때같은 아들이 어느 날 갑자기 이 세상에서 소멸했어요. 그 바람에 전 졸지에 장한 어머니가 됐구요. 그게 어떻게 아무렇지도 않은 일이 될 수가 있답니까. 어찌 그리 독한 세상이 다 있었을까요, 네, 형님? 그나저나 그 독한 세상을 우리가 다 살아내기나 한 걸까요? 혹시 그놈의 것의 꼬리라도 어디 한 토막 남아 숨어 있으면 어쩌나 의심해본 적, 형님은 없죠? 형님, 뭐라고 말씀 좀 해보세요. 아니, 형님 지금 울고 계신 거 아뉴? 형님, 절더러는 어찌 살라고 세상에, 형님이 우신대요? 형님은 어디까지나 절벽 같아야 해요. 형님은 언제나 저에게 통곡의 벽이었으니까요. 울음을 참고 살 때도 통곡의 벽은 있어야만 했어요. 통곡의 벽이 우는 법이 세상에 어디 있대요.

(1993)

부처님 근처

초는 한 갑에 백이십원, 만수향은 백원이라고 한다. 나는 시치미 딱 떼고 이백원만 내주고 일부러 핸드백을 소리 나게 닫았다.

"이십원 더 주셔얍지요."

"아저씨도 괜히 그러셔, 이런 초는 백원이면 어디서나 살 수 있는 건데."

나는 꽁치 한 마리에 오원을 깎을 때라든가, 콩나물 이십원어치에 기어코 덤을 한 움큼 더 뺏어낼 때처럼, 뻔뻔스럽고 익숙한 추파를 주인 남자에게 던지면서, 초와 만수향을 어머니가 들고 있는 쇼핑백 속에 밀어넣었다.

"얘가, 깎을 게 따로 있지."

어머니는 나를 거칠게 밀어젖히고, 주섬주섬 치마를 걷어올리더니 속바지에 꿰매 단 커다란 주머니에서 십원짜리 동전 두 닢을 꺼내 주인 남자에게 공손히 바치고 두어 번 굽실거리기까지 한다.

물건 깎는 데라면, 나보다 한술 더 뜨던 어머니다.

어머니는 방금 내가 한 짓을 인색한 짓으로 못마땅해하기보다는 부처님에 대한 정성 부족으로 받아들이고 황공해하고 있는 눈치다.

가게를 나와 같이 걸으면서도 어머니는 내내 시무룩하고 엄숙했다. 어머니의 이런 엄숙함에는 다분히 의식적이요, 과장된 허풍이 보였다. 마치 유치원 원아 앞에서 유희를 가르치는 보모같이 열심스럽고 과장된 표정과 몸짓으로 그녀는 내가 그녀의 엄숙함을 흉내내기를 꾀고 있었다.

일전에 어머니가 나를 꾀어서, 박수무당집에 데리고 갈 때도 꼭 저렇게 어마어마하게 엄숙했으렷다. 퉤, 퉤. 생각이 어쩌다 박수무당에게로 미치자 나는 길바닥이 그 녀석의 상판때기라도 되는 듯이 함부로 침을 뱉고, 부르르 진저리까지 쳤다.

나는 어머니를 따라 절에 가고 있는 일에 대해, 이미 후회를 시작하고 있었다.

그러나 우리는 벌써 ㅂ사 앞에 와 있었다.

ㅂ사는 창건한 지 삼백여 년을 줄곧 여승들만으로 유지해온

유서 깊은 절이요, 여신도가 많기로도 아마 우리나라에서 으뜸이리라는 어머니의 말로 짐작하고 있었던 것보다 훨씬 그 규모가 컸다. 그것은 절이라기보다는 성새城塞 같은 모습으로 촘촘한 주택가를 위압하고 있었다.

우리 식도 양식도 아닌, 기와지붕의 육중한 이층 콘크리트 건물이 ㄷ자로 담장처럼 법당을 포함한 사찰 경내와 주택가를 차단하고 있어, 주택가에서 본 ㅂ사는, 아무런 겉치장도 안 한 벌거벗은 콘크리트의 냉혹한 재질감과, 이층 건물에 재래식 기와지붕이라는 부조화에서 오는 우스꽝스러움이 뒤범벅된 불안한 위엄을 갖추고 있었다.

그러나 경내로 들어서자 바로 우러러뵈도록 돌층계 위에 높이 자리잡은 법당은 단청이 아름답고, 무엇보다도 전형적인 사찰 양식의 목조건물인 것이 반가웠다. 어머니는 법당을 향해 합장하고 예배했다.

경내로 들어서서 본 콘크리트 건물은 외부에서 본 것과는 전연 다른 모습을 하고 있어 나는 어리둥절했다. 외부로 향해서 그렇게도 폐쇄적이고 음험하던 모습이 안으로는 너무도 밝게 열려 있었다. 벽이라곤 없이 온통 번들번들한 유리 분합문만으로 되어 있고, 그 속에는 마치 요정의 객실 같은 드넓은 장판방이 즐비하니 잇달아 있었다.

그중 제일 큰, 국민학교 교실을 두 개쯤 터놓은 듯한 장판방

앞에는 고무신이 수없이 많이 늘어놓여 있고 신도들의 염불 소리가 낭랑하게 들려왔다.

"나무대비관세음 원아속지일체법

나무대비관세음 원아조득지혜안

나무대비관세음 원아속도일체중

나무대비관세음 원아조득선방편……"

생소하지 않은 염불 소리여서 반가웠다. 생소하기는커녕 잘하면 따라 할 수도 있으리만큼 귀에 익은 소리다.

부우연 이른 아침, 나는 영락없이 아랫방에서 들리는 어머니의 염불 소리에 선잠이 깨게 마련이었다. 아이들 시간밥 짓기에도 아직 이른 시간이었다. 나는 남편이 그 소리에 깨면 어쩌나 조마조마하면서도 그 소리가 싫지는 않았었다. 어쩌면 나는 그 소리로 나의 하루를 안심스러워하려 들었는지도 모른다.

그리고 난 또 어머니의 그 염불 때문에, 아이들의 환경조사서의 종교란에 서슴지 않고 불교라고 써넣을 수도 있었다. 그건 다행한 일이었다. 아이들은 환경조사서에 '무'가 많은 것을 몹시 싫어했으니까.

넓은 방 한가운데에는 테이블과 방석이 깔린 의자가 놓여 있고, 신도들은 그 테이블을 중심으로 양편으로 마주보게 빽빽이 늘어앉아 있었다.

예식장에서 남녀가 서로 패를 갈라 앉듯이, 여기서는 노소

老少가 패를 갈라 서로 마주보도록 나눠 앉아 있었다. 나는 젊은이들이 있는 쪽으로 가 자리를 잡으려 했으나 어머니는 내 손을 꼭 잡아 전면에 안치된 불상 앞으로 이끌었다.

"절을 해라. 먼저 불전을 놓고."

불상은 울긋불긋한 벽화를 배경으로, 비단 방석을 깔고 쇼윈도같이 생긴 유리장 속에 들어앉아 있었다. 유리장 속에 들어앉아 있어서 그런지 꼭 종로4가 근처의 만물전 진열장 속의 불상처럼 세속스럽고 가짜스러워 보였다.

유리장 앞, 넓은 불단에는 스테인리스 촛대가 수도 없이 여러 개 놓여 있고 촛대마다 촛불이 꼬마전구처럼 움직이지도 않고 켜져 있었다. 빈 촛대도 없는데 어머니는 우리가 사온 새 초에 불을 붙이더니 켜져 있는 남의 촛불을 손끝으로 눌러 끄고 대신 우리 초를 꽂았다. 딴 사람들도 다 그렇게 하는 모양으로 심만 조금씩 그슬린 새 초들이 즐비하니 촛대 사이를 뒹굴고 있고, 유리장 바로 앞, 좀더 높은 단에는 백원, 오백원 지폐가 한 삼태기나 되게 쌓여 있었다.

나는 핸드백에서 오백원권을 꺼내 그 무더기 위에 더했다. 백원짜리도 갖고 있었고, 좀 아깝기도 했지만, 아까 초 살 때 이십원 때문에 어머니의 마음을 언짢게 해드린 것이 뉘우쳐져 이번엔 한번 어머니를 흐뭇하게 해드리고 싶어서였다. 그러나 어머니는 내 오백원짜리를 보자 안색이 달라지더니 어쩔 셈인지 수북한 불전 무더기를 겁도 없이 헤치고는 백원짜리 넉 장을 집어내는 게 아닌가.

"내 미리 일러둔다는 게 고만…… 쯧쯧, 잔돈을 좀 바꿔가지고 오지 않구. 불전 놀 데가 여기 한 곳뿐인 줄 아니? 이따가 법당에도 올라가봐야지, 칠성각에도 가봐야지, 산신당에도 가봐야지, 어서 절이나 하지 뭘 그러구 있어?"

그러잖아도 불전을 거슬러 가진 게 부끄러워 죽겠던 판이라 나는 부랴부랴 절을 하였다. 앉아서 염불을 외는 신도도 많았지만 절을 하고 있는 신도들도 많아, 앞의 여자 궁둥이가 내 코빼기를 들이받고, 또 내 엉덩이론 내 뒤 여자 이마를 들이받았다.

그래도 나는 절을 하고 또 하고, 또 했다. 그럴 수밖에 없었다. 다리가 아파왔지만 나는 계속 절을 할 수밖에 없었다. 마치 매스게임의 일원이 된 것처럼 나는 내 둘레의 열심스런 율동으로부터 고립할 용기가 없었다.

"고만 좀 앉자꾸나."

어머니는 퍽 만족스러워했다. 나는 기뻤다. 이제 앉아서 쉴 수 있게 된 것과, 내 열심스런 절로 어머니를 흡족하게 해드린 것이. 나는 젊은이들이 있는 쪽으로 가 앉으려 했으나, 어머니는 그쪽은 방바닥이 차다고 굳이 나를 자기 옆에 앉혔다.

신도들은 자꾸 모여들고, 자꾸 남의 촛불을 꺼버리고 자기의 새 촛불을 켜고, 앉아서 염불하던 신도 중에도 발작적으로 일어나 남의 촛불을 끄고 자기의 새 촛불을 켜는 이가 있고, 모두모두 절을 하고, 또 하고, 거듭거듭 합장하고, 절하고 또 하고, 그럴 때마다 긴 치맛자락이 휘장처럼 갈라지고 인조 속치마, 테토론 속치마, 털 속치마에 싸인 안반 같은 궁둥이가 보꾹을 향해 치솟았다.

큰 화로만한 스테인리스 향로에 촘촘히 꽂힌 만수향에서 피어오르는 푸른 연기는 넓은 방을 짙은 안개처럼 채우고, 목구멍을 따갑게 찌른다. 공기가 탁해 가슴이 억눌린 듯이 답답하다. 그래도 난 잘 참는다. 염불은 주로 극성맞게 절을 할 기운이 없는 늙은 신도들이 하고 있다.

"나모라 다나 다라 야야 나막알약 바로기제 새바라야 모리 사다바야 마하사다바야 마하가로 니가야 옴 살바바예수……"

이 소리 역시 아침마다 들어놔서 따라 할 수 있을 만큼 익숙하다. 그러나 마치 마법사의 주문 같아 그 뜻은 도무지 짐작도 안 된다.

언젠가 나는 어머니에게 그 뜻을 물어본 일이 있다. 어머니는 내 물음을 교묘히 피했다. 뜻이 뭐 그리 대단하냐고 하면서 이런 이야길 했다. 예전 어떤 아낙네가 싸움터에 나간 남편의 안부를 주야로 걱정하던 끝에, 깊은 산중의 고승을 찾아가 남편의 무사를 위해 자기가 할 수 있는 치성은 뭐냐고 물었단다.

고승은 그녀에게 매일같이, 앉으나 서나, 그저 정성껏 나무아미타불만 부르라고 일러줬다. 그 자리서부터 나무아미타불을 부르며 돌아오던 아낙네는 동구 밖 개울을 건너다 그만 잊어버리고 말았다. 아무리 노심초사해도 생각나지 않았다. 생각다못해 그녀는 동네의 학식 높은 이를 찾아 잊어버린 염불을 가르쳐주기를 간청했다. 학식은 높지만 짓궂고 천박한 이 사람은 그녀에게 음탕하기 짝이 없는 쌍소리를 가르쳤다. 그녀는 주야로 그 쌍소리를 외었고, 동네 사람들은 생과부 노릇 끝에 서방에 미친년이라 비웃었다. 그러나 그녀는 정성껏 외고 또 외었다. 남편은 마침내 살아서 돌아왔다. 그가 넘긴 몇 번의 죽음의 고비는 도저히 부처님의 신통력 아니고는 설명할 수 없는 것이었다.

말의 뜻이란 겉모양 같은 거고, 거기 담긴 정성 믿음이 참알맹이라고 어머니는 말하고 싶은 거였다.

그러나 나는 뜻으로 염불을 납득하려 든다든가, 짤막한 지식으로 불교와 불교 의식을 이해하려 드는 버릇을 버리지 못했다. 실상 불교에 대한 내 지식이란 퍽 짧을뿐더러, 지극히 교과서적이고 상식적인 것이었고, 더 나쁜 것은 신앙이 전연 곁들지 않고 맨숭맨숭한 것이었다.

결국 50점 정도의 시험 답안지를 쓸 수 있는, 예수나 마호메트에 대해서도 그만큼은 알고 있는, 그런 정도의 지식을 안

경처럼 코에 걸고 불교를 바라보려 들었다.

그래서 나는 사찰 경내의 법당과 나란히 자리잡은 칠성각이니 산신당이니가 도무지 못마땅했고, 어머니는 부처님이고 칠성님이고, 그저 우리를 보살펴주는 분으로, 여러 분 계실수록 고맙고 황공해했다.

칠성각은 어머니가 ㅂ사의 신도가 되기 전부터 있었던 모양이나 산신당은 불당 뒤 암벽 위에 요즈음 새로 생긴 것으로 이것의 건립을 위해 신도들로부터 대대적인 시주를 받았었다. 그때 어머니는 내 눈치를 민망하도록 오래 살펴가며 거의 애걸하다시피 시주할 돈을 요구했고, 나는 절에 산신당이 아랑곳이냐고, 펄펄 뛰며 중들을 걸어 가짜라느니, 순 엉터리 사기꾼이라느니 욕지거리만 실컷 하고 한푼도 내놓지 않았다. 뿐만 아니라 어머니가 어떠하든 시주를 안 하고는 못 배기리라 짐작한 나는 거의 어머니에게 맡기다시피 하고 있던 살림살이까지 영악스럽게 간섭해, 한푼이라도 시주로 새나갈까봐 극성을 떨었다.

그것은 어머니에 대한 심한 모욕이요 학대였다—왜 또 성미를 부리니—어머니는 이 한마디로 내 학대를 잘 견디고 또 시주는 시주대로 한 눈치였다. 환갑 때 해드린 금반지를 어느 틈엔지 끼고 있지 않았다.

어머니는 내가 성미를 부리는 것을 참는 데 너무 익숙해 있었다. 나는 주기적으로 무슨 꼬투리든지 잡아가지고, 또는 아무 꼬투리도 없이 성미를 부렸고 어머니는 병간호하듯이 내 고약한 성미를 간호했다.

만수향의 연기는 정말 지독했다. 침을 삼키려 해도 목구멍에 통증이 왔다. 그래도 눈을 지그시 감고 잘 견디고 있던 나는 신도들이 일제히 일어서는 기미에 따라 일어서며 이제야 끝났나보다고 휴우 한숨을 내쉬었다.

그러나 끝이 아니라 이제부터 시작인 모양이었다. 아까부터 빈 채로 한가운데 놓여 있던 의자에 눈썹까지 흰 노스님이 붉디붉은 가사를 두르고 꾸불꾸불 옹이가 많은 지팡이를 짚고 와 앉고, 따라 들어온 여러 명의 비구니들이 우선 부처님께 예배하고 노스님께 예배하고, 분합문 쪽으로 등을 돌리고 노스님을 마주보는 위치에 나란히 앉는다.

"법문을 해주실 스님이란다. 먼 곳에서 일부러 오시지."

어머니가 소곤소곤 내 귀에 속삭였다. 신도들은 일제히 노스님을 향해 절을 했다. 절의 횟수는 한정이 없었다. 노스님이 눈을 지그시 감고 낭랑한 목소리로 염불을 시작하자, 비구니들도 따라 하고 신도들도 자리에 앉아 눈을 감고 염불을 시작했다.

그러나 몇몇 젊은 신도들은 여전히 불상 앞에 촛불 켜고 만수향을 켜고 절을 하는 것을 그치지 않았다. 좀 나이든 비구니가, 다들 앉으라고, 제발 만수향만은 고만 켜달라고, 목이 잠겨 염불을 잘 할 수 없다고 애걸조로 말하였으나 그녀들은 들은 둥 만 둥 신들린 무당처럼 너울너울 절하기를 멈출 줄을 몰랐다.

그런 중에도 노스님의 법문이 시작되었다. 세존께서 마침내 해탈하시고 참자유를 얻으신 후, 진리를 펴시는 이야기를, 주로 세존께서 행하신 기적—어마어마하게 큰 독사를 바리때에 거두셨다든가, 무서운 홍수 속에서 성난 물결을 양편으로 물리치시고 마른 땅에서 계셨다든가—을 중심으로 쉬운 말로 해나갔다. 그것은 퍽 재미있는 얘기였지만, 세존께서 고뇌에서 해탈하시기까지의 고뇌, 헤매임을 없이 하실 수 있기까지의 헤매임은 전연 언급하지 않았으므로 재미있지만 졸린 이야기일 수밖에 없었다.

난 그런 이야기를 재미있어하기에는 너무 나이를 먹은 것이다.

재미있는 건 노스님의 법문보다는 아직도 극성스럽게 절을 계속 하고 있는 젊은 신도들의 모습이었다. 팔을 크게 벌려 공중에 커다란 호를 그리고는 조용히 가슴에 모아 합장하고는 꿇어 엎드리는데, 손바닥을 공손히 방바닥에 붙이는 여자가 있는가 하면, 손바닥을 세워 울타리처럼 만드는 여자도 있고, 부처님을 향해 구걸하듯이 두 손바닥을 쩍 펴서 내밀며 엎드리는 여자도 있었다. 그리고 한결같이 절 그 자체에 깊이 도취되어 있었다.

부처님께서는 "바르게 깨달은 이, 해탈한 이야말로 예배받기에 합당한 이"라고 하셨으니 절에 와서 절을 하는 건 지극히 마땅한 일이고, 그래서 절을 절이라 부른다고 하지 않는가.

그러나 이 여자들이 부처님을 온갖 번뇌, 집착, 욕심으로부터 해탈한 분으로 숭앙하고, 저다지도 간절한 예배를 드리고 있다고 봐주기는 암만해도 좀 민망한 것이, 절하는 데만 열중해 있는 여잘수록 뭔가 물욕적인 것을 짙게 탁하게 풍기고 있었다. 마치 복중에 온몸이 지글지글 끓어오르는 땀방울처럼 염치없이 끈적끈적하고도 번들번들하게.

나는 법문을 듣는 게, 남 절하는 걸 보는 게, 앉아 있는 게 점점 진저리가 나 몸을 비비 틀었다가 하품을 소리 나게 했다가 핸드백 뚜껑으로 똑딱똑딱 장난을 치다가 이빨로 손톱을 질겅질겅 씹었다가 했다. 옆에 앉아 있는 노인네들도 중얼중얼 잡담들을 했다.

"저 여편네들은 다리 힘도 장사야. 저렇게 줄창 절을 하니……"

"아마 올해도 천 번 채우는 여편네 몇 나겠는데."

"작년보다 더 나면 더 났지 덜 나진 않을 거요. 절을 천 번 하고 그해에 남편 사업이 불 일어나듯 했다고 자랑하는 여편

278

네도 있잖습디까. 지금도 그 집엔 돈이 자가사리 끓듯 한답디다."

"그래서 올해도 저 극성들이구먼. 젠장, 아무리 돈이 좋긴하지만 우리 같은 늙은이야 어디 다리 힘이 있어야 근처라도 가보지."

"글쎄 말이오. 보살님이나 나나 밤에 꾹꾹 주물러줄 영감이라도 있으면 또 몰라. 힛히히……"

"그래 저 젊은것들은 서방이 주물러준답디까?"

"아 보살님은 저번에 젊은 년들 서방 자랑하는 소리도 못 들으셨소? 재수불공 드리고 가서 다리 아파 죽겠다고 엄살을 부리면 서방이 쩔쩔매면서 밤새도록 주물러준다고……"

"에이, 잡년들 같으니라구."

"그래 정말 정초 재수불공에 절을 천 번 하면 재수가 트일까?"

"왜? 보살님은 참, 영감님이 있으니까 생각이 다른가보구려."

"누가 그까짓 송장 다 된 영감님 바라고 하는 소리요. 아들이 하도 되는 노릇이 없으니까 하 답답해서……"

"보살님, 좋은 수가 있어요. 그 무슨 절이라든가, 우이동 어디 산속에 있는 절인데 거기 석불이 기가 막히게 영검하답디다. 한 가지 소원만 빌면 꼭 들어주신다던데 같이 안 가보겠

수?”

“그럼 그럴까? 나도 그런 소릴 어디서 들은 것 같아.”

“에구, 이 보살님들이, 거기가 얼마나 멀다구 섣불리 나설려구 그래. 차라리 여기서 천 번 절을 하는 게 낫지. 거긴 자가용 가진 부자들만 와서 돈을 휴지처럼 뿌리는 데예요.”

“돈이야 여기선 휴지 같잖은가 뭐. 작년 사월 파일만 해도 돈을 중들이 주체를 못해 가마니에다 우거지처럼 처넣고 발로 꽉꽉 밟아서 은행으로 메구 갔다지 않소.”

“설마……”

“보살님도, 설마가 뭐예요. 장사치고 부처님이나 예수 파는 장사만큼 수지맞는 장사도 없다오. 우리도 어디 절이나 하나 이룩할까 젠장.”

“보살님, 그 염불 밑천 가지구……”

노인네들답지 않게 키득키득 웃는다. 그러곤 이야기가 딸 며느리가 해준 옷 자랑, 패물 자랑으로 옮겨간다. 그리고 또 언제는 누구 칠순 잔치, 누구 손자며느리 보는 날, 노인네들의 화제는 무궁무진하다.

노스님의 법문이 막바지에 이른 모양으로 잠겼던 목소리가 별안간 우렁차게 트이더니, 모든 것이 탐욕의 불로, 노여움의 불로, 슬픔 괴로움 두려움의 불로 타고 있다고 외친다.

감히 그른 말씀이라고 반박할 여지가 조금도 없는 옳은 말씀인데도, 전연 심금에 와닿지 않고 공소한 게, 다분히 쇼적이다.

차라리 만수향이 타고 있다고, 촛불이 타고 있다고, 우리 모두의 목구멍이 타고 있다고 외쳤더라면 얼마나 당면하고 절실한 문제로서 모두의 공감을 모을 수 있었을까?

만수향의 연기는 정말 지독했다. 나는 타는 듯이 아픈 목구멍의 통증을 더이상 참을 수가 없었다.

나는 일어서서 가까스로 노인들 사이를 헤집고 사잇문으로 해서 마루방으로 해서 난간이 딸린 쪽마루로 해서 댓돌에 놓인 고무신을 찾아 신을 수 있었다. 살 것 같았다. 나는 입을 크게 벌려 숨을 헉헉 들이쉬고는 재채기를 수없이 해댔다.

어느 틈에 어머니가 따라 나와 아무 말도 안 하고 내 눈치만 본다.

"저 먼저 가도 되죠? 으스스한 게 어째 감기라도 들 것 같네요. 어머닌 천천히 오시죠 뭐."

"애야, 먼저 가다니, 정작 제사도 안 보고?"

"참, 참 내 정신 좀 봐."

난 멍청이 같은 소리를 지르며 킬킬 웃기까지 했다.

오늘은 어머니가 다니시는 B사에서 음력 정초에, 날 받아 행하는 재수불공 날이자 아버지의 22주기 기일이기도 했다. 22주기…… 그런데도 절에서나마 제사를 지내기는 오늘이 처음이었고, 제사를 덮어둔 사연, 지내기로 정해지기까지의 사연으로 오늘이 어머니에겐 무척 감개 깊은 날일 터인데, 난 또 어머니를 섭섭하게 해드린 모양이다.

"자식도…… 난 또 네가 박수무당집에서처럼 도망을 칠까 봐 겁이 나서 부랴부랴 따라 나왔지 뭐니."

어머니는 내가 제사 지내는 일에 무심한 것을 마땅찮아하기는커녕 도망 안 친 것만 다행스러워했다. 그런 어머니가 난 측은했다.

"오래 기다려야 되나?"

나는 혼잣말처럼 중얼거리고 또 한번 재채기를 했다.

"뭘, 불공도 곧 끝나겠지만, 그전에라도 해달라지 뭐. 내 지금 담당 스님께 이르고 올게. 넌 여기 꼭 섰거라."

"위패 모신 데는 어딘데요? 거기 가 있을래요. 추워서 그래요."

"너 혼자? 아서라. 곧 올게."

어머니는 정말 한달음에 다녀왔다. 어머니는 신바람이 나 보였고 그런 어머니가 측은해서 난 가슴이 뭉클했다.

위패를 모셔둔 방은 법당 밑의 방이었다. 법당은 외견상 돌층계 위에 자리잡은 단층 건물 같았으나, 돌층계 뒤에 위패 모신 방으로 통하는 문이 있고, 법당도 이를테면 이층 건물의 위층인 셈이었다.

어머니는 내 손을 꼬옥 잡았다. 내가 박수무당집에서 도망친 것을 충격 때문이었다고 오해하고 있는 어머니는 제사 지내는 일이 내게 다시 한번 충격이 될까봐 조마조마한 눈치였다. 난 어머니를 안심시키려고 비실비실 웃으며, 재채기를 함부로 해댔다.

썰렁하고 우중충한 마루방은 삼면 벽이 온통 위패와 사진들로 메워져 있었다. 아버지와 오빠의 위패는 사진과 함께 나란히 있었다. 종이로 만든 흰 연꽃 속에 들어앉아서.

사진은 처음 보는 것이었다. 고인들에게 그렇게 큰 사진은 없었으니, 아마 요즈음 어머니가 작은 사진을 사진관에 갖고 가 확대시킨 모양으로 지나치게 수정이 가해져, 어머니가 일러주지 않았으면 못 알아볼 지경이었다. 뭐, 이목구비가 특별히 다르게 된 것은 아닌데도 짙은 화장을 입힌 얼굴처럼 살갗에서 우러나는 표정이 없어서 백치스러워 보였다. 둘이 똑같이, 부자지간에 있음직한 나이 차이도 지워진 채 그냥 둘은 닮아 있었다. 어머니를 많이 닮은 나는 어머니를 흉내내 슬프고 엄숙한 얼굴을 하고 그들과 마주섰다. 이십여 년 전의 한 가족은 이렇게 모인 것이다. 나는 정말 아무렇지도 않았다.

곧 제상이 들어와 위패 앞에 놓이고 어린 스님이 목탁을 치며 염불을 시작했다. 제상은 초라하고 염불은 서툴렀다.

"간소하게 해주십사고 했다. 정성이 제일이지 뭐."

어머니는 안 해도 좋을 변명을 웅얼웅얼했다. 나는 그냥 조금 웃었다. 어머니는 초를 켜는 일, 만수향을 켜는 일, 정화수를 드리는 일을 나에게 시켰고 절은 같이 했다. 나는 네 번 절하고 다소곳이 물러섰다. 어머니는 더 오래 했다. 여러 번 하는 게 아니라 한 번 한 번을 오래 했다. 정성스럽고도 곱게 몸을 숙여 오랫동안 잠이라도 든 듯이 엎드렸다 일어났다. 그리고 음식이 차려지지 않은 오빠의 사진에다 대고도 그렇게 했다. 엎드린 어머니는 등이 좁고 어깨는 수척하고 회색빛 쪽은 아기 주먹보다도 작았다. 아들의 위패 앞에 엎드려야 하는 욕된 배리背理에도 그녀는 다소곳할 뿐이었다.

그러나 나는 어머니의 조용하지만 절실한 몸짓을 통해 이 두 죽음이 얼마나 오래, 얼마나 심하게 우리의 일상을 훼방놓았던가를, 그 훼방으로부터 놓여나려는 간망이 얼마나 간절한 것인가를 아프게 느꼈다. 그것은 소리 없는 통곡이요, 몸짓 없는 몸부림이었다. 그리고 나도 지금 정말은 아무렇지도 않지는 않다는 것을 깨달았다.

우리는 다정하고 오붓한 한식구들이었다. 남자 둘, 여자 둘의. 그러나 어느 날 갑자기 두 남자 식구가 차례차례로 죽어갔다. 아주 끔찍한 모습으로. 그리고 그 끔찍한 사상死相으로 이십여 년 동안이나 여자들을 얽맸다.

6·25가 터지고 한동안 오빠는 꽤나 신이 나 보였다. 오빠는 그전부터 좌익운동에 가담하여 심심찮게 말썽을 일으켜오던 터라 신날 만도 했을 테고, 그런 오빠 때문에 적잖이 속을 썩이던 아버지도 때가 때이니만큼 내버려두려는 눈치였다.

그러나 어느 날부터인가 오빠는 바깥출입을 뚝 끊고 안방에 누워 담배만 온종일 뻐끔뻐끔 피우고, 수염이 무성하게 자라도 깎을 체도 안 했다. 누가 찾아와도 없다고 따돌리지는 않고 만나긴 만나는데 뭔가 상대방을 몹시 불쾌하게 해서 보내는 것 같았다. 우리는 날로 심해지는 폭격에서보다 오빠의 이런 태도에서 더 위급한 폭발물 같은 위험을 느끼고 있었다. 어느 날 늘 찾아오던 오빠의 '동무'가 총잡이를 앞세우고 찾아왔다. 마당에 마주선 채 웅얼웅얼 대화가 오고갔다. 조용한, 거의 졸립도록 권태로운 말의 주고받음이었다. 별안간 오빠가 "못해" 하고 악을 썼다. 상대방이 "못해? 죽인대도?", "죽어도 싫다니까." 목숨은 어처구니없이 조급하게 흥정된 모양이다. 총잡이가 정말 총을 쐈다. 한 방도 아닌 여러 방을, 가슴과 목과 얼굴과 이마에.

그들은 갔다. 우리 식구는, 나는 얼마나 소름 끼치게 참혹하고 추악한 죽음을 목도하고 처리해야 했던가? 형체를 알아볼 수 없이 산산이 망가진 상체의 살점과 뇌수와 응고된 선혈을 주워모으며 우리 식구는 모질게도 악 한마디 안 썼다. 그런 죽음, 반동으로서의 죽음은 당시의 상황으론 극히 떳떳지 못한 욕된 죽음이었으니 곡을 하고 아우성을 칠 계제가 못 됐다. 믿을 만한 인부를 사 쉬쉬 감쪽같이 뒤처리를 했다.

우리는 마치 새끼를 낳고는 탯덩이를 집어삼키고 구정물까지 싹싹 핥아먹는 짐승처럼 앙큼하고 태연하게 한 죽음을 꼴깍 삼킨 것이었다.

그후 아버지가 조금씩 이상해지기 시작했다. 빨갱이라면 이를 갈아도 시원찮을 그분이 그때 한자리하고 있는 친구를 찾아가 구질구질 아첨을 떠는 눈치더니, 일을 봐준다고 쫓아다니고 어이없게도 숨어 들어앉은 친구의 자제를 밀고까지 하는 모양이었다. 그들이 승승장구할 때도 아닌, 패세가 분명할 시기에 이 무슨 망령인지.

세상이 바뀌고 아버지는 원한을 산 사람들의 고발로 잡혀갔다. 1·4 후퇴를 며칠 안 남기고 용케도 풀려나온 아버지는 전신이 매맞은 자국과 동상으로 푸릇푸릇 짓무르고 해지고 통통 부은 채 썩은 냄새를 심하게 풍기는 송장이었다. 그래도 그 끔찍한 몰골로 목숨은 붙어 있어 우리를 피난도 못 가게 서울에 묶어놓았다가, 1·4 후퇴 후의 텅 빈 서울에서 돌아가셨다. 그것은 오빠의 죽음보다 더 끔찍한, 차마 눈뜨곤 볼 수 없는 죽음의 모습이었다. 우리는 아버지의 죽음도 감쪽같이 처리했다. 아아, 우리는 이미 그런 일에 능숙해져 있었다.

당시의 서울에선 알리려야 알릴 만한 곳도 없었지만, 서울이 수복되고 나자 빨갱이로서 매맞아 죽은 아버지의 죽음은 욕되고 수치스런 것이었기 때문에 가까운 친척에게까지 그 일을 속이자고 어머니와 나는 공모했다. 공모를 더욱 빈틈없이 하기 위해 우리는 이사까지 갔다.

난리통엔 죽은 이도 많았지만 죽었는지 살았는지도 모르게 없어진 이도 많았으므로 나의 아버지와 오빠도 일가친척에게 없어진 이로 알려졌다. 그것은 실로 일거양득이었다. 행방불명이란 생과 사에 똑같이 반반씩의 확률이 있으므로 우리 모녀의 불행도 남의 눈에 반쯤은 줄어서 비쳐졌을 게 아닌가.

이렇게 해서 우리 모녀는 앙큼하게도 두 죽음을, 두 무서운 사상을 눈썹 하나 까딱 안 하고 꼴깍 삼켜버렸던 것이다.

물론 우리는 제사도 안 지냈다. 그들은 행방불명이니까.

사람이 죽으면 아이고 아이고 곡을 한다. 눈물이 마르면 침을 몰래몰래 발라가며, 기운이 빠지면 박카스를 꼴깍꼴깍 마셔가며 아이고 아이고 곡을 하고, 조상객을 치르고, 노름꾼을 치르고, 거지를 치르고, 복잡하고 복잡한 밑도 끝도 없는 여러 가지 절차를 치르고 복잡한 절차 때문에 웃어른과 아랫사람과 말다툼도 치르고, 차례에 제사에 또 제사를 치른다. 그래서 살아남은 사람은 기운이 빠질 대로 빠지고 진저리가 나고, 빈털터리가 되고 지긋지긋해지면서 죽은 사람에게서까지 정나미

가 떨어진다. 비로소 산 사람은 죽은 사람으로부터 자유로워
진 것이다.

그런데 우리는 사자死者를 삼킨 것이다. 은밀히, 음험하게.
어머니와 교외의 조그만 집에 살면서, 나는 밥벌이를 다녀야
했다.

어둑어둑해지는 저녁나절 집에 돌아올 때, 앞서가는 젊은
남자의 뒤통수가 잘생기고 걸음걸이가 근사했다고 치자. 그
무렵의 나는 그런 일로도 감미로운 기대로 가슴이 두근거릴
수 있는 그런 나이였다. 그러나 나는 무서웠다. 앞서가는 사람
이 행여 돌아다볼까봐, 돌아다보는 그의 얼굴이 꼭 피투성이
의 무너져내린 살덩이일 것 같아 나는 무서웠다. 나는 지독스
런 혐오감으로 몸을 떨며 온몸에 식은땀을 흘렸다. 내 처녀 시
절, 내 인생의 가장 빛나는 시절을 나는 이렇게 지긋지긋하게
보냈다. 무서운 게, 무서워하며 사는 게 지긋지긋했다.

너도 결혼을 해야지. 처자식만 알 착실한 남자하고. 어느 날
어머니가 그랬다. 나는 어머니의 그 말에 대번에 동의했다. 처
자식만 아는 착실한 남자라는 말이 내 마음에 쏙 들었다. 처자
식의 먹이를 벌어들이는 것 외에는 자기가 속한 사회에 섣불
리 참여하지도 저항하지도 않는 남자, 그런 뜻이 아니겠는가.
그런 남자가 좋고말고. 그리고 나는 왠지 그런 남자와 결혼함
으로써 오빠와 아버지에게 복수라도 하는 기분이었고, 무엇보

다도 사는 일에 지쳐 있기도 하였다.

나는 그런 남자를 만나 결혼했다. 그리고 애를 낳고 또 낳았다. 애에 대한 내 욕심은 채워질 줄 몰랐다. 알 게 뭐람. 언제 또 어떤 시대의 횡포가, 광기가, 검은 총구가 되어 내 아이의 가슴을 향해 겨누어질지 알 게 뭐람. 뭘 믿고 아이를 둘만 낳을까. 셋도 적지. 넷도 적고말고. 다섯 여섯…… 나는 몸서리를 치면서 자꾸 아이를 낳았다. 남편이 참다못해 불임수술을 할 때까지 내 출산은 계속됐다.

처자식만 아는 남편, 많은 아이들. 그래도 나는 행복하지 않았다.

사는 게 매가리가 없고 시들시들하고 구질구질하고 답답하고 넌더리가 났다. 사는 즐거움, 나는 흥미를 받아들이는 감수성이 마치 망가진 용수철처럼 매가리가 없이 풀려 있었다.

싱싱한 것은 아무것도 없었다. 무서움증조차도 처녀적 같은 싱싱함을 이미 상실하고 있었다.

나는 이제 망령이 어두운 골목길에 피투성이의 유령이 되어 나타날까봐 무서워하는 대신, 유령도 못 되고 어느 구석에 꽉 처박혀 있는 망령을 지지리도 못난 것으로 얕잡고 있기까지 했다.

그런데 문제는 바로 그 망령이 처박혀 있는 곳이었다. 나는 그들이 있는 곳을 명치 근처에서 체증을 의식하듯 내 내부의 한가운데서 늘 의식해야만 했다. 그 느낌은 아주 고약했다. 어머니와 함께 두 죽음을 꿀깍 삼켰을 당시의 그 뭉클하기도 하고, 뭔가가 철썩 무너져내리는 것 같기도 하고, 속이 뒤틀리게 메슥거리기도 하던 그 고약한 느낌은 아무리 날이 지나도 희미해지지 않았다.

자업자득이었다. 나는 그것들을 삼켰으니까. 나는 망령들을 내 내부에 가뒀으니까. 나의 망령들은 언젠가는 토해내지 않으면 치유될 수 없는 체증이 되어 내 내부의 한가운데에 가로놓여 있을 수밖에 없었다. 차차 나는 더 묘한 것을 깨닫게 되었다. 내가 망령을 가둔 것이 아니라 실상은 내가 망령에게 갇힌 꼴이라는 것을, 나는 망령에게 갇힘으로써 온갖 사는 즐거움, 세상 아름다움으로부터 완전히 격리당하고 있다는 것을.

나는 늘 두 죽음을 억울하고 원통한 것으로 생각해왔는데 그 생각조차 바뀌어갔다. 정말로 억울한 것은 죽은 그들이 아니라 그 죽음을 목도해야 했던 나일지도 모른다 싶었다. 그 나이에, 내 인생의 가장 빛나는 시기에, 가장 반짝거리고 향기로운 시기에 그런 것을, 그 끔찍한 것을 보았다니, 그리고 그것을 소리도 없이 삼켜야 했다니! 정말이지 정말이지 억울한 것은 그들이 아니라 나인 것이다.

나는 그들로부터 자유로워지고 싶었다. 삼킨 죽음을 토해내고 싶었다. 그 무렵 나는 낯선 길모퉁이 초상집에서 들리는 곡성에도 황홀해져 그곳을 떠나지 못하고 오래 서성대기가 일쑤였다. 저들은 목이 쉬도록 곡을 함으로써, 엄살을 떪으로써, 그들이 겪은 죽음으로부터 놓여나리라. 나에겐 곡성이 마치 자유의 노래였다.

그사이 세상도 많이 변했다. 6·25란, 우리가 겪은 수난의 시대를 보는 눈에도 많은 여유들이 생기고, 그 시대를 나의 아버지나 오빠같이 지지리도 못나게 살다 간 사람들을 보는 눈도 관대해졌다.

나는 이때다, 이때를 놓치지 말고 나도 곡을 하리라, 나도 자유로워지리라 마음먹었다. 나의 곡의 방법이란 우선 숨겼던 것을 털어놓는 일이었다.

이렇게 해서 나는 어머니의 허락도 없이 어머니와의 공모에서 이탈했다.

나는 만나는 사람마다 붙잡고 그 이야길 시켰다. 실상은 말야, 6·25 때 말야, 우리 아버진 말야, 우리 오빤 말야, 오래 묵은 체증을 토하듯이 이야길 시켰다. 그러나 아무도 내 비밀을 재미있어하지도 귀를 기울여주지도 않았다.

듣는 사람이 없는 곡성이 무슨 의미가 있을까? 상주도 문상객이 있어야 곡을 할 게 아닌가?

그 시대를 보는 눈이 관대해졌다는 건 그만큼 무관심해졌다는 의미도 된다는 것을 나는 비로소 알았다.

친척들 중에도, 친구들 중에도 그까짓 이십여 년 전의 난리 때 일어났던 일을 대수로운 일로 받아들이는 사람은 아무도 없었다. 그들의 관심은 땅을 도봉지구에 사두는 게 더 유리한 가 영동지구에 사두는 게 더 유리한가에 있었고, 사채놀이의 수익이 더 높은가 증권투자의 수익이 더 높은가에 있었다. 그 들의 관심은 오로지 어떡하면 더 잘살 수 있나에 대해 곤충의 촉각처럼 예민할 따름이었다.

내가 아는 이는 다 나보다 부자인데도 내 곡성을 들어줄 수 있을 만큼 한가한 이는 정말 아무도 없었다. 그들은 남보다 더 나은 집, 더 앞서는 문화 시설에의 경주로 막벌이꾼보다 더 지 쳐 있었고, 그들이 가진 것은 늘 그들의 욕망에 훨씬 미치지 못해 거러지보다 더 허기가 져 있었다.

내 지각한 곡성은 이렇게 맞받아주는 문상객을 못 만나 한 번 시원히 뽑아보지도 못하고 싱겁게 끝났다.

나는 내 괴로움이 얼마나 외로운 것일 수밖에 없나를 뒤늦 게 깨달은 것이다.

내가 삼킨 죽음은 여전히 내 내부의 한가운데 가로걸려 체 증처럼 신경통처럼 내 일상을 훼방놓았다. 나는 여전히 사는 게 재미없고 시시하고 따분하고 이가 들끓는 누더기처럼 지긋 지긋해 벗어던질 수 있는 거라면 벗어던져 흠뻑 방망이질을 해주고 싶었다.

간혹 꿈에서 피 묻은 얼굴이라도 보면 식은땀이나 실컷 흘리고 깨어나서는 오늘도 재수 옴 붙었어, 튀튀, 하루를 살기도 전에 내던지고, 그러다가도 문득 6·25 때 말야, 사실은 말야, 우리 아버지는 말야, 하고 이야기가 하고 싶어졌다.

나는 그 이야기가 하고 싶어 정말 미칠 것 같았다. 나는 아직도 그 이야길 쏟아놓길 단념 못하고 있었다. 어떡하면 그들이 내 얘기를 끝까지 들어줄까, 어떡하면 그들을 재미나게 할까, 어떡하면 그들로부터 동정까지 받을 수 있을까. 나는 심심하면 속으로 내 얘기를 들어줄 사람의 비위까지 어림짐작으로 맞춰가며 요모조모 내 이야길 꾸며갔다.

나는 어느 틈에 내 이야기로 소설을 쓰고 있었던 것이다. 토악질하듯이 괴롭게 몸부림을 치며, 토악질하듯이 시원해하며.

임금님 귀는 당나귀 귀라고 대나무숲에서 외친 이발사의 행복을 나도 누리는 듯했다. 그러나 이발사의 행복도 대나무숲으로 하여금 임금님 귀는 당나귀 귀라는 요란한 공명을 얻어냄으로써 완벽했던 것이지 그 스스로의 외침만으론 미흡했던 게 아닐까?

그런 뜻에서도 나는 내 소설을 활자화하기로 결심했고 그것은 이루어졌다.

내 글이지만 활자가 되고 나니 원고지에서 육필로 대할 때보다 객관성을 가지고 읽을 수 있었고, 읽고 난 나는 거짓말이라고 외칠밖에 없었다. 이 경우의 거짓말이란 사실이 아니란 뜻보다 소설적인 진실이 아니란 뜻이었음직하고 하여튼 나는 기가 팍 죽었다.

이런 나의 실패는 나의 능력 부족의 탓도 있었고 내 이야기를 들어줄 사람과 내가 사는 시대의 비위를 지나치게 의식한 탓도 있었겠지만 가장 큰 이유는 두 죽음이 내가 작품화할 수 있을 만큼, 즉 여유 있게 전모를 파악할 수 있을 만큼의 거리로 물러나주지 않고 너무 나에게 바싹 다붙어 있기 때문이기도 했다.

모든 체험은 시간과 함께 뒤로 물러나 원경遠景이 됨으로써 말초적인 것이 생략되는 대신 비로소 그 전모를 드러낸다. 그러나 내가 겪은 두 죽음은 이십여 년이란 세월이 흐른 후에도 거의 피부적인 촉감으로 나에게 밀착돼 있어 도저히 관조할 수 있는 거리로 뿌리쳐내지 못했던 것이다.

이런 실패로 우울해진 나는 자주 어머니에게나 엄살을 떨밖에 없었다. 죽음을 같이 삼킨 공범자인 어머니가 딸과 사위에게 얹혀사는 것에 별 불만 없이 떳떳하고 건강한 생활인의 자세를 유지하고 있는 게 못마땅하기도 했고, 내 엄살이 먹혀들어갈 만한 곳으로 내가 마지막 택한 상대가 어머니이기도 했다. 그때까지만 해도 우리들의 공범의 비밀은 공범자끼리도 잘 지켜져 모녀가 그 끔찍한 일을 입에 담는 일이란 없었던 터였다.

나는 조금씩 어머니에게 그 이야길 시켰다. 꿈에 아버지를 봤다든가, 피투성이의 오빠를 봤다든가, 그런 꿈을 꾸면 재수가 없다든가 하고.

어머니는 내가 기대했던 것보다 더 놀라워했다. 죽으면 가시손이 된다더니, 그러면 그렇지 휴우. 어머니는 우리가 돈복이 없이 못사는 것, 내가 자주 앓는 것, 아이들이 상급 학교 시험에 떨어지는 것까지 곱게 못 죽은 원귀의 탓으로 돌리는 눈치였고, 그것이야말로 내가 어머니에게 엄살을 떨기 전부터 늘 어머니를 괴롭혀오던 문제였던 것 같았다.

나는 늘 조마조마했더랬느니라. 하루도 마음 편한 날이 있더랜 줄 아니. 그렇게 끔찍하게 죽은 이들을 지노귀굿이라도 해줘봤니, 일 년에 한 번 제사라도 지내봤니. 천도薦度 못 받은 원귀가 갈 데가 어디 있겠니.

망령은 나뿐 아니라 어머니도 간섭하고 있었던 것이다. 전연 다른 방법으로.

어머니의 불도에의 신심이 이 무렵부터 한층 더해갔다. 내가 소설을 써서 그들을 내 내부로부터 토해내려고 몸부림을 치는 동안 어머니는 그들을 극락으로 천도하려고 열심히 절에 다니셨다.

그것만으론 부족했던지 용한 박수무당을 찾아 무꾸리를 하더니 기어코 지노귀굿까지 벌여놓고 말았다. 불명까지 받은 어엿한 보살님이신 어머니는 절과 무당집을 동시에 다니는 것에 조금치의 부끄러움이나 망설임도 없었고 이런 어머니를 나는 어느 만큼 딱해하기도 하고 어느 만큼은 경멸하기도 했다.

나는 무슨 핑계든지 대고 지노귀굿엔 따라가지 않으려고 했다. 겉으론 무꾸리니 지노귀니를 가볍게 일소에 부치는 척했지만 실상은 난 좀 무서워하고 있었다. 그것은 아주 터무니없는 공포감이었다. 마치 처녀적, 앞서가는 남자의 준수한 뒷모습에서 느닷없이 피 묻은 얼굴을 환각하고 떨던 것 같은.

그러나 지노귀굿 날의 어머니의 태도는 뜻밖에 강압적이고도 엄숙했다. 핑계가 아닌 진짜 볼일도 있었는데도 나는 끽소리 한마디 못하고 어머니를 따를 수밖에 없었고, 도리어 박수무당에게 양해를 얻어 잠시 그 집을 빠져나와 볼일을 봐야 했다.

내가 다시 그 집에 들어갔을 때, 마침 박수무당에겐 아버지의 혼백이 올라 있었다. 박수는 다짜고짜 나를 얼싸안더니, 에구구 요 매정한 것아, 이제야 오는구나, 에구구 보고 지고 보고 지고 오매에도 못 잊던 내 딸아, 어디 한번 마지막으로 만져나보자, 하고 구성지게 느껴 울면서 나를 얼싸안더니 볼을 비비고 몸을 더듬었다. 박수에게선 시척지근한 막걸리 냄새가 지독하게 풍기고 손길은 흉측스러웠다. 그의 한 팔이 허리를 조이더니 다른 한 팔이 엉덩이를 더듬자 나는 그를 밀치고 도망쳤다. 어머니는 지금까지도 그때 내가 도망친 것을 아버지의 혼백의 넋두리를 들은 충격 때문인 것으로 오해하고 있다.

그리고 그때의 박수의 공수에 의해 올해부터 아버지와 오빠의 제사를 절에서나마 받들기로 한 것이다.

그동안 혼백인들 얼마나 야속했을까, 배는 또 얼마나 주렸을까, 남의 제사에라도 따라가 눈치보며 얻어먹었겠지, 그 도도한 분이. 쯧쯧, 제사도 못 지내는 주제에 한 끼도 안 거르고 내 목구멍엔 밥을 넘기는 게 꼭 가시 같더라니, 박수가 참 영검도 하더라, 꼭 집어내드라니까. 너 그때 도망가기 참 잘했지. 끝까지 들었더라면 아마 기절이라도 했을 게다. 몸도 약한 게, 아버지 혼백이 들어와 그동안 이승과 저승 사이를 떠돌아다니며 설움받은 넋두릴 얼마나 서럽게 한 줄 아니, 호령은 또 얼마나 내렸다고, 목석만도 도척만도 못한 것들이라고. 호령이야 암만 들어도 싸지, 싸고말고, 어쩌면 그 양반 성미가 돌아가고 나서도 그렇게 여전하신지……

어머니는 지노귀굿 날 아버지 혼백과 만난 얘기를 두고두고 했다.

어머니는 절을 수없이 하고 또 했다. 한 번 한 번을 한결같이 정성스럽고도 간곡하게, 이제 그만 제상을 물리라는 스님의 말이 몇 번 있은 후에야 어머니의 절은 끝났다. 물린 제상이 곧 밥상이 되어 다시 들어왔다. 나는 퍽 시장했으므로 많이 먹었다. 뭇국에 밥을 말고 튀각을 와지직와지직 깨물며 여러 가지 나물을 뒤섞어서 소담스럽게 퍼먹었다. 어머니는 국 국물만 조금씩 떠잡숫는 게 기진맥진해 보였다. 벼르고 벼르던 일을 한 후의 허탈감으로 진지 잡술 기운도 없는 것 같았다. 마치 오늘날까지 어머니의 기력을 지탱해온 게 다만 제사 지내기 위해서였던 것처럼 그것을 마친 후의 어머니는 툭 건드리면 무너져내릴 듯이 무력해 보였다.

그래도 어머니는 곧장 집으로 돌아가려 들지 않고 당초의 계획대로 나를 법당으로 칠성각으로 산신당으로 데리고 다니며 절을 시키고 불전을 놓게 했다. 나는 어쩐 일인지 절 속에 있는 산신당이니 칠성각에 대한 반발, 종교적인 것과 무당적인 것과의 뒤죽박죽에 대한 냉소를 자중하고 있었다. 젠장, 이게 무슨 꼴이람. 나는 너무 고분고분한 나 자신에 화가 나서 하다못해 아까처럼 재채기라도 하려 했으나 그것조차 마음대로 되지 않았다.

절을 너무 여러 번 해서 다리가 후들거리고 현기증이 났다.

"어머니 피곤하시죠?"

"아니 괜찮다."

어머니는 곱게 웃었다.

"택시 타고 갈까?"

"관둬라. 오늘 너 과용했지?"

나는 택시를 잡아 어머니를 억지로 밀어넣고 나도 옆에 탔다. 어머니는 내 손을 꼭 잡으며

"고맙다, 네가 딸 노릇 잘해줘서. 여름에 네 오래비 제삿날도 잊지 말아라."

"어머니가 그때 가서 가르쳐주시면 되잖아요."

"그렇긴 하다만 늙은이 일을 뉘 아니. 언제 어떨려는지. 그래도 잊지 말아, 응?"

나는 그냥 웃었다.

"웃을 일이 아니래도. 죽은 이들이 극락에 가야 산 사람이 다 편한 법이야. 난 이제 죽어도 한이 없다. 밤낮 걸리던 일을 해서."

어머니는 머리를 내 어깨에 기대더니 눈을 감았다. 오래 그러고 있었다. 잠이 드신 것 같았다. 조그만 머리는 전연 무게를 지니지 않은 채 내 어깨에 곱게 얹혀 있고 마디 굵은 손으로 내 손을 가볍게 쥔 채.

차는 무슨 일인지 자주자주 급정거를 하고, 그럴 때마다 어머니의 머리가 위태롭게 흔들리고 나는 속이 덜 좋아 신트림을 했다. 시척지근하고 고약한 것을 입속에서 되새김질하며 나는 내가 먹은 여러 가지 나물들을 하나하나 다시 생각해내고 그것들 중 하나라도 다시는 또 먹을 것 같지 않은 싫증을

느꼈다. 그리고 오늘 겪은 일, 재수불공, 요란한 벽화를 배경으로 비단 방석을 깔고 지폐를 한 삼태기나 안고 앉았던 불상, 여신도들의 광적이고도 주술적인 몸짓의 절, 초와 만수향의 엄청난 낭비와 탁한 공기, 보살님들의 수다, 시주한 사람들의 이름이 시주한 액수에 비례한 크기로 초석마다 기둥마다 새겨진 산신당과 칠성각, 종교적인 것과 무당적인 것과의 조잡하기 짝이 없는 뒤죽박죽, 이 모든 것이 또하나의 역겨운 신트림이 되어 와락와락 치밀었다. 그것은 박수무당집에서의 혐오감보다 더하면 더했지 조금도 덜한 게 아니었다. 박수무당집엔 적어도 뒤죽박죽은 없었지 않나.

도로가 포장이 안 된 우리 동네로 들어서자 차는 형편없이 덜컹댔다. 게다가 운전사까지 까닭 없이 쌍 제기랄 씨발 퉤퉤하며 차를 거칠게 몰아, 창밖의 을씨년스러운 빈촌의 겨울 풍경이 심하게 출렁댔다.

어깨에 얹혔던 어머니의 머리가 스르르 내 가슴으로 미끄러져내렸다. 마치 풀어진 비단 머플러가 흘러내리듯이 소리도 없이, 무게도 없이, 슬몃.

나는 어머니를 편히 안았다. 이렇게 깊이 잠들 수가 있을까? 평온하고 천진하기가 꼭 애기 같았다. 어머니는 지쳐 있기도 했겠지만 무엇보다도 마음을 턱 놓았기 때문에 더욱 깊은, 마치 혼수상태 같은 잠에 빠져 있었다. 정말 애기 같았다.

나는 마치 내가 내 어머니의 어머니가 된 듯, 내 깊은 곳에서 자비심 같은 게 솟구치는 걸 느끼며 가엾은 내 어머니를 안았다. 사람이 살아야 한다는 것은 얼마나 서럽고도 서러운 업일까. 어머니를 안으니 문득 그런 생각이 났다.

거칠고도 말랑한 손의 희미한 온기, 손목에서 뛰는 약한 맥박, 그것만 없다면 지금 내 품의 어머니는 꼭 죽어 있는 것 같았다. 오오, 죽은 사람, 참 이렇게 고운 사상死相도 있겠구나! 이 평화로움, 이 천진함, 나는 별안간 세차게 가슴이 두근거렸다. 언젠가는 그래, 언젠가는 어머니는 지금 잠드신 것 같은 고운 사상을 내게 보여줄 게 아닌가. 나는 그것을 볼 수 있을 것이다. 고운 죽음이 얼마나 큰 축복이 될 것인지를 나는 알고 있다. 흉한 죽음이 얼마나 집요한 저주인가를 알기 때문에. 아아, 이제 다신 어머니에게 엄살일랑 떨지 말아야겠다. 어머니의 고운 죽음을 위해서. 나는 처음으로 털끝만큼의 혐오감도 없이 한 죽음을 생각할 수 있었던 것이다. 혐오감은커녕 샘물 같은 희열로 그것을 생각했다면 불효일까, 불효라도 좋다. 나는 내 어머니의 죽음으로 내 오랜 얽매임을 풀고 자유로워질 실마리를 삼아볼 작정이다.

(1973)

도둑맞은 가난

상훈이가 오늘 또 좀 아니꼽게 굴었다. 찌개 냄비를 열자 두부점 위에 하필 커다란 멸치란 놈이 올라와 있었고, 그걸 본 상훈이는 허연 멸치 눈깔 징그럽다고 대가리는 좀 따고 넣으면 어떻겠느냐고 했다. 점잖게 눈살까지 찌푸리며 그런 소리를 했다. 나는 그 자리에서 여봐란듯이 대가리를 따서 입속에 넣고 자근자근 씹으며 대가리에 영양분이 더 많은 것도 모르느냐고 대거리를 했다.

멸치가 아무리 커도 멸치는 멸친데 그까짓 멸치 대가리에 달린 파리똥만한 눈깔 따위에 다 신경을 쓰는 상훈이가 나는 아니꼽기도 하거니와 막연히 불안하기도 했다.

나는 내가 저를 얼마나 마땅찮아하고 있나를 나타내기 위해

입을 삐죽하며 눈을 보얗게 흘겨줬다. 그러나 상훈이는 탓하지 않고 곧 내가 하는 대로 덩달아 두부점과 우거지를 헤치고 멸치를 찾아 먹기 시작했다.

"제기랄 눈 감고 죽은 놈은 한 놈도 없잖아."

"제명에 못 죽었으니까 그렇지 뭐."

"그럼 도미나 대구 같은 점잖은 생선도 눈뜨고 죽게."

"그럼 그걸 말이라고 해."

우린 같이 낄낄대며 아침을 게눈 감추듯 달게 먹었다.

"어때, 여자하고 같이 사니까 좋지?"

"응, 그렇지만 방이 너무 좁아서 더 불편하지 않아?"

나는 이 동네선 이만한 방에 대여섯 식구씩은 다 산다며, 저하고 나하고 같이 살게 된 후 절약되는 돈 액수를 또 한번 조목조목 따져들어갔다. 나는 그것을 따질 때마다 신바람이 났다. 먼저, 절약되는 액수 중 제일 큰 몫을 차지하는 방세 사천 원, 그러고 나서 연탄값, 반찬값, 양념값 등 덜 드는 걸 시시콜콜 따지자면 한이 없었다. 그렇지만 두 가구가 한 가구가 됨으로써 이익 보는 수돗값, 전깃값, 오물세까지 따지면서도 가장 중요한 건 일부러 빼먹었다. 서로 좋아한다는 것, 실상은 이게 둘이 같이 사는 가장 중요한 이유일 텐데 나는 그 말을 번번이 빼먹었다. 그 말에 부끄럼을 타기도 했지만, 그 말만은 상훈이가 나에게 하게 하고 싶었다. 나는 같이 살자는 제안을 내 쪽에서 먼저 하면서도 그 말을 안 했다. 심지어 두 방 쓰다가 한 방 쓰면 연탄을 네 장에서 두 장으로 절약하는 데 그치는 게 아니라, 둘이 한 이불 속에서 꼭 껴안고 잠으로써 다시 하루 반 장 내지 한 장의 연탄을 더 절약할 수 있다는 소리까지 거침없이 하는 배짱이 그 소리는 안 했다. 안 한 게 아니라 아껴 두었다. 언제고 제가 나에게 그 소리를 하게 할 테다. 나는 그렇게 벼르고 있을 뿐이다.

도시락을 싸서 상훈이를 먼저 내보내고 나는 서둘러 서름질을 했다. 상훈이는 멕기 공장에 다녔다. 은반지를 감쪽같이 금반지로 만들기도 하고 백통수저를 은수저로 만들기도 하는 곳이란다. 아무려면 진짜 금반지하곤 어디가 달라도 다르겠지 했더니 절대로 눈으로 봐선 다른 걸 알 수 없을 만큼 그 멕기 기술이란 게 회한하다단다.

내가 서름질을 할 때쯤은 나란히 달린 여섯 개의 방마다 서름질할 시간이었다. 방 앞에 달린 쪽마루에서 서름질들을 했다. 쪽마루 밑에는 연탄아궁이가 있고, 쪽마루 위에는 식기, 바께쓰, 간장병 따위가 있으니까 쪽마루가 조리대 싱크대가 되는 셈이었다. 집주인이 셋방에 부엌을 만들어준답시고 추녀 끝에서 블록담까지 사이의 무명 폭만한 하늘을 아예 슬레이트와 루핑 조각으로 막아버려 명색이 부엌인 이 속은 침침하고 환기도 안 된다. 늘 연탄가스와 음식 냄새로 숨이 막힐 것 같다. 매캐하고 짜고 고리타분하고 시척지근한 냄새가 밖에서 갓 들어서면 눈이 실 만큼 독했다. 이 냄새는 방에도 옷에도 이부자리에도 배어 있었다. 내 몸에서도 이 냄새가 날 것이다.

그러나 나는 이 냄새를 부끄러워하거나 싫어하면 안 된다. 우리 어머니와 아버지와 오빠가 이 냄새를 싫어했기 때문이다. 이 냄새를 맡느니 차라리 죽는 게 낫다고 생각하고 어느 날 죽어버렸기 때문이다. 나만 남겨놓고 죽어버렸기 때문이다. 나는 이런 못난 부모 동기에게 복수하는 뜻에서도 이 냄새에 길들여져야 하는 것이다.

서름질들을 하면서 누구나 나에게 말을 시키지 못해 안달을 하고 있다는 걸 나는 안다. 내가 끌어들인 청년에 대해 모두 궁금한 모양이었다. 그러나 별 악의가 있어 뵈지는 않았다. 제일 끝방 아줌마가 혀를 끌끌 차며 힐끗 내 눈치를 보는 꼴이 냉수라도 떠놓고 예를 갖추라는 소리가 또 나올 것 같았다. 나라고 그런 소리를 아주 귀담아듣지 않는 건 아니었다. 그까짓 거 예만 갖출까, 이왕이면 여섯 방 아줌마들에게 국수 대접인들 못할까도 싶었다. 그렇지만 상훈이 제가 먼저 나를 좋아한다고 하기 전에 그런 일로 돈을 쓰다니 어림도 없다.

그래서 나는 아무도 나에게 말을 못 시키게 목청껏 노래를 뽑으며 서름질을 했다. 그까짓 두 식구 서름질, 저 푸른 초원 위에 그림 같은 집을 짓고— 한 곡 부를 사이도 안 걸렸다. 나뿐 아니라 이곳 셋방 여자들은 서름질을 대개 이렇게 후닥닥 엉터리로 해치웠다. 공장이나 취로사업장으로 나갈 시간이 바쁘기 때문이었다.

밖은 바람이 칼날같이 매운 겨울 아침이었다. 바람이 쓰레질하듯 길바닥을 핥으며 연탄재와 더러운 종잇조각을 한 군데로 수북이 쌓아놓았다가 다시 회오리바람이 되어 공중 높이 말아올려 삼지사방으로 더러운 진애塵埃를 살포했다. 뺨이 아리고 눈앞의 모든 것이 흙먼지 속에 부옇게 흐려 뵀다. 비탈에 닥지닥지 붙은 집들의 지붕을 덮은 슬레이트나 함석 조각이 이상한 소리를 내며 몸을 뒤틀었다.

고개가 목도리 속에 자라 모가지처럼 움츠러들었거나 아예 머리통은 눈만 내놓고 강도처럼 복면을 하고서도 용케 만나는 사람마다 서로 잘 알아봤다. 거의 매일 같은 시간에 만나는 얼굴이기 때문이었다. 삽을 들고 취로사업장으로 나가던 어떤 아줌마는 눈을 찡긋하며 너 요새 재미좋다며 하기도 했다. 그럴 때 이 아줌마는 겹겹이 걸친 누더기 밖으로까지 이상하도록 짙은 색정적인 걸 발산했다. 나는 사춘기에 암내 내는 동물을 보았을 때처럼 부끄러움과 징그러움과 미묘한 호기심을 동시에 이 여자한테서 느꼈다. 그리고 연탄 반 장을 아끼기 위해서라는 핑계로 한 이불 속에서 꼭 껴안고 자는 상훈이와의 뭔가 막연히 미흡한 교접을 생각하고 불안해졌다.

모든 것이 얼어붙은 겨울 아침의 산동네 골목골목은 살아 있는 것처럼 힘차게 꿈틀거리고, 만나는 사람마다 마치 여름 아침의 억센 푸성귀처럼 청청한 생기에 넘쳐 있다. 가난을 정면으로 억척스럽게 사는 사람들의 이런 특이한 발랄함을 우리 어머니는 얼마나 치를 떨며 경멸했던가. 배알도 없는 것들이 천덕스럽고 극성스럽기만 하다고. 그래서 어머니는 아버지와 아들을 꼬여서 같이 죽어버렸던 것이다. 흡사 찌개 속의 멸치처럼 눈을 동자 없이 하얗게 뒤집어 깐 추한 주검과, 냄새나는 가난을 나에게 떠맡기고.

그들이 죽기를 무릅쓰고 거부한 가난을 내가 지금 얼마나 친근하게 동반하고 있나에 나는 뭉클하니 뜨거운 쾌감을 느꼈다. 그들은 겉으론 가난을 경멸하는 척했지만 실상은 두려워하고 있었다는 걸 나는 안다. 나는 뽐내기 좋아하는 소년처럼 가슴을 펴고 비탈길을 곤두박질하듯 달렸다.

공장이라 부를 것도 없는 서너 칸 정도의 온돌방에는 쏙닥거려놓은 헝겊조각이 무더기로 쌓여 있고 창가엔 세 대의 미싱이 놓여 있다. 주인아줌마가 피륙을 겹겹이 겹쳐놓고 본을 대고 면도칼로 오리는 일을 하다가 나를 쳐다보고 희미하게 웃었다. 나는 주인아줌마가 피륙을 이렇게 잘게 쏙닥거리는 걸 볼 때마다 가슴에 통증이 올 만큼 아까운 생각이 들었다. 인형도 입을 것은 다 입는다. 팬티도 만들고 앞치마도 만들고 브래지어도 만들어야 한다. 원피스엔 주머니도 달고 단추도 달고 수까지 놔야 한다. 속치마에 레이스도 달아야 한다. 이런 일은 다 철저한 분업으로 이루어지기 때문에 코딱지만한 인형 옷 하나 만드는 데도 몇 사람의 손이 가야 한다. 나는 온종일 아줌마가 쏙닥거려놓은 걸 미싱으로 박기만 하면 된다. 꼬마 옷을 한없이 박음질하다보면 나는 마치 내가 꼬마 나라에 유배되어 옷 짓는 노예 노릇을 하고 있는 것처럼 느꼈다.

주인아줌마도 저녁때쯤은 지쳐서 나더러 어깨를 쳐달라며 같잖은 것들이 옷들도 육시랄하게 입어쌓는다고 욕을 했다. 그렇지만 그것들이 옷을 입어쌓지 않고 벌거벗고 살게 되는 날이면 주인아줌마도 나도 밥줄이 끊어지고 만다는 걸 모를 리가 없다.

나는 미싱을 놀리며 언제고 양재를 배울 것을 꿈꿀 때가 제일 즐거웠다. 옷다운 옷을 만드는 일류 재봉사가 되어 일류 양장점에 고용될 날을 막연히 꿈꾸며 재봉틀을 놀리면, 이런 단조로운 작업도 한결 덜 지루했다. 내가 일류 재봉사가 된 후에도 상훈이가 맥기 공장 직공이어도 괜찮을까, 그걸 잘 모르겠어서 약간 고민도 되었다. 은반지를 감쪽같이 금반지로 만드는 일은 확실히 신기한 일이지만 너무 요술기가 있어서 사기꾼 같은 일이 아닐까 하는 생각도 들었다. 그렇지만 상훈이 말로는 장사꾼들이 그걸 갖다가 금반지로 속여 파는 일은 없고 다만 금반지를 끼고 싶지만 돈이 없는 사람들에게 싸게 팔 뿐이라니 얼마나 좋은 일인가도 싶었다. 실상은 나도 그런 거라면 하나 끼고 싶었다. 언제고 한번은 상훈이가 나를 좋아한다는 소리를 하긴 할 테고, 그때 넌지시 멕기한 금반지를 내 손에 끼워주면서 그런 소리를 한다면 얼마나 무드가 날까. 그러면 나는 누구에게도 그게 멕기한 반지란 걸 알리지 말아야지. 이런 공상은 절로 웃음이 비죽비죽 나올 만큼 행복한 공상이었다.

그러나 주인아줌마는 남의 속도 모르고 즐겁고 훈훈한 공상에 구정물을 끼얹는 것 같은 소리를 했다. 밑도 끝도 없이 푸듯이

"쯧쯧, 네 에미 년은 죽일 년이다. 죽일 년이고말고."

어머니는 몇 달 전에 이미 죽었고, 주인아줌마는 누구보다도 그걸 잘 알고 있을 터인데도 그걸 욕이라고 했다. 어머니가 죽었을 때도 제일 먼저 달려와준 이 아줌마는 이런 몹쓸 년 봤나, 이런 죽일 년 봤나, 하고 치를 떨었다.

아줌마는 우리가 지독하게 가난해진 후에도 우리와 왕래하던 어머니의 단 하나의 친구였고, 어머니의 허영을 어느 만큼은 이해했던 친구이기도 했다. 아버지 회사가 망해서 아버지가 머리가 허연 나이에 퇴직금 한푼 못 받고 실직했을 때 어머니가 앞으로의 생활 대책을 논의했던 단 하나의 친구도 이 아

줌마였다. 아줌마는 소싯적에 과부가 되어 이것저것 안 해본 일이 없었기 때문이었다. 아줌마는 우선 우리가 그동안 한푼의 저축도 없이 살았다는 걸 알고 어안이 벙벙해했다. 너 그동안 내가 태워준 게만 해도 몇구찐데 그 목돈 다 어쨌느냐고 따졌다. 어머니는 조금도 풀이 죽지 않은 채, 넌 월급쟁이 생활을 몰라서 그렇지 다달이 적지 않이 적자가 나게 마련이고 곗돈으로 그 적자 메우기도 바빴었다고 발뺌을 했다. 아줌마는 너 앞으로 고생 좀 해도 싸다며 방이나 한 칸 전세나 주어서 식료품가게나 내보라고 일러주었다. 다행히 집이 길목이 좋으니까 두 내외가 열심히 뛰면 생활은 될 거라고 했다.

그러나 어머니는 아줌마 말을 따르지 않았다. 사회적으로 어엿하게 출세한 남편 갖고, 생활 기반이 확고하게 잡힌 친구들 보기 창피하게시리 어떻게 구멍가게를 할 수 있느냐는 거였다. 사람이 한번 본때 있게 살아보려면 통이 크고 투기성이 있어야 하고 기회를 잘 잡아야 하는데 지금이 바로 그 기회라고 어머니는 아버지를 충동질했다. 아버지가 회사에 잘 다녀 착실하게 생활을 꾸려나갈 때도 어머니는 외출만 했다 돌아오면 신경질을 부렸었다. 남들은 수단들이 좋아 작년 다르고 올해 다르게 살림이 늘고 으리으리하게들 사는데 이놈의 집구석은 어떻게 된 게 만날 요 모양 요 꼴로 사는지 모르겠다고, 아버지를 상전이 하인 들볶듯 들볶아쳤다. 그러니까 어머니는 아버지의 실직이 아버지가 쩨쩨한 월급쟁이 생활을 면하고 통이 큰 사업가가 될 좋은 계기가 되길 바랐던 것이다.

그래서 어머니는 수억대를 가지고 있다는 부자 친구네를 뻔질나게 드나들더니 드디어 집을 담보로 목돈을 빌릴 수가 있었다. 어머니의 이런 내조에 힘입어 아버지는 사무실을 얻고, 전화 놓고 회전의자 돌리고, 급사도 두고 사장 노릇을 시작했다. 어머니는 하루에도 몇 번씩 아버지 회사에 전화 걸기를 좋아했다. 응, 미스 최야? 여기 사장님 댁인데 사장님 좀 바꿔 줘. 그 소리를 하고 싶어 못살아했다. 그러나 미처 그 소리에 사모님다운 가락이 붙기도 전에 회사는 망하고 집까지 내쫓겼다. 저당권 설정하고 빌린 돈을 이자도 원금도 한푼도 안 갚았으니 명의가 이전되고 내쫓기는 건 당연한 결과라는 거였다. 그 밖에도 조금씩 얻어다 쓴 푼돈 때문에 세간살이까지 돈 될 만한 건 다 빼앗겼다. 어머니는 어머니의 부자 친구한테 네가 이렇게 나올 줄은 정말 몰랐다고 원망하다가 나중에는 미친듯이 대들었지만 모든 것이 그 친구의 뜻대로 되고 말았다. 나는 지금도 우아하고 기품 있는 어머니의 그 부자 친구가 눈썹 하나 까딱 안 하고 우리의 모든 것을 빼앗아가던 날을 생생하게 기억한다.

그래도 그 친구는 우리를 거리로 내쫓지를 않고 전세방을 하나 얻어주었다. 너는 고생해 싸지만 네 자식들이 불쌍해서 베푸는 동정이라고 하면서.

이렇게 어머니의 친구들은 인형 옷 만드는 집 아줌마건, 수억대를 주무르는 부자 친구건 모두 어머니에게 고생을 해서 싸다고 그랬었다. 그러나 죽어도 싸다곤 안 그랬었다.

어머니는 전세방에 나앉은 후에도 도저히 자식들 공부를 계속 시킬 수가 없다는 현실을 인정하려 들지를 않았다. 세상에, 개돼지도 아니고 인두겁을 쓴 사람으로서 어떻게 자식 대학공부를 안 시키겠느냐고 철없이 설쳤다. 아버지도 어머니도 어디가서 한푼이라도 벌 궁리는 안 하고 그저 공부 공부 하면서 전셋돈을 빼다가 오빠들 삼류 대학 등록금 하고, 내 고등학교 등록금 하고, 그러곤 사글셋방으로 옮겨 앉았다. 그러나 학교고 뭐고 다 그만둬야 할 날은 어김없이 왔고, 기어이 보증금도 없이 월세만 사천원인 산동네까지 가는 신세가 되고 말았다. 그러면서도 어머니는 우리가 알거지가 됐다는 걸 인정하려 들지 않았다. 고리타분하고 시척지근한 가난의 냄새에 발작적으로 진저리를 쳤고, 가난한 사람들의 끈질긴 생활력을 더러운 짐승처럼 징그러워했고, 끝내 가난뱅이하곤 상종을 안 했다. 아무리 없는 것들이기로서니 아무리 상것들이기로서니 인두겁을 쓰고 어떻게 이런 굴속 같은 방에서 이렇게 비위생적으로, 이런 지독한 냄새를 풍기며 살 수 있을까 하고 흉을 보았다.

그러면서도 어머니는 우리 살림을 제일 더럽게 해서 우리

쪽마루엔 서름질도 안 한 그릇들이 다음 끼니때까지 그대로 헤벌어져 있어 온 동네 파리가 살판난 듯 엉겨붙게 내버려두었다. 어머니는 이렇게 가난에 길들여지기를 한사코 거부했던 것이다.

인형 옷 만드는 집 아줌마가 어머니에게 자기집에 와서 그 일이라도 거들어서 새끼들 굶기지는 않아야 할 것 아니냐고 몇 번이나 권하다못해 나한테 너라도 나와보지 않으련 했다. 나는 얼씨구 하고 거기 나가서 그 앙증한 옷을 만드는 일을 배웠다. 그 일은 재봉틀이나 놀릴 줄 알면 되는, 기술이랄 것도 없는 쉬운 일이었다. 내가 하는 것을 며칠 지켜보던 아줌마는 한 달에 만원씩 주마고 했다. 너니까 너희 식구 살려주는 셈 치고 특별히 후하게 준다는 거였다. 그날 나는 그 소식으로 식구를 즐겁게 하고 싶어 한달음으로 집으로 달려왔다. 만원이라야 집세 빼면 다섯 식구 쌀값도 안 떨어질 푼돈이었지만, 식구 중 제일 어린 내가 만원을 벌 수 있으니 식구가 다 발 벗고, 체면치레도 벗고 나서면 제가끔 만원씩이야 못 벌어들일까 싶었다.

합심하면 살 수 있어요. 이 동네 사람들이 다들 그렇게 사니까 창피할 것 하나도 없어요. 아이들도 벌고 어른들도 벌고 노인들도 벌고, 개같이 벌어서 정승같이 살고들 있어요. 텔레비전 놓고 사는 집도 있고, 며칠에 한 번씩 돼지고기 구워먹으면서 사는 집도 있고 아무튼 시끌시끌 노래도 부르고 낄낄낄 웃기도 하며 살고 있어요. 우리도 그렇게 살아요, 네. 우리 식군 노인도 없고 아이도 없고 다 벌 수 있잖아요. 서로 기대지 않고 다 나가서 벌면 못 살 것도 없단 말예요. 나는 이렇게 열심히 식구들을 부추겼다. 그러나 어머니는 오냐 우리가 너한테 기댈까봐, 안 기댄다 안 기대 두고 보렴 하더니 그다음날 내가 공장에서 돌아왔을 때 우리 식구는 죽어 있었다. 가을이라곤 하지만 노염이 가시지 않은 무더운 날, 방에 연탄불을 피워놓고 문틈은 꼭꼭 봉하고 네 식구가 나란히 죽어 있었다. 나만 빼놓고 자기들끼리만 죽어 있었다.

공장에서 돌아오는 길에 아무리 늦어도 시장에 들르는 게 내가 상훈이하고 함께 살게 된 후 새로 생긴 버릇이었다. 생선 가게 앞에서 나는 대구와 도미를 구경했다. 생선은 아무리 점잖은 고급 생선이라도 눈뜨고 죽는다고 아침에 상훈이한테 장담했지만 어째 좀 어정쩡해서 다시 확인해봤다. 모든 생선이 해맑은 눈을 둥그렇게 뜨고 좌판에 누워 있었다. 생선은 눈은 있어도 눈꺼풀이 없겠거니 싶자 웃음이 쿡쿡 치밀었다.

나는 짜게 절인 고등어를 한 손 샀다. 고등어란 놈을 연탄불에 얹어서 구우려면 기름이 많은 놈이라 연기도 몹시 나겠지만 냄새도 지독할 게다. 아마 터널 속 같은 여섯 가구 공동의 부엌을 짜고 비린 고등어 굽는 냄새로 꽉 채울 게다. 나는 의

기양양해서 산동네를 향해 종종걸음을 쳤다. 상훈이는 먼저 와 있었으면서 아무것도 안 해놓고 벌렁 누워 있었다.

"먼저 온 사람이 밥해놓기로 했잖아."

상훈이는 들은 척도 안 하고 담배만 한 개비 꼬나물었다.

"너 정말 이러기야. 네가 날 부려먹으려면, 네가 날 먹여 살려얄 게 아냐. 안 그래? 누가 누구 덕 보려고 같이 사는 거 아니잖아."

우리 생활비를 서로 공평하게 반분해서 부담하고 있으니만큼 가사에 소모하는 노동력도 그러기로 했던 것인데 암만해도 노동력에선 내가 밑지고 있는 것 같아 억울한 생각이 들었다.

"오늘은 좀 내버려둬줘."

상훈이는 풀이 죽어 있었다. 슬픔을 억제하고 있는 것같이도 보였다.

"왜, 공장에서 무슨 기분 나쁜 일이라도 있었어?"

나는 대번에 상냥해지고 말았다.

"만식이, 그치가 오늘 기어코 공장에서 피를 토했잖아."

"어머머, 그럼 걔가 정말 폐병쟁이였구나. 그래서? 그래서 어떻게 됐어?"

나는 만식이를 만난 일은 없지만 상훈이한테서 창백하고 늘 밭은기침을 콜록콜록 한다는 얘기를 들어서 알고 있었다. 암만해도 폐병쟁이 같다고 같이 점심 먹을 때가 제일 기분 나쁘다고 했었다.

"별안간 각혈을 하고 정신을 못 차리고 쓰러지니까 주인은 송장 치우게 될까봐 겁이 나는지 빨리 집에 업어다주라고 괜히 우리들만 갖고 호통을 치잖아. 그래서 업어다주고 주인이 준 돈도 전해주고 그러고 왔지 뭐."

"주인이 돈을 얼마나 주었는데."

"얼만 얼마야, 어제까지 일한 거 일당으로 쳐줬지."

"깍쟁이 자식. 그건 그렇고, 그래 너희들은 가만히 보고만 있었어?"

"보고만 있잖으면 어떡해?"

"친구가 그 꼴이 됐는데도 같이 일하던 공장 친구들이 보고만 있었단 말이지. 그러고도 마음이 편하단 말이지? 그러면 못써. 뭐니 뭐니 해도 어려울 땐 어려운 사람들끼리 도와야지, 그러면 못쓴다구."

상훈이는 그래도 내 말을 못 알아듣고 어리둥절해했다. 그럴 때의 그는 몹시 아둔하고 맹추스러워 보였다. 가난뱅이답지 않게 수려한 이목구비도 백치스러워 보였다. 나는 그런 그에게 맹렬한 저항을 느꼈다. 그래서 와락 짜증을 내면서 없는 사람끼리 그러면 못쓴다고 돈을 추렴해가지고 문병 가서 가족을 위로하고 특히 본인에겐 곧 나을 테니 걱정 말고 몸조리나 잘하라고 거짓말을 해야 한다고 가르쳤다. 죽을 때까지 가끔 가끔 그렇게 해줘야 된다고 타일렀다. 죽을 때까지라면 한없이 긴 동안 같지만 각혈을 했다니 살면 얼마나 살랴, 나는 처연한 기분으로 그런 계산까지 했다.

우리는 맛없게 저녁을 먹고, 말없이 뜨악하게 앉았다가 자리에 들었다. 외풍이 센 방에선 그저 눕는 게 제일이었다. 이불 밖으로 코를 내놓으면 코끝이 시리게 외풍이 세고 방바닥이라야 겨우 냉기가 가신 방에서 우리는 어쩔 수 없이 서로를 밀착시켰다. 그리고 한 이불 속에 든 남녀라면 누구나 할 수 있는 짓을 하면서도 나는 이게 아닌데, 아아, 이게 아닌데 하고 생각했다. 그건 우리가 둘 다 서로 그 방면에 풋내기라는 데서 오는 초조감하곤 달랐다. 나는 그 짓을 통해 따뜻하고 평화스러운 느낌이 되길 바랐지만 정반대의 느낌으로 끝나게 마련이었다. 그래서 나는 울고 싶었다. 그러나 억지로 참았다. 나는 행복했던 적에도 울기 잘하는 계집애였어서 울고 난 후에 모든 것이 씻겨내린 듯한 상쾌감을 알고 있었다. 그러나 나는 지금 모든 것을 씻겨낸 후의 내 모습을 보는 것을 원치 않았다.

아침에 나는 우리 공동의 예금통장을 상훈이한테 주면서, 돈을 거두려면 먼저 주동자가 선뜻 돈을 내놓고 나서 남에게 손을 벌리는 게 순서이고, 그렇게 해야 일이 쉬울 거라고 일러줬다. 얼마간이라도 걷히는 대로 빨리 갖다주라고 신신당부를

하고 공장에 나와서도 뭔가 좋은 일을 하고 있다는 걸로 온종
일 마음이 흐뭇했다. 내가 살고도 남아 남을 돕는다. 생각만
해도 자랑스러웠다.

그러나 밤에 집에 돌아온 나는 기절을 할 만큼 놀랄밖에 없
었다. 예금통장에 잔고가 한푼도 남아 있지를 않았다. 몽땅 털
어 폐병쟁이한테 갖다줬다는 거였다. 삼만원이 넘는 돈을 몽
땅, 그게 어떤 돈이라고. 정말이지 미치고 환장을 하지 않고서
는 도저히 그럴 수는 없는 일이었고 나 역시 미치고 환장을 하
지 않고서는 도저히 참아줄 수 없는 일이었다.

"미안하게 됐어. 그렇지만 말야, 네가 몰라서 그렇지 누구
한테 돈을 걷니? 다 말도 못하게 지독한 가난뱅이들뿐인걸."

"뭐라구. 모두 가난뱅이들뿐이라구? 그럼 우린 뭐니? 우린
부자니 응? 우린 부자야?"

나는 내 분을 내가 이기지 못해 그의 멱살을 잡고 질질 끌어
다가 골통을 벽에다 콩콩 부딪쳐주었다. 그래도 그는 태평스
레 히죽히죽 웃었다. 그는 삼만여원 중 반이 넘는 돈이 자기
돈인데도 조금도 아까워하지 않고 있었다. 그렇다고 그가 그
폐병쟁이를 뼈아프게 동정했던 것도 아니란 걸 나는 안다. 둘
다 그에겐 조금도 절실하지 않았다. 바로 그것이 문제였다. 따
라서 도와주고 싶은데 돈은 아깝고, 그래서 돈을 꺼냈다 넣었
다, 이천원을 내놓을까, 삼천원을 내놓을까, 천원 상관으로 십

분도 넘어 괴로워하고 도와줄까 말까로 한 시간도 넘어 애타심과 이기심이 투쟁을 하는 그 뼈아픈 갈등을 전연 겪지 않고, 헌신짝 버리듯 무심히 삼만여원을 그냥 버렸던 것이다. 그걸 깨닫자 나는 오한처럼 오싹 기분 나쁜 불안감을 느꼈다.

"넌 뭐니, 넌 뭐야? 이 새끼야. 넌 부자니, 부자야?"

나는 불안을 털어버리려고 다시 악을 썼지만 그는 여전히 히죽히죽 웃기만 했다. 나는 제풀에 지쳤다. 나는 기진맥진 지칠 대로 지쳤는데도 좀처럼 잠들지 못했는데 그는 곧 잠들었다. 나는 수명이 다 돼 침침한 이십 촉짜리 형광등 밑에서 그의 자는 얼굴을 곰곰이 들여다보았다. 도대체 넌 뭐냐? 삼만원이 넘는 돈을 헌신짝처럼 버리고 편히 잠들 수 있는 너는 뭐냐. 기가 죽지 않는 건 좋다고 치자. 그렇지만 너의 그건 가난뱅이들의 억척스럽고 모진 그 청청함하곤 확실히 다르다. 전연 이질적인 것이다. 나는 깊이 전율했다.

내가 상훈이를 만난 것은 오원짜리 풀빵을 굽는 포장 친 구루마 앞에서였다. 나는 한눈에 그가 그 근처에 즐비한 가내공업 하는 공장의 직공이라는 걸 알 수 있었다. 그런데 풀빵을 먹는 꼴이 여간만 꼴불견인 게 아니었다. 손이 더럽다는 걸 지나치게 의식해서 그랬겠지만 풀빵을 맨손으로 잡지를 않고 어디서 났는지 오톨도톨한 꽃무늬가 있는 하얀 종이 냅킨으로 싸서 집어먹고, 다 먹고 나서는 그 냅킨으로 입 언저리를 자못 점잖게 꾹꾹 눌러 닦았다.

같은 오원짜리 풀빵을 먹으면서 그까짓 종이 한 장으로 이곳에서 풀빵을 먹고 있는 배고프고 피곤한 저녁나절의 직공들 사이에서 우월감 같은 걸 누리고 있는 게 몹시 꼴사납게 보였다. 그때 나는 도시락도 못 싸가지고 다닐 때라 배가 몹시 고팠기 때문에 풀빵을 계속해서 정신없이 집어먹었다. 다 먹고 나서야 냅킨으로 싸서 먹던 아니꼬운 녀석이 여직껏 나를 지켜보고 있었다는 걸 알았다. 너 그렇게 먹고도 목메지 않니. 어디서 차나 한잔 사줄까 하고 그가 수작을 붙였다. 차를 사준다는 소리에 나는 배꼽을 움켜잡고 숨이 막히게 웃고 또 웃었다. 저 얼간이 같은 게 여자를 꼬드길 때, 다방에나 가자로 시작한다는 건 그래도 어디서 들어서 알고 있구나 싶어 그게 그렇게 우스울 수가 없었다. 저하고 나하고 그 주제꼴하며 풀빵 먹는 뱃속하며 다방이 아랑곳인가. 그렇지만 차츰 나는 이 얼간이가 마음에 들었고, 풀빵집에서 못 만나고 마는 날은 하루를 헛산 것같이 허수했다. 혼자 산다고 하기에 나처럼 고아려니 했고, 그래서 같이 살자고 내 쪽에서 먼저 꼬드겼고─이것이 내가 상훈이를 알게 되고 같이 살게 된 전부였다.

폐병쟁이 사건이 있은 후도 우리는 같이 살았지만, 나는 가끔가끔 그에게 발작적으로 신경질을 부렸다. 나는 삼만원 때문에 그를 그렇게 들볶는 척했지만 실상은 그게 아니었다. 그

가 폐병쟁이에 대해 완전히 잊어버리고 하루하루를 편히 사는
게 가끔 미운 생각이 났고 그래서 그렇게 들볶는 거였다.

그러던 어느 날 그는 아무런 예고 없이 집에 들어오지 않았
다. 다음날도 그다음날도 계속 들어오지 않았다. 기다리다 기
다리다 드디어 나는 굴욕감을 무릅쓰고 멕기 공장에 찾아가보
았다. 멕기 공장에도 안 나온다는 거였다. 주인이 나에게 무서
운 소리를 했다. 어디서 사고가 나도 크게 났을 게 틀림이 없
다는 거였다. 다른 데로 날려면 월급도 당겨쓰고 구멍가게 외
상도 잔뜩 지고 나는 법인데 월급 셈도 안 해가지고 없어졌으
니 차에 치여 죽었든지 깡패 칼에 맞아 죽었든지 둘 중의 하나
겠지 하고 자못 자신 있게 장담을 했다.

그날 나는 별의별 끔찍한 공상을 다 하며 잠을 못 잤지만 그
를 위해 무엇을 어떻게 해야 되는지에 대해서는 전연 알지를
못했다. 서울 장안이 어느만큼 크고 복잡한가 나는 그것을 제
대로 파악조차 할 수 없는 채 다만 겁이 날 뿐이었다. 나는 밤
마다 오그리고 새우잠을 자면서 훌쩍훌쩍 울고 아침에는 여전
히 공장에 나갔다. 밥벌이를 위해서도 공장에는 나가야 했지
만 공장에 나가 있는 동안 그가 돌아와 있을지도 모른다는 생
각, 꼭 돌아와 있을 것만 같은 확신으로 하루를 보내고, 방에
불이 켜져 있을 것을 믿으며, 산동네의 비탈길을 미친듯이 달
음질치는 뜨겁고 부푼 기대의 시간을 위해서 공장에 나가는

거였다. 나는 기적이란 사람 눈에 안 띄게 몰래 일어나는 것으로 막연히 알고 있었고, 그래서 내 방에서 기적이 일어나게 하기 위해서도 매일 방을 비워줘야 하는 것이었다. 나는 매일 허탕을 치면서도 매일 기다렸다. 내가 할 수 있는 일은 그것밖에 없었다.

어느 날, 내 방에 불이 켜져 있었다. 그리고 상훈이가 돌아와 있었다. 그는 냉랭하고 남남스러운 얼굴로 나를 맞았다. 그는 좋은 옷을 입고 있었고, 머리끝에서 발끝까지 깨끗했다. 그래서 그런지 그가 내 방에 앉아 있는 게 아주 비현실적으로 보였다. 나는 그가 비참하게 돼서 돌아오는 경우만 상상했지 이렇게 훌륭하게 돼서 돌아오는 경우를 전연 예기치 못했으므로 우두망찰을 했다. 잠시라도 어디로 도망갔다 다시 나타날 수 있으면 뭐가 좀 수습할 수 있을 것 같았다.

"웬일이야?"

나는 내가 들어도 내 목소리 같지 않은 가래가 걸린 듯한 잠긴 소리로 겨우 이렇게 말했다.

"응, 돈 갚으려고. 그때 그게 삼만 얼마더라?"

그는 은행원처럼 친절하고 사무적인 태도로 말했다. 나는 내 속에서 꿈틀대던 정다운 것들이 영영 사라져가고 있는 것처럼 느꼈다. 지독한 혼란이 왔다.

문득 그의 옷깃에서 빛나는 대학 배지가 눈에 띄었고, 방바닥에 그의 것인 듯한 술이 두꺼운 책까지 눈에 띄었다. 번개처럼 어떤 생각이 머릿속에 떠올랐다. 나는 겁먹은 소리로 악을 썼다.

"너 미쳤니? 너 기어코 도둑질을 했구나. 해도 왕창. 그리고 가짜 대학생 짓까지. 너 정말 미쳤니?"

그러자 그게 다 나 때문인 것 같았다. 삼만원 때문에 허구한 날 들볶은 나 때문인 것 같았다. 나는 더럭 겁도 났지만 심장이 짠하도록 감동했다. 그래서 나는 잔뜩 울상을 하고 그에게 안기려고 했다. 그러나 그는 나를 고상하게 거부했다.

"여봐, 이러지 말고 이제부터 내가 하는 소리를 정신 차리고 똑똑히 들어. 나는 미치지도 않았고 도둑놈은 더구나 아냐. 나는 부잣집 도련님이고 보시는 바와 같이 대학생이야. 아버지가 좀 별난 분이실 뿐이야. 아들자식이 너무 고생을 모르고 자라는 걸 걱정하셔서 방학 동안에 어디 가서 고생 좀 실컷 하고, 돈 귀한 줄도 좀 알고 오라고 무일푼으로 나를 내쫓으셨던 거야. 알아듣겠어?"

어떻게 그걸 알아들을 수가 있단 말인가. 우리 어머니는 부자들이 얼마나 호강들을 하며 사나에 대해 아는 척하기를 좋아했었다. 세상에 돈만 있으면 안 되는 게 없고 못하는 게 없고, 인생의 온갖 열락이 돈 주위에 아양을 떨며 모여든다고 했다. 그렇지만 가난뱅이 짓을 장난삼아 해보는 부자들에 대해선 들은 바가 없다.

"우리 아버진 좋은 분이야. 요즈음 세상에 보기 드문 분이지. 자식들에게 호강 대신 여러 가지 어려움을 겪게 하고 싶으셨던 거야. 덕택에 나는 이번 방학에 아주 소중한 경험을 할 수 있었지. 돈 주고도 살 수 없는 귀한 경험이었어."

참 생각난다. 인형 옷 만드는 집 아줌마가 텔레비전 연속극 얘길 하면서, 재벌의 아들이 인생 공부 삼아 물장산가 뭔가 하는 얘기를 하던 것이 생각났다. 아무리 연속극이라지만 구역질나는 얘기라고 생각했다. 도대체 가난을 뭘로 알고 즈네들이 희롱을 하려고 해. 부자들이 제 돈 갖고 무슨 짓을 하든 아랑곳할 바 아니지만 가난을 희롱하는 것만은 용서할 수 없지 않은가. 가난한 계집을 희롱하는 건 용서할 수 있다손 치더라도 가난 그 자체를 희롱하는 건 용서할 수 없다. 더군다나 내 가난은 그게 어떤 가난이라고. 내 가난은 나에게 있어서 소명召命이다.

"아버진 만족하고 계셔, 내가 그동안 그 지독한 생활을 잘 견딘 걸. 그래서 친구분한테도 자식들을 그렇게 고되게 키우는 걸 권하실 모양이야. 실상 요새 있는 사람들, 자식을 너무 연하게 키우거든."

맙소사. 이제부터 부자들 사회에선 가난장난이 유행할 거란다. 기름진 영감님들이 모여 앉아, 자네 자식 거기 아직 안 보

냈나? 웬걸, 지금 여권 수속중이네. 누가 그까짓 미국 말인가,
빈민굴 말일세 하고.

"그래서 아버지가 기분좋아하시는 낌새를 타가지고 네 얘
기를 했어. 이런저런 빈민굴의 비참한 실정을 말씀드리다가
대수롭지 않게 슬쩍 내비쳤지. 글쎄 하룻밤에 연탄 반 장을 애
끼자고 체온을 나누기 위한 남자를 한 이불 속에 끌어들이는
여자애가 다 있더라고 말야. 물론 끌려들어간 남자가 나였단
소리는 빼고. 그랬더니 아버지가 의외로 깊은 관심을 보이시
고 집에 데려다 잔심부름이라도 시키다가 쓸 만하면 어디 야
학이라도 보내자고 하시잖아. 좋은 기회야. 이 기회에 이런 끔
찍한 생활을 청산해. 이건 끔찍할뿐더러 부끄러운 생활이야.
연탄을 애끼기 위해 남자를 끌어들이는 생활을 너도 부끄러워
할 줄 알아야 돼."

암 부끄럽고말고. 부끄럽다. 부끄럽다. 부끄럽다. 당장 이
몸이 수증기처럼 사라질 수 있으면 사라지고 싶게 부끄럽다.
부끄럽다.

"자 돈 여기 있어. 다시 데리러 올 테니 옷가지라도 준비해.
당장이라도 데리고 가고 싶지만 그런 꼴로 갈 순 없잖아."

나는 돈을 받아 그의 얼굴에 내동댕이치고 그리고 그를 내
쫓았다. 여섯 방의 식구들이 맨발로 뛰어나와 구경을 할 만큼
목이 터지게 악다구니를 치고 갖은 욕설을 퍼부어 그가 혼비

백산 도망치게 만들었다.

"가엾게스리, 미쳤구나."

그는 구두짝을 주섬주섬 집어들고 도망치면서 중얼거렸지만 아마 곧 나에 대해 잊어버리게 될 것이다. 폐병쟁이를 잊어버리듯이 쉬 잊어버릴 것이다.

나는 그를 쫓아보내고 내가 얼마나 떳떳하고 용감하게 내 가난을 지켰나를 스스로 뽐내며 내 방으로 돌아왔다. 그런데 내 방은 좀전까지의 내 방이 아니었다. 빗발로 얼룩얼룩 얼룩진 채 한쪽이 축 처진 반자, 군데군데 속살이 드러나 더러운 벽지, 지퍼가 고장난 비닐 트렁크, 절뚝발이 날림 호마이카 상, 제 몸보다 더 큰 배터리와 서로 결박을 짓고 있는 낡은 트랜지스터라디오, 우그러진 양은냄비와 양은식기들―, 이런 것들이 어제와 똑같은 자리에 있는데도 어제의 것이 아니었다. 그것들은 다만 무의미하고 추했다. 어제의 그것들은 서로 일사불란 나의 가난을 구성하고 있었지만, 지금 그것들은 분해되어 추한 무용지물일 뿐이었다. 판잣집이 헐리고 나면 판잣집을 구성했던 나무 판때기, 슬레이트, 진흙 덩이, 시멘트 벽돌, 문짝들이 무의미한 쓰레깃더미가 되듯이 내 가난을 구성했던 내 살림살이들이 무의미하고 더러운 잡동사니가 되어 거기 내동댕이쳐져 있었다. 나는 그것들을 다시 수습할 수 있을 것 같지가 않았다. 내 방에는 이미 가난조차 없었다. 나는 상훈이가 가난을 훔쳐갔다는 걸 비로소 깨달았다. 나는 분해서 이를 부드득 갈았다. 그러나 내 가난을, 내 가난의 의미를 무슨 수로 돌려받을 수 있을 것인가.

나는 우리 집안의 몰락의 과정을 통해 부자들이 얼마나 탐욕스러운가를 알고 있는 터였다. 아흔아홉 냥 가진 놈이 한 냥을 탐내는 성미를 알고 있는 터였다. 그러나 부자들이 가난을 탐내리라고는 꿈에도 못 생각해본 일이었다. 그들의 빛나는 학력, 경력만 갖고는 성이 안 차 가난까지를 훔쳐다가 그들의 다채로운 삶을 한층 다채롭게 할 에피소드로 삼고 싶어한다는 건 미처 몰랐다.

나는 우리가 부자한테 모든 것을 빼앗겼을 때도 느껴보지 못한 깜깜한 절망을 가난을 도둑맞고 나서 비로소 느꼈다.

나는 쓰레깃더미에 쓰레기를 더하듯이 내 방 속에, 무의미한 황폐의 한가운데 몸을 던지고 뼈가 저린 추위에 온몸을 내맡겼다.

(1975)

세상에서 제일 무거운 틀니

"나한테 업히지 않겠어요?"

그 여편네는 정말 나에게 등까지 들이댄다. 나를 얕잡고 있었다.

"내가 업히면 아마 진창이 댁의 장화 속까지 넘쳐들걸요."

이런 대화를 나와 그 여편네는 형편없는 진창길 한가운데서 주고받았다.

정말 형편없는, 이것이야말로 엉망진창이었다. 나는 이 진창길에 긴치마에 고무신 차림으로 들어서고 만 것이다. 이미 버선이나 신 꼴을 돌보기는 단념하고 있었지만 이곳 진창은 그저 진창과는 달라 그 저변에 집요한 흡인력을 갖고 있었다. 그것이 문제였다. 내 발을 빨아들여 도무지 뇌주려 들지 않았

다. 천신만고 발을 빼면 영락없이 고무신은 진창 속에 남게 마
련이었다. 다시 고무신 속에 발을 넣어 끌어올리자니 그 고초
가 이만저만이 아니었다. 그러니 내 보행인들 얼마나 더뎠겠
는가.

그 여편네와 나는 처음부터 동행이었던 것은 아니고 진창
속에서 헤매고 있는 나를 장화를 신은 그녀가 뒤에서 따라온
것이었다. 그렇다고 그녀와 내가 아주 생면부지의 행인끼리냐
하면 그렇지도 않아 한동네 한 이웃에 살면서 말을 건네보기
만이 오늘 이 엉망진창 속에서 처음이었다.

우리집 장독대에 올라가 장을 뜨려면 그녀네 뒤뜰과 뒤뜰로
면한 그녀의 남편의 화실이 보였다.

늘 고담한 물빛 항아리를 그리던 부스스한 사나이. 그림에
대한 안목이 별로 없는 나는 그가 늘 같은 그림만 그리고 있는
것같이 보일 만큼 그는 늘 항아리만 그렸었다. 그의 화실에는
참 여러 모습의 항아리 그림이 첩첩이 늘어갔다.

그러던 것이 요즈음은 통 화가가 보이지 않더니 그림까지 치
워지고 그 방에는 딴살림이 들어섰다. 방을 세놓은 모양으로
좁은 뒤뜰에 움막 같은 부엌까지 생겼다. 그러자 장독대에 올
라가는 게 나에게 장을 뜨는 것 외에는 아무런 뜻도 지닐 수 없
게 되고 말았다.

이렇게 남의 안살림까지 엿볼 수 있게 집끼리는 다붙었으면

서도 대문은 좀 멀어 윗골목과 아랫골목으로 나뉘어 있었다. 그래서 아마 그녀와 사귈 기회가 없었나보다.

"이걸로 신을 동여매요."

그녀는 핸드백을 뒤적이더니 나일론 끈을 꺼내서 나에게 주며 친절하게도 내 상반신을 부축까지 해주었다. 나는 이미 버선과 신의 구별도 없이 뻘건 진흙투성이인 발에 그래도 신을 동여맸다.

그리고 둘이 같이 걷기 시작했다. 한결 걸음을 옮기기가 수월했다.

"그럼 댁의 설희도 저 학교에?"

나는 아직도 망망한 진흙탕 저 건너 언덕에 자리잡은 A여중을 턱으로 가리키며 물었다. 그녀는 고개만 끄덕이고 나는 나도 모르게 한숨을 크게 토헤내고 말았다.

그녀의 딸 설희는 절름발이였다. 왼발을 앞으로 내디딜 적마다 넓적다리서부터 흐느적흐느적 흔들리는 꼴이 금세 고꾸라질 듯이 불안해 뵈는 깐으론 꽤 잘 걷는 편이었는데도 비 오는 날이라든가, 길이 미끄러운 겨울날 같은 때는 곧잘 처녀 티가 나게 다 큰 설희를 자못 가뿐히 업고 등교하는 그녀의 모습을 볼 수 있었다.

그런 그녀에게선 이상하리만큼 조금도 모성애의 센티멘털한 면의 노출이 느껴지지 않아서 좋았다. 미소로울 뿐 결코 측

은하지는 않았다.

나는 아직도 가을 소풍날을 잊을 수 없다. 잡부금 일소라나, 그래서 소풍도 입장료나 교통비가 필요 없는 화계사로 정해졌다. 내 딸 연이는 국민학교 마지막 소풍이니 엄마도 같이 가자고 졸라 따라나섰더랬는데 설희 엄마도 있었다. 설희의 신체적 특징 때문에 나는 설희의 이름을 알고 있을 뿐, 연이와 설희도 친하지 않았고 별로 사교적이 못 되는 나는 이날도 바로 이웃인 그 여편네와 인사를 나누질 못했다.

"차라리 결석을 시킬 일이지."

나는 설희가 한쪽 발을 흔들흔들 흔들며 찔룩거리는 게 측은하다못해 화가 나서 설희 엄마가 퍽 주책없는 여자로 여겨졌다.

설희는 미아리 삼거리까지 잘 따라가다 차차 뒤지기 시작했다. 그러자 설희 엄마는 냉큼 설희를 업더니 줄곧 앞장서서 갖가지 신나는 노래를 선창하며 가는 것이었다. 덕택에 우리는 조금도 피곤한 줄 모르고 어깨춤을 추며 잘 걸었다.

아까 그 여편네가 자기에게 업히라고 등을 내밀었을 때만 해도 나는 장화가 넘칠 것을 걱정하면 했지 어른이 어른을 업자는 것을 아무렇지도 않게 받아들였던 것도 그녀의 이런 인상 때문이었을 게다.

"설희는 바로 이웃의 Q여중에 넣을 수도 있었잖아요? 신체

불구아에게 주는 특전으로……"

그녀는 대답 없이 나보다 조금 앞서 진탕길을 성큼성큼 잘도 걷는다. 나는 왠지 다시 한번 가을 소풍날의 그녀를 생각하며 어쩌면, 굳이 불구아의 특전을 거부한 심보는 소풍날 결석을 안 시킨 심보와 같은 게 아닐까, 그런 심보를 도저히 이해할 것 같지 않은 채 고개를 갸웃거려본다.

"설마 아침에 이 길을 설희 혼자 보내진 않으셨겠죠?"

나는 진창에 깊숙이 빠져 허우적대던 한쪽 발을 겨우 빼며 그녀의 뒤통수에다 대고 악을 썼다.

"그러믄요. 아침에 데려다주고 볼일 보고 다시 오는 길이랍니다. 아침나절엔 얼어서 이렇진 않더군요. 낮엔 어지간할 거다 싶어 미리 장화를 신었더니 한결 편하군요."

그녀는 내가 장화를 못 신어 화를 내고 있다고 생각했던지 이렇게 자기 장화 변명을 했다.

천신만고 도달한 A여중은 담도 없이 을씨년스럽게 겨우 여남은 개의 교실을 갖춰놓고 있었다. 그러나 게시판에 붙어 있는 삼 년 후의 A여중 투시도와 육 년 후의 A여중고교의 조감도는 유수한 대학 캠퍼스가 무색하리만큼 호화찬란했다. 나는 이런 그림을 보며 문득 조감도를 굳이 오감도로 고집한 슬픈 시인 이상李箱을 생각했다.

그로부터 두 달 후 A여중에서 자모회가 있었다. 전체 자모회가 아니라 몇몇 선택된 자모들의 은밀한 모임인데 어쩐 일인지 나도 초대되었다. 그 무서운 진창을 이제서야 포장중이라나 아무튼 자갈이라도 깔려서 한결 걷기가 수월했다.

교사校舍는 여전히 초라한 채 투시도와 조감도만 없다면 영락없이 촌의 간이학교였다. 다만 둘레의 자연만이 놀라운 변모를 보여주고 있었다.

A여중 둘레는 옛날부터 진상 배로 유명한 배 고장이라 온통 배밭인데 마침 배꽃이 만개해 있었다. 도시에서만 자란 나는 이렇게 무리져 만개한 배꽃을 보기는 처음이었다. 창백하리만큼 흰 꽃의 꽃술을 스스럼없이 드러내고 갓 활짝 열린 순간, 미풍도 낙화가 애석해 잠깐 쉬고 있는 듯 주위는 화창하고도 고즈넉했다.

풍염한 도화의 말로가 육감적인 복숭아이듯 이화의 결실이 청아한 배인 건 아주 당연했다.

진흙탕에서 만난 지 두 달 만에 설희 엄마와 나는 이런 황홀경에서 다시 만났다. 자모회에서의 귀로, 우리는 배나무 그늘에서 쉬며 이런 아름다운 고장의 A여중에 우리 딸들이 배정된 건 얼마나 다행이냐고 행복해했다. 참, 참 얼마나 다행이냐고 우리는 잠시, 방금 있었던 자모회의 불쾌한 안건도 잊은 채 거듭거듭 이 배나무골을 칭송했다.

그러고도 모자라 〈사우思友〉였던가 〈봄처녀〉였던가 아무튼 오랜만에 노래까지 뽑았다.

그래도 설희 엄마가 먼저 자모회의 불쾌한 안건을 생각해내기 시작했다.

"뭐라구? 기가 막혀, 기부를 만원씩이나…… 아니지 참 만원 이상이랬던가? 아이 기맥혀."

그녀가 별안간 무릎을 탁 치며 서둘자 나도 정신이 들고 덩달아 기가 막혔다.

"뭐 교문도 만들고 담도 쌓고 운동장에 흙도 사다 부어야 아이들이 놀 수 있을 게 아니냐구? 그것도 안 해놓고 뭬 급해 부리나케 학교 간판 먼저 붙여놓고 지금 와서 그것도 말이라고 해? 철면피! 뭐 만원씩? 아니 그 이상이랬지. 아이 분해."

물론 나도 분했다.

"왜 연이 엄만 가만히 있었수? 딴 년들도 그렇지, 손톱에 빨간 칠만 하면 제일인가. 아가린 뒀다 뭣들 하누?"

이제 막 욕이다. 나는 고개를 떨구고 완전히 대죄의 폼이다. 자기는 왜 가만히 있었느냐고, 차마 그 말 한마디도 못하고 내가 손톱에 물 안 들인 것만 천만다행으로 행여 '그년들' 속에서 나만은 제외됐거니 여긴다.

"이사장인가 뭔가 그 맹랑한 녀석이 뭐랬드라, '학교를 설립해 운영하기란 참 의외의 고충과 애로가 많습니다', 아니,

담쌓고 교문 다는 게 의외의 고충이면 피아노나 농구 틀쯤은 뭐가 될꼬? 도대체 누가 이 진흙구덩이에 학교를 설립하랬나. 그러구 보니 연이 엄마, 우리가 이 학교를 지원한 게 아니잖우? 어디 이름이나 듣던 데유. 컴퓨터가 배정을 했으니까 왔지. 그래 제아무리 컴퓨터가 바다 건너온 양도깨비로서니, 있지도 않은 학교에 배정을 했을 거야 만무 아뉴? 안 그래? 학교가 있으니까 했겠지. 제놈들이 하꼬방같이 꾸며놓은 학교 간판을 달았으니까 했지. 결국 일은 제놈들이 저질러놓고 아무 죄도 없는 우리한테 돈을 뜯어 잇속 차릴 궁리부터 해? 장돌뱅이만도 못한 얌체들.”

설희 엄마의 입은 자꾸 거칠어진다. 나는 물론 이의가 없다. 그런데 나는 아직도 배꽃이 좋았다.

“돈만 있으면야 기부 좀 해도⋯⋯”

나는 겨우 이렇게 대꾸했다.

“돈!”

나는 그녀가 날 몹시 나무랄 줄 알았는데 의외에도 나의 ‘돈만 있으면’에 쉽게 동조해주었다.

우리는 배나무 밑에서 ‘돈만 있으면’을 한없이 주고받았다. 비로소 생기와 탄력이 넘치는 화제를 찾은 것이다.

처음엔 ‘돈만 있으면’ 어떻게 멋있게 품위 있게 살 것이냐로 마치 무슨 상품 광고처럼 멋과 품위를 부르짖다가 자꾸자

꾸 벼락부자처럼 타락해가면서 돈의 씀씀이가 속악俗惡을 극해
갔다.

우리가 부자가 아니란 걸 깨달은 건 역시 설희 엄마 쪽이 먼
저였다. 나는 암만해도 좀 더디다. 그녀는 한숨을 푹 쉬더니
입을 다물어버렸고 나도 덩달아 침묵할 수밖에 없었다.

입언저리부터 서서히 피곤이 전신으로 퍼졌다. 심신이 허탈
했다. 돈이 있다가 없다는 건 암만해도 억울하고 참담했다.

한참 만에 설희 엄마의 마디 굵은 두둑한 손이 내 손을 꼬옥
쥐더니,

"연이 엄마, 난 돈이 있으면 정말로 하고 싶은 건 딱 한 가
지라우. 우리 설희 미국 같은 데 데려다가 수술 한번 받아봤으
면……"

그녀의 가슴에 맺힌 한 같은 게 내 가슴에도 뭉클 와닿았다.
순간 그녀와 나는 여느 이웃끼리나 여느 자모끼리보다는 좀더
가까워졌다고 느낀다. 그리고 나도 뭔가 입에 발린 수다가 아
닌 속말을 하고 싶어진다. 그러자 내가 정말로 하고 싶은 건
이혼이라고 여직껏 한 번도 해본 적이 없는 생각이 문득 떠올
라 하마터면 그것을 입 밖에 낼 뻔했다.

가까스로 그 말을 안 하고 견딜 수는 있었지만 불쑥 내 의식
의 표면으로 부상한 이 놀라운 생각은 실로 오래전부터 아마
'그 일'이 있은 후 줄창 내 심층에 뱀처럼 도사리고 있었거니

싶어 나는 몸서리를 쳤다. 그러나 한번 떠오른 생각을 다시 그 심층으로, 잠재의식 속으로 밀어넣을 수는 없었다. 나는 그날 이후 자주자주 이혼을 생각했다.

이혼함으로써 남편을 '그 일'로부터 자유롭게 해주자. 그리고 나도 남편이 나를 보는 그 시선, 성한 사람이 문둥이를 보는 것 같은 증오와 연민의 시선으로부터 자유로워지자. 상상만으로 날 듯한 상쾌감이 왔지만, 이혼으로 남편의 아내 노릇, 두 아이의 어머니 노릇으로부터도 자유로워진다고 생각하면 심한 무서움증을 느꼈다. 그것 말고 내 쓸모는 무엇일까? 나는 아주 수습할 수 없이 암담해지면서 설희 엄마를 생각했다. 그녀에게 의논을 하면 마치 진창에서 나일론 끈을 줄 때처럼 신속하고 적절한 도움을 줄 것 같았다.

그럴 때마다 나는 다급하게 장독대에 올라가 담 너머로 그녀를 불러놓고는 기껏 아이들 월말고사 얘기라든가, 딸기잼이니 마늘장아찌 담그는 얘기를 하다 마는 게 고작이었다.

실상 나는 두려웠다. 이혼 이야기를 하자면 꼭 '그 일'을 털어놔야겠고 '그 일'을 안다면 그녀 또한 내 남편처럼 성한 사람이 문둥이 보듯이 나를 보면 어쩌나 싶어서였다.

노염이 기승을 떠는 늦여름의 오후, 설희 엄마는 우리집에 마실을 왔다. 처음 있는 일이었다. 나는 당황했다.

손바닥만한 마당에 심어놓은 일년초들은 미처 개화나 결실도 못 본 채 노랗게 시들어가고, 유리창은 부옇고 커튼은 바랜 채였다. 때맞춰 솎아주고 물을 주고 하는 최소한의 보살핌조차 못 받은 채 시들어가는 꽃밭에서 엿뵈는 안주인의 나태랄까, 메마름이랄까, 이런 생활의 황폐는 꽃밭 말고도 우리집 도처에서 민망하도록 비죽대고 있었다.

그러나 그녀는 손에 일거리를 가져서인지 제대로 집 한번 휘둘러보지 않은 채 마루에 앉자 일손을 계속했다.

나는 비로소 그녀가 얼마나 레이스 뜨기에 놀라운 솜씨를 가졌나를 보았다.

"어머! 예뻐라. 뭐할 거예요?"

"깃이에요. 카디건이나 심플한 원피스에 달아서 멋 좀 부릴 수 있는 깃."

깃? 그건 너무도 섬세하고 우아했다. 저런 깃을 목둘레에 단다면 마치 갓 피어난 마가렛 꽃송이 사이로 고개를 내민 기분일 게다.

"그래요? 어쩜! 이제 설희 엄마도 모양 좀 낼려나봐."

"모양은…… 삯일이라우."

그녀는 무뚝뚝하게 말하고 일손만 놀렸다. 나는 그녀가 나보다 조금쯤 더 가난하다고 짐작한다. 그리고 전서부터 궁금한 것, 세놓은 화실에 대해서도 좀 알 것 같다.

"저 실례지만 설희 아빤 뭐하시는지?"

"외국에 그림 공부하러……"

"그럼 파리?"

나는 공연히 설렌다.

"아아뇨, 미국."

나는 실망했다. 미국에서 물빛 항아리를 그리는 부스스한
무명 화가를 나는 왠지 상상할 수 없었다.

"오늘이 무슨 날인지 알우?"

일손을 쉬지 않은 채 불쑥 묻더니 내 대답도 안 기다리고,

"칠석이래."

또 한동안 잠자코 일손만 놀리더니,

"연이는 올여름에 피선가 바캉슨가 보내봤수?"

"아직……"

"젠장 그래도 아직이래네. 여름 다 보내놓고……"

나는 멋쩍게 픽 웃고 말았다.

"연이 엄만 돈이 아까워서, 너무너무 아까워서 뼈가 저려본
적 있수?"

그녀는 처음으로 일손을 놓고 나를 빤히 보며 물었다. 화장
기 없는 얼굴에 넓게 퍼진 기미가 유난히 눈에 띈다. 문득 그
녀가 살기를 얼마나 어려워하고 있나를 알 것 같으면서 동병
상련 같은 아픔을 느낀다. 그녀는 내 대답도 기다리지 않고 독
백처럼 띄엄띄엄 이야기를 시작했다.

그녀는 레이스 뜨기를 열심히 해서 만원 가까운 돈을 모았
다. 설희를 데리고 이삼일 물놀이를 즐기려고. 실상 그렇게까
지 하지 않고는 집세와 약간의 이자놀이쯤으론 시어머니 모시
고 모녀가 겨우 먹고살기가 고작이었다.

그런 돈에서 오천원을 오늘 시어머니가 무당집에 가서 칠월
칠석 치성을 드려야겠다고 가지고 갔다는 것이었다.

"드리지 말지. 요새 세상에 치성은 무슨……"

나도 그 돈이 무척 아까워서 악을 썼다.

"연이 엄만 우리 시어머닐 잘 몰라서 그래. 그분은 결코 남
에 의해 설복당하거나 감동당하거나 하다못해 패배라도 당할
분이 아냐. 벽창호가 뭔지 연이 엄만 아마 상상도 못할걸."

"어쩌면…… 소리 없이 원만하신 줄 알고 있는데."

"소리가 없을 수밖에, 내화가 없으니까. 이제 나는 그분이
흑을 백이라고 우겨도 네, 네, 하게끔 길들여진걸. 그러자니
또 신경의 소모가 이만저만이 아니지만, 섣부른 대화로 바윗
돌과 맞붙은 맨주먹처럼 피맺히고 아파하기보다는 낫거든. 그
렇지만 오늘 일은 너무 억울해요."

나는 그녀를 위로하고 싶었다. 그리고 나는 알고 있었다. 여
자들끼리의 진정한 의미의 성의 있는 위로가 무엇인가를. 그
것은 오직 자기보다 좀더 불행한 경우를 목격하게 하는 것뿐
이다. 이렇게 해서 나는 그녀에게 내 이야기를 할 수 있는 기

회를 얻은 것이다.

아무것도 숨기지 않고 답답하고 서러웠던 일을 이야기한다는 것은 맥이 쑥 빠지는 듯 허전하면서도 시원했다.

우리 식구는 남편과 연이 민식이 남매, 그리고 친정어머니를 모시고 있었다. 6·25 때 단 하나의 오빠가 의용군으로 나가자 나는 그만 외딸이 되고 말았기 때문이다. 그러나 내 어머니는 딸에게 얹혀사는 노인네답지 않게 늘 당당했다.

아마 그런 당당함은 그분의 성품에서도 연유하겠지만, 우리가 지금 살고 있는 대지 삼십 평 건평 십팔 평의 블록 집이 어머니의 소유이기 때문일지도 모르겠다. 한편, 남편은 남편대로 불손할 정도로 오만함으로써 처가살이의 열등감을 처리하고 있었다.

이런 까다로운 사이를 마무려서 하루하루를 별 탈 없이 꾸려가기란 퍽 고달팠지만 그럭저럭 견딜 만했다.

남편은 때로는 더할 나위 없이 다정했다. 특히 남자와 여자가 서럽도록 유순하고 부드러워지는 침실에서의 격정이 지난 후의 고즈넉한 한때, 남편은 내 귓전에 은밀히 속삭였다.

"여러 가지로 당신한테 미안해 죽겠어. 나라고 맨날 말단 공무원 노릇만 하겠수? 쥐구멍에도 볕들 날이 있다구, 형편이 조금만 피면 우리 제일 먼저 집을 장만합시다. 우리들의 집! 장모님이야 워낙 여장부니까 혼자도 넉넉히 사실 수 있을 테고, 당신이 원한다면 우리들의 집에 모셔도 좋지. 우리들의 집에 모시면 나도 떳떳하고 노인네도 기가 좀 꺾이겠지. 안 그래?"

그날 밤, 나는 행복했다.

그리고 정말 쥐구멍에도 볕이 들려나, 남편이 근무하는 ××청의 청장으로 남편의 대학 시절의 은사가 부임해오더니, 이번 인사이동에 국장 과장 자리에도 남편의 대학 선배가 많이 들어서게 되자 갑자기 남편의 승진 전망도 밝아졌다.

만년 계장을 면할 차례가 코앞에 다가온 듯했다. 그러나 바로 코앞에 매달린 행운인데도 좀처럼 입속으로 굴러들어오지는 않은 채, 뭔가 곧 행운이 올 듯 올 듯한 예감은 활기찬 것이었으나 초조하고 불안하기도 했다.

남편은 때로는 지나치게 넝링했다가는 다시 손댈 수 없이 침울해지는 등 감정의 균형을 점점 잃어갔다. 나는 그런 그를 보기가 매우 괴로웠다.

어쩌면 그때 나는 벌써 불길의 냄새를 맡고 있었는지도 모를 일이다. 여자란 불길을 예감하는 육감이 따로 있는 법이다.

처음엔 그저 일이 뜻대로 안 되는 데서 오는 막연하고 어둑한 예감이었으나 어느 날, 문득 누가 나를 미행하고 있다는 느낌에서부터 차츰 예감은 구체화돼갔다.

시장바구니를 든 말단 공무원의 찌든 여편네가 미행을 당했다면 누구나 신경과민이라고 웃을 소리기에 입 밖에 내지는 않았지만 나는 그것을 믿어 의심치 않았다. 의구는 의구를 낳았다.

허구한 날 골목 어귀 구멍가게에서 오징어로 소주를 마시던 남자가, 휴일 날 창경원에서 아이들과 목마를 타는 나의 바로 뒤 목마를 타고 태연히 출렁이고 있는 걸 어찌 예사로 보아넘길 수 있겠는가.

엉뚱한 사람의 이름을 대면서 집을 찾는 척 안채를 기웃대던 신사와 며칠 후 불고기판을 사라고 끈덕지게 치근대던 외무사원과 너무도 닮은 걸 어떻게, 그냥 지나쳐버릴 수 있겠는가. 내 이런 병적인 수집은 날로 늘어나 이제 불길은 결코 터무니없는 예감만으로 그칠 수 없는, 곧 당면하게 될 실제로 구성돼가고 있었다.

어느 날, 우리 식구는 차례차례로 모 정보기관에 연행돼갔다. 드디어 올 것이 온 것이다. 내 육감이 맞아떨어진 것이다. 그곳에는 나의 과거와 현재 또 삼십팔 년 동안 살아오면서 맺은 온갖 인연, 지연의 말초적인 부분까지가 유리 상자의 표본처럼 질서 있게 정리돼 있었다.

하느님 맙소사, 하느님 맙소사. 나는 하느님을 믿지 않았지만 이런 소리밖에 할 소리가 없었다. 나는 그때 비로소 나를 중심으로 한 내 주변의 세밀한 조감도를 본 것이다.

채광이 시원치 않은 음침한 방인데도 굳이 선글라스를 쓰고 있는, 나를 심문하는 그 기관원의 눈앞에서 나는 자꾸 벌거벗은 듯한 착각을 느끼고 수치감으로 몸을 떨었다.

그는 냉엄하고 자신에 차 있었다. 여북해야 나는 내가 알고 있는 나보다 그가 알고 있는 내가 훨씬 더 진짜 나려니 여기고 있었다.

그는 내가 망각한 것까지—6·25 때 피난 갔던 외가댁 마을 이름까지 또 비교적 손이 번성한 외가의 하고많은 사촌에서 십 몇 촌까지의 친척 이름까지 낱낱이 알고 있었다.

그는 너무도 완벽히 알고 있었다. 그 앞의 내 기억력은 여명의 별들처럼 빛을 바래갔다.

내 기억으론 내 외당숙이 조성구였지만 그가 조정구라니 조정구가 틀림없다 싶었다. 그가 설사 내 딸 연이가 현이라고 했다면 아마 내 딸은 현이였음에 틀림없을 것이다.

나는 그 앞에 그렇게 무력했고 그는 그렇게 전능했다. 그는 내가 완전히 허탈 상태에 빠진 것을 확인한 후 비로소 엄숙히 선언했다.

6·25 때 의용군으로 나간 오빠가 이북에서 밀봉교육을 받고 곧 남파되리라는 것이었다. 먼저 남파됐다가 체포된 간첩에 의해 확인된 정확한 정보란다.

오빠는 오면 반드시 집에 들를 테고 그러면 어떻게 하겠느냐고 그는 물었다.

"어떡하긴요. 그야 당연히 시, 신고를 하거나 자수를 시켜야죠."

나는 아주 밉고 서툴게 아양을 떨었다.

"잘 생각하셨습니다. 아주머니만 믿겠습니다."

그리고 그는 협조해줘서 고맙다고 덧붙였다. 나도 고맙다고 서너 번 고개를 조아리고 또 한번 아양을 떨었다. 그리고 놓여났다. 남편과 어머니가 같은 꼴을 당한 건 말할 것도 없고 충청도 진천에서 거의 한마을을 이루고 살고 있는 외가와 그 밖에 오빠가 알 만한 대소가가 다 한 번씩 그런 일을 당한 것을 후에 알게 되었다.

그로부터 대문 소리에 가슴이 내려앉는 날이 시작되었다.

"말이 자수지, 그놈이 벌써 마흔인데 그곳에 계집자식이 없을 리 없을 테니 이 에미 말을 들을까? 계집자식 생각이 앞설 테지. 차라리 넘어오다……"

어머니는 말끝을 흐리고 눈물을 닦는다. 그러나 나는 다음 말을 알고 있다. 나도 방금 그런 생각을 하고 있었으니까. 어머니보다 훨씬 진작부터 그런 생각을 하고 있었으니까. 넘어오다 차라리 사살되었으면 하고.

간첩이 된 혈연과는 상봉이 몰고 올 사건과의 당면이 두려운 나머지 십팔 평 블록 집 속의 안일이 소중한 나머지, 어머니와 나는 마녀보다도 더 잔인해졌다.

그러나 오빠가 나타나기 전에 이미 그 전능한 선글라스에 의해 십팔 평 블록 집의 안일은 앗긴 거나 마찬가지였다. 남편이 점점 거칠어지며 폭음이 잦아졌다. 장가를 잘못 가서 신세를 망쳤다는 것이다. 간첩 처남을 두었으니 무슨 수로 승진을 바라겠느냐, 승진은커녕 언제 모가지가 날름 날아갈지 몰라 전전긍긍하다가 집구석이라고 찾아들어와야 언제 또 간첩 처남이 돌아와 총을 들이댈지 모르니 술이라도 안 마시고 어쩌겠느냐고 고래고래 고함을 쳤다.

정말 그런가? 남편은 승진은커녕 계장급이면 돌아가면서 한 번씩 자재 구입이다 시찰이다 해서 외국 바람 쐴 기회가 오게 마련인데 그런 데서까지 번번이 제외되었다. 남편은 점점 더 폭음으로 난폭해지고 술이 깼을 때의 그는 나를 대하기를 성한 사람이 문둥이 보듯 증오와 연민으로 대했다. 그것은 도저히 견디기 어려운 수모였다.

내 이야기를 다 듣고 나서도 설희 엄마는 나를 성한 사람이 문둥이 보듯이 보지는 않았다. 그러나 신통한 도움도 주려 들지도 않았다. 겨우 한다는 소리가,

"에이 지긋지긋해. 살아가기 말도 많고 탈도 많고 걸치적대는 것도 많은 놈의 세상…… 당신이나 나나 어디로 훨훨 이민

이나 갈까?"

나는 물론 반대했다. 이민이 어디 그렇게 떡 먹듯이 쉬우냐고 대꾸해줘도 되는 것을 마치 훤히 트인 이민 길을 굳이 거절이라도 하듯이 모든 출국을 여행이건 유학이건 이민이건 이 나라에 돌아와서 봉사할 것을 전제로 하지 않은, 도피성 띤 모든 출국을 맹렬히 매도했다. 그동안 서른여덟의 찌든 여편네는 주체성이니 사대주의니 하는 어려운 말을 몇 번이고 써가며 마치 금메달을 목에 걸고 태극기를 우러르는 올림픽 선수보다도 더 애국적이었다.

내가 이렇게 열렬하게 애국적인 동안 그녀는 깃을 하나 다 떴다. 그리고 담담히 돌아갔다.

어떤 가을날, 그녀는 불쑥 나에게 설희 아빠가 미국에서 보험회사에 취직을 했다고 알려준다. 보험회사라니……

물빛 항아리를 그리던 남자, 나에게 남아 있던 소녀적인 것의 마지막 우상은 이렇게 해서 허물어졌다.

그해 겨울, 그녀는 까다로운 출국 수속을 하느라 또 영어도 배우러 다니느라 몹시 바쁘더니 다시 한번 배꽃이 필 즈음 마침내 수속을 마치고 두 장의 비행기표까지 끊어놓고 날짜만 꼽게 되었다.

나는 그녀에게 어떤 선물을 할까 곰곰이 생각했다. 서른여덟의 여편네의 마지막 센티는 뭔가 물질적인 것 말고……를 궁리하고 있었다.

나는 장 위에서 몇 년째 먼지를 뒤집어쓰고 있는 옛 트렁크를 꺼냈다. 그 속에는 나의 처녀 때로부터 결혼 초기에 걸친 시기, 내 모든 감수성이 아름다운 것을 향해 활짝 열렸을 임시의 컬렉션이 들어 있었다. 나는 특히 미전美展의 팸플릿을 많이 모았더랬어서 거의 백여 장이 남아 있었다.

드디어 나는 그중에서 십여 년 전에 발족했다가 그후 흐지부지되고 만 '신상'이란 젊은 반추상 화가들의 제1회 그룹전의 팸플릿을 찾아냈다. 설희 아빠도 '신상'의 동인이었다. 팸플릿으로 된 목록에서 설희 아빠의 사진과 약력, 물빛 항아리도 소개되어 있었다. 나는 그것을 그녀에게 석별의 표시로 주기로 했다.

그녀는 내가 기대했던 것보다 훨씬 더 좋아했다.

"고마워요! 고마워요! 그이의 야망의 시절이 여기 있군요."

그러나 이미 그의 야망은 미국이란 고장에서 보험회사 사원으로 퇴색하고 만 것이다.

두 여편네는 같이 한숨을 쉬었다.

드디어 내일이 떠날 날인데 초저녁부터 비가 지적지적 내리고 있었다.

"연이 엄마, 내일 나를 배웅해줘요, 공항까지. 그리고 우리 시어머닐 좀 돌봐줘요."

그녀는 거의 애원하고 있었다.

나는 여직껏 공항이란 데를 가본 적이 없었다. 친지 중 외국에 간 사람이 없는 것은 아니었으나 미리 집으로 찾아가 인사를 치렀을 뿐. 과히 친하지도 않은데 외국만 간다면 어중이떠중이 공항까지 나가 법석을 떠는 것이야말로 사대주의, 사대주의 중에도 가장 촌티 나고 치사한 간접적 사대주의라는 게 내 지론이었다.

그러나 나는 설희 엄마의 청만은 거절할 수가 없었다.

언제 비가 내렸더냐 싶으리만큼 깨끗이 갠 날이었다. 마침 오월, 김포가도의 신록이 눈부셨다. 어젯밤의 비로 말끔히 목욕을 끝낸 신록은 마치 이 나라를 영 떠나려는 한 여편네의 망막에 스스로의 가장 아름다운 순간을 새겨주려고 별렀던 것처럼 놀랍도록 싱싱했다.

택시 앞자리엔 설희 할머니가 앉고 뒷자리엔 설희, 설희 엄마, 나 이렇게 셋이 나란히 앉았다. 별안간 그녀가 나를 부둥켜안더니 세차게 흐느꼈다.

"어쩜! 아름다워요. 다시는 다시는, 못 보겠죠."

나는 무슨 그런 소리를 하느냐고 점잖게 나무랐다. 돌아와야 한다고, 설희 수술도 받고 설희 아빠도 어떡하든 다시 그림 공부를 계속해 대성해서 돌아와야 한다고 격려했다. 그녀는 곧 울음을 그치고 그렇고말고, 암 그렇고말고 하며, 알맞게 맞장구를 쳐주기까지 했다.

비행기는 거의 세 시간이나 연발했다. 연발의 세 시간은 떠나는 사람, 보내는 사람의 석별의 정을 완전히 김빠지게 하기에 충분한 시간이었다.

설희 엄마는 숙녀처럼 성장한 설희를 별안간 덥석 업더니 뒤도 돌아보지 않고 트랩을 올라 기체 속으로 사라졌다.

비로소 나는 피곤을 느꼈다. 피곤은 한꺼번에 왔다. 나는 설희 할머니를 돌보기는커녕 노인네에게 매달릴 만큼 피곤했다.

그러고 보니 어제저녁도 오늘 아침도 식사다운 식사를 못 한 것이다.

게다가 틀니까지 쑤시기 시작했다. 나는 서른여덟에 벌써 아랫니의 어금니가 전부 틀니였다.

그 틀니는 해넣은 지가 삼 년은 되었고, 몸에 닿는 것에 좀 지나칠 정도의 결벽성을 가진 나는 실상 내 경제 사정으론 분수에 넘칠 만큼 고가로 한 것으로 일류 치과에서 해넣은 것이어서 처음부터 크게 불편한 줄 몰랐으나 어찌 된 영문인지 가끔 마음이 울적하다든가 몸이 불편할 때에는 이 틀니가 쑤셨다. 아니 정확히 말해서 틀니가 얹힌 턱뼈가 쑤신달까.

의사는 뭐 인체의 거부반응이라든가 하는 어려운 말로 내 동통을 진찰하고 시일이 지나면 자연히 나을 거라 했지만 삼 년이 지나도록 거부반응은 불쑥불쑥 나를 괴롭혔다.

그 동통과 중압감은 경우에 따라 경중의 차이가 있는데 오늘은 아주 심한 편이었다.

틀니가 천근의 무게로 턱뼈를 눌러 꼭 턱이 떨어지고 말 것 같았다. 나는 손으로 턱을 받쳐도 보고, 슬슬 주물러도 보고, 더위 먹은 짐승처럼 턱을 축 늘어뜨려 입을 헤벌리고 침을 흘려도 보았으나, 턱뼈가 부서질 듯한 동통은 조금도 덜어지지 않았다.

몸의 온갖 신경이 턱뼈를 중심으로 방사선으로 전신에 퍼진 듯, 중압감에 수반한 동통은 턱뼈에서 목구멍으로, 귓속으로 골로 퍼져 내 두상은 완전히 틀니의 횡포가 지배했다.

누가 이런 고통을 감히 짐작이나 할 수 있으랴. 이 고통에서 벗어나는 길은 오직 틀니를 빼는 길밖에 없겠는데 나는 틀니를 빼고 있는 내 모습에 늘 몸서리를 쳐왔으므로 차중에서나 길에서 사람들의 시선을 의식하며 차마 그 짓은 할 수 없었다.

어찌어찌해서 가까스로 내 집 문 앞까지 왔을 즈음 나는 거의 발광 직전이었다.

방에 들어서자마자 입을 크게 벌리고 침을 질질 흘려가며 틀니를 뽑아냈다.

양쪽 두 개씩 도합 네 개의 어금니가 심어진 반달 모양의 섬세한 백금 틀은 내 손바닥에서 거의 무게를 지니지 않은 채 차게 빛났다.

마침내 무서운 동통과 중압감으로부터 자유로워진 내 몸은 가볍다못해 공중으로 둥실 뜨는 듯했다.

이럴 수가, 이렇게 가벼울 수가, 우화이등선羽化而登仙이란 이런 기분을 두고 이름인가.

나는 내 편안감을 충분히 만끽하기 위해 몸을 장판 위에 눕혔다.

그 여편네 설희 엄마는 지금쯤 어디를 날고 있을까? 제아무리 공중에 떠 있기로서니, 말도 많고 탈도 많은 온갖 사는 어려움부터 벗어났기로서니 지금의 나만큼이야 가볍고 편할쏘냐. 나는 코웃음을 친다.

지금의 내 팔자는 그렇게 편타.

그런데 아까부터 누가 대문을 조심스럽게 두들기고 있지 않은가. 어머니가 누구냐고 몇 번 묻는 것 같다.

그래도 대답 없이 똑똑 두들기기만 한다. 어머니의 신소리가 들린다. 나는 별안간 가슴이 두방망이질을 한다.

대문 소리가 나고 아주 낮은 대화가 들린다. 분명 상대는 남자다. 그것도 사십대의 남자.

남의 이목을 꺼리듯 대화는 여전히 수군수군 낮다.

드디어 올 것이 오고 만 것이다! 이제 끝장이다. 파멸이다. 오오 이렇게 파멸이 쉬 올 줄이야.

숨죽은 대화는 아직도 계속된다. 어머니는 자수 권고에 실패한 눈치다. 이렇게 오래 끄는 걸 보니.

가엾은 어머니! 어쩌면 그 남자는 어머니에게 도리어 월북을 권하고 아니 협박하고 있는지도 모른다. 혹시 강제로 납치하려는 거나 아닌지.

그렇게끔 내버려둘 수는 없지. 나는 벌떡 일어난다. 그 남자와 죽든 살든 결판을 내고 말 테다. 나에게 '그 남자'는 이미 조금도 오빠일 필요가 없다. 그냥 '그 남자'다.

막 나가려는데 어머니가 문을 걸고 돌아 들어온다.

"아유 별 끈덕진 사내도 다 봤네. 월부 책을 사라고 어찌나 조르는지…… 말이 그렇게 청산유수고 신수도 희멀끔던데 고작 월부 장사밖에 해먹을 게 없나, 쯧쯧."

나는 다시 장판방에 눕는다. 한숨을 휴우 내쉰다. 그런데 이미 좀전의 편안감은 없다.

옴짝달싹할 수 없으면서도 펄펄 뛰지 않고는 또 못 배길 것 같은 중압감과 동통이 여전하지 않은가? 이미 입속엔 빼버릴 틀니도 없는데.

빼버릴 틀니가 없기에 그 고통은 절망적이다.

나는 비로소 깨닫는다. 여직껏 얼마나 교묘하게 스스로를 이중 삼중으로 기만하고 있었나를.

내 아픔은 결코 틀니에서 기인한 아픔이 아니었던 것이다.

나는 설희 엄마가 부러워서, 이 나라와 이 나라의 풍토가 주는 온갖 제약으로부터 자유로워진 그녀가 부러워서, 그녀에의 선망과 질투로 그렇게도 몹시 아팠던 것이다.

나는 그런 아픔이 부끄러운 나머지 틀니의 아픔으로 삼으려 들었고, 나를 내리누르는 온갖 한국적인 제약의 중압감, 마침내 이 나라를 뜨는 설희 엄마와 견주어 한층 못 견디게 느껴지는 중압감조차 틀니의 중압감으로 착각하려 들었던 것이다.

비로소 나는 내 아픔을 정직하게 받아들였다. 그러나 나는 결코 내 아픔을 정직하게 신음하지는 않을 것이다. 정교하고 가벼운 틀니는 지금 손바닥에 있건만 아직도 나는 이 세상에서 제일 무거운 또하나의 틀니의 중압감 밑에 옴짝달싹 못하고 놓여진 채다.

(1972)

| 수록작 출전 |

쥬디 할머니 …… 『그의 외롭고 쓸쓸한 밤』

애 보기가 쉽다고? …… 『저녁의 해후』

공항에서 만난 사람 …… 『배반의 여름』

그 살벌했던 날의 할미꽃 …… 『배반의 여름』

재이산再離散 …… 『저녁의 해후』

해산바가지 …… 『저녁의 해후』

나의 가장 나종 지니인 것 …… 『나의 가장 나종 지니인 것』

부처님 근처 …… 『부끄러움을 가르칩니다』

도둑맞은 가난 …… 『부끄러움을 가르칩니다』

세상에서 제일 무거운 틀니 …… 『부끄러움을 가르칩니다』

* '박완서 단편소설 전집'(전7권, 문학동네, 2013)은 1971년 3월부터 2010년 2월까지 박완서 작가가 발표한 단편소설 작품 전부를 연대순으로 편집한 책으로, 각 권은 수록 작품들의 발표 시기에 따라 다음과 같이 나누었다.

1권 『부끄러움을 가르칩니다』: 1971. 3~1975. 6

2권 『배반의 여름』: 1975. 9~1978. 9

3권 『그의 외롭고 쓸쓸한 밤』: 1979. 3~1983. 8

4권 『저녁의 해후』: 1984. 1~1986. 8

5권 『나의 가장 나종 지니인 것』: 1987. 1~1994. 4

6권 『그 여자네 집』: 1995. 1~1998. 11

7권 『그리움을 위하여』: 2001. 2~2010. 2

문학동네 소설집

쥬디 할머니 — 소설가가 사랑하는 박완서 단편 베스트 10
ⓒ박완서 2026

1판 1쇄 2026년 1월 20일
1판 4쇄 2026년 3월 4일

지은이 박완서
기획·책임편집 정민교 | **편집** 김미혜 김내리
디자인 엄자영 유현아 | **저작권** 박지영 형소진 주은수 오서영 조경은
마케팅 정민호 서지화 한민아 이민경 왕지경 정유진 한경화 정경주 김혜원 김예진 이서진
브랜딩 함유지 김은솔 박민재 이송이 박다솔 조다현 김하연 이준희
제작 강신은 김동욱 이순호 | **제작처** 영신사

펴낸곳 (주)문학동네 | **펴낸이** 김소영
출판등록 1993년 10월 22일 제2003-000045호
주소 10881 경기도 파주시 회동길 210
전자우편 editor@munhak.com | **대표전화** 031)955-8888 | **팩스** 031)955-8855
문학동네카페 http://cafe.naver.com/mhdn
인스타그램 @munhakdongne | **트위터** @munhakdongne
북클럽문학동네 http://bookclubmunhak.com

ISBN 979-11-416-1505-5 03810

* 이 책의 판권은 지은이와 문학동네에 있습니다.
  이 책 내용의 전부 또는 일부를 재사용하려면 반드시 양측의 서면 동의를 받아야 합니다.

잘못된 책은 구입하신 서점에서 교환해드립니다.
기타 교환 문의 031)955-2661, 3580

www.munhak.com